春潮涌动

中短篇报告文学集

姜化明 著

中国石化出版社
·北京·

图书在版编目(CIP)数据

春潮涌动 / 姜化明著. — 北京 : 中国石化出版社,
2024.2

ISBN 978-7-5114-7443-8

Ⅰ.①春… Ⅱ.①姜… Ⅲ.①报告文学-中国-当代
Ⅳ.①I25

中国国家版本馆 CIP 数据核字(2024)第 046212 号

中国石化出版社出版发行

地址:北京市东城区安定门外大街 58 号
邮编:100011 电话:(010)57512500
发行部电话:(010)57512575
http://www.sinopec-press.com
E-mail:press@sinopec.com
北京科信印刷有限公司印刷
全国各地新华书店经销

*

710 毫米×1000 毫米 16 开本 17 印张 220 千字
2024 年 3 月第 1 版 2024 年 3 月第 1 次印刷
定价:68.00 元

序言

时光流转，走过冬日严寒；岁月如歌，迎来盎然春天。春带着梦想，将阳光洒在爱的心田，春带着憧憬，将希望播种在大地人间。万木葱茏的季节，化明的纪实文学集《春潮涌动》就要出版了，作为一部书写石油人、弘扬石油精神的作品，就像滚滚涌动的春潮席卷而来，它的出版的确是一件值得高兴和祝贺的事情。

一部作品从酝酿到诞生，其内心经历过怎样的挣扎与煎熬，恐怕只有作者本人知晓。作品之于读者，充满阅读期待的只是品尝瓜熟蒂落的甘美，却无从体会一颗芽苞浸透了奋斗的泪泉。我知道，化明在胜利油田是一位非常能吃苦、非常勤奋的作者，在文字上多有涉猎，写材料站位高远、层次分明，写通讯畅快淋漓、快刀斩乱麻，写评论入木三分、丝丝入扣，写诗歌精巧入题、意蕴深长，写小说娓娓道来、循序渐进，写报告文学大开大合、收放自如，可谓不可多得的“多面手”“快刀手”。

作为一名政工干部，化明百忙之余不辍笔耕、辛勤耕耘，敢于挑战自我、善于攻坚啃硬。毋庸置疑，在文学家族中，纪实文学应该是“硬骨头”，很多作者不太情愿涉猎此类体裁，因为它不像诗歌或者小说等文学体裁那样可以任意驰骋。它必须靠脚踏实地的采访，依据充分的事实去完成原始素材的积累，再经过作者的消化和沉淀、去伪存真、构思发酵，酿造出触动读者味蕾的文字佳酿。写这类题材，既劳心又费力，还得四处奔波寻找线索，对于一个工作事务繁杂的人来说，不啻为一次心智和体力上的双重考验，但他始终在这样一条充满挑战的路上跋涉不辍。

多年来，化明在做好本职工作的同时，深入基层、深入生活，撷取题材，以炽热的情感、朴素的笔触，创作出了一大批诗歌、散文、报告文学、通讯等不同体裁的作品，贴近时代脉搏、聚焦发展变化，真情讴歌石油群像为“端牢能源饭碗”而执着奋斗的故事。这些授人以金针、度人以津梁的作品，先后发表在《青海湖》《太阳河》《工人日报》《中国石化报》《山东工人报》《胜利日报》等多种报纸杂志上，并多次在全国、山东省报告文学、诗歌、散文征文大赛中获奖。他日臻成熟的文笔、鲜明的理念、深邃的思想、犀利的笔锋，形成了独特的创作风格，给读者留下了深刻的印象，既体现了作者扎实的创作功底，又展现了作者不懈的文学追求，实属难能可贵。

《春潮涌动》不是作者仓促急就的文章，而是作者记录石油、呈现时代的文学创作成果。翻开《春潮涌动》一书，有一股荡气回肠、感人肺腑的力量涌动。本书素描的虽然只是从某一层面、某一角度反映的胜利油田发展进程中一个个侧影，但它却客观展现了石油人“我为祖国献石油”“听党话跟党走，一切行动听指挥”

“见红旗就扛，有第一就争”的激情豪迈，充分展示了石油人保障国家能源安全的担当作为、拼搏奉献，追踪记述了新时代石油人不畏艰难、开拓进取的辉煌篇章，真实写照了石油人坚守奉献、服务大局，搏击风浪的高风亮节和赤子情怀。他的笔下有扎根一线、创新奉献的全国劳模代旭升，有始终闪耀生命之光的全国劳模吴吉林，有驻守夫妻岗的全国敬业好员工、全国五一劳动奖章获得者薛梅，有聚焦高质量、创新不辍的中国石化采气工技能大师李志明，有振翅英雄滩的青年管理干部朱洪敏，有全力投身东营原油库搬迁的一名名普通劳动者，有扎根西部大漠的找油拓荒人，还有融入时代洪流推进技术攻关的技术人员……他的作品篇章结构大气，立意宏大细腻，语言清晰质朴，人物形象鲜明。全书充满真挚的感情，浓缩了作者的情怀，富有很强的艺术性、冲击力和感染力，读之畅然，催人奋进，是一部反映新时代石油人新形象、新作为的力作，是献给广大读者的精美的精神食粮。

这部《春潮涌动》纪实文学作品，立意高远，语言生动、质朴，情感丰沛、充盈，细节让人过目难忘。之所以选择纪实文学，是因为作者心中澎湃浓浓的石油情怀，他热爱石油行业，在石油战线奋斗了几十年，耳闻目睹了太多感人的故事，并诉诸笔端、呈现给读者。化明的心中始终涌动着一种激情和力量，力求通过文学的笔触颂扬平凡而伟大的故事，以文字鞭策自身的责任、呈现对石油生活的热爱，时刻怀揣一颗炽热的对企业和时代的感恩之心，这一点尤其令人感动。与其说是化明在书写石油、讴歌石油，倒不如说是他在身体力行赓续精神血脉、传承石油精神，这些鲜活在作品中间的人物和事件经过他的描摹，立体而多维地呈现在人们面前，一股股浩荡之气扑面而来，使文本散发出自身的光彩与魅力。

习近平总书记在党的二十大报告中指出："坚持以人民为中心的创作导向，推出更多增强人民精神力量的优秀作品，培育造就大批德艺双馨的文学艺术家和规模宏大的文化文艺人才队伍。"化明正是这种坚定文化、自信自强，践行使命、勇挑担子的文艺工作者。期待更多的优秀文艺工作者聚焦时代之变、中国之进、人民之呼，贴近生活、贴近基层，提炼主题、萃取题材，唱响新时代的石油之歌，全方位全景式展现新时代的精神气象。

胜利油田宣传文化首席专家

党委宣传部部长

宣传文化中心党委书记

2024年2月

目录

大漠涌春潮

新疆是个好地方。到新疆前，听得最多的就是这句话；到了新疆，听得最多的还是这句话。

踏上奔赴新疆的征程，从东部到西部，从胜利油田到克拉玛依，在3400多公里的行程里，便对新疆有了美丽的憧憬。一首歌始终在耳畔回响：“不是天堂，比天堂更美的地方，广阔的草原，牛羊沐浴着阳光；连绵的雪山，那是大地的衣裳；圣洁的雪莲，开在天山顶上；戈壁尽头，多情等候的胡杨，胡杨倒下，已是千年的风霜；沙漠深处，住着楼兰姑娘，姑娘醉了，飘着马奶酒香，如果你要去远方，新疆是个好地方……”

新疆的确是个好地方！炎热与寒冷、干旱与湿润、荒凉与秀美、壮观与精致奇妙地汇集在一起，独特的美令人神往。

有人说，打开新疆的地图，它的地貌就像一只翩然起舞的蝴蝶，天山、昆仑山、阿尔泰山就是它的轮廓和身体，塔里木盆地、准噶尔盆地就是它的翅膀，绵延千里的天山横亘东西，以一己之躯把新疆分割成南疆和北疆，迥异的风光耐人寻味。

还有人说，南疆是大漠戈壁，是长河落日，是木卡姆歌舞，丝绸之路上的四大文明在这里交汇；北疆是雪山草原，是骏马牛羊，是河流蜿蜒，一首田园牧歌在这里流淌，从南到北是一首冰与火的诗篇。

其实，在新疆，在准噶尔盆地，这只有力的巨大翅膀，不仅扇动出新疆大地上的美丽图景，也扇动出地层能量的蓬勃力量。

准噶尔盆地油气资源丰富，是我国油气增储上产的主战场之一。自胜利油田勘探准噶尔盆地以来，发现了春风、春晖、阿拉德等油田，目前发现三级储量 6. 25 亿吨，探明储量 1. 53 亿吨。

论潜力，准噶尔盆地油气资源丰富、勘探潜力巨大，是我国油气生产的重要战场，也是集团公司增储上产的战略阵地。

论方向，在准噶尔盆地建设中等油田规模，关键在资源，核心在勘探。

从油气资源探明程度与油气储量增长关系看，准噶尔盆地石油探明率尚处于中期，准噶尔盆地面积 13. 4 万平方公里，胜利探区面积 3. 6 万平方公里，增储上产蕴含着无限希望。

走进西部大漠，时而可见“长河落日圆”的美景，时而可见“风掣红旗冻不翻”的凛冽。

坚守在此地的胜利油田新春公司，却如同早已习惯这里的胡杨、梭梭树一般，将根深深地扎进祖国的大西北。

进疆 26 年，新春公司从无到有，在准噶尔盆地边缘和沙漠腹地“贫油区刨食”，成为大漠戈壁上一颗耀眼的明珠。

中国石化党组提出“在准噶尔盆地建设中等油田规模”的部署要

求，“十四五”期间，胜利油田在准噶尔盆地要实现阶段新增探明储量1.5亿吨，阶段末年油气当量240万吨，盈亏平衡点保持在45美元/桶以下；“十五五”期间，阶段上报探明储量3.5亿吨、天然气探明储量100亿立方米，阶段末年油气当量500万吨，盈亏平衡点保持在40美元/桶以下，油田有信心把西部主阵地打造成高质量发展的高地。

新时期，新起点；新任务，新目标。创新征程已经开启，进入“十四五”，新春公司牢记使命，闻歌而动，步履铿锵。

春潮生，激情向大漠

从东部到西部，从东营到克拉玛依，距离不可谓不远，但感觉心的距离却很近。

从机场通往克拉玛依的路上，风景似乎与东部一些荒凉油区有些相似。路两侧是依稀可见的抽油机，还有垒在土包上的油罐，就算空气里的气息也有着石油的芳香。但不同的是，抽油机的脚下是茫茫的戈壁，星星点点的梭梭树、骆驼草肆无忌惮地生长着，或高或低的，仿佛被抽走了些许的绿色，构成了西部大漠特有的干旱的颜色。

克拉玛依，维吾尔语意为“黑油”。走进这座以石油命名的城市，人们说这是源于市区东北角一群天然沥青丘——黑油山。克拉玛依是新中国成立后勘探开发的第一个大油田，2002年原油产量突破1000万吨，成为中国西部第一个原油产量上千万吨的大油田。

西部是中国石油工业发展的摇篮。从克拉玛依的“大油泡”走过，这个类似于东部华八井驻地的地方，凝结成西部油田的荣光。

走进这座城市，不是观光，更不是旅游，皆源于追逐胜利人的脚步，去探寻胜利人、胜利新春人扎根戈壁大漠执着找油的足迹。

走进新春公司，与干部员工座谈交流，他们的脸上写着坚定和自信，语言里多的是憧憬与自豪——新春的历史过往铺陈而来，如同一首劲歌，给人力量；犹如一幅画卷，大气磅礴。

“大油泡”是以克拉玛依油田诞生的第一口井——克拉玛依一号井——而建起的广场。1955 年 10 月 29 日完钻喷出工业性油流，日初产原油 3. 7 吨，成为克拉玛依油田发现的标志。

其实，早在 20 世纪 50 年代，新中国成立之初，老一辈石油地质工作者就开始了塔里木盆地和准噶尔盆地的勘探找油，并且总结出“源控、断控和梁控”的“三控理论”，相继发现了独山子、克拉玛依等油田，80 年代末又相继发现了吐哈、塔里木等油田。

1996 年，为实施中国石油工业“稳定东部，发展西部”的战略方针，胜利油田参与了新疆塔里木和田探区风险勘探，大批胜利人从山东转战新疆。

1996 年 4 月 29 日，胜利人肩负着“走出胜利，发展胜利”的历史使命，飞越万里山河，从渤海之滨跨入新疆大漠戈壁，踏上了胜利西部找油之路。塔里木胜利和田勘探项目经理部的成立，标志着胜利油田油气勘探正式挺进新疆。

油气勘探，尤其是新区勘探，从来都是艰苦曲折的、循序渐进的探索认知过程。比起东部，西部的环境和条件更加恶劣。

这些“不顾家庭”来到西部的胜利人，有的因为在前线值班，没来得及赶回家见病危的母亲最后一面；有的晚上得知老母亲因为突发脑出血要动手术，便连夜赶回去，手术后的第二天一早又赶了回来……“为了找油加班加点，已经稀松平常。没有加班费，就是为了把工作干好。”新春公司安全顾问韩文峰似乎说出了所有西部找油人的心声。

说起那段历史，韩文峰如数家珍。胜利新春人带着油田领导的嘱托和胜利的期盼，在极其艰苦的环境中，坚守“为国找油”的理想信念，勠力同心、顽强拼搏，在大漠戈壁开辟着新的战场。

1996 年 6 月，来自胜利物探、物探局地调三处的 5 个地震队沿北昆仑山北麓，在民丰—和田—皮山一线开始地震项目施工，拉开了胜利油田新疆勘探的序幕。

1996 年 8 月，“塔里木油Ⅲ区块”风险勘探承包合同在北京正式签署，区块位于新疆维吾尔自治区西南部和田地区，总面积 43117 平方公里。

1997 年 7 月 7 日，勘探项目经理部在库尔勒召开和田区块首轮井位论证会暨成果汇报会，确定了第一口探井井位——和参 1 井。次日，胜利石油管理局党委、胜利石油管理局决定，塔里木胜利和田勘探项目经理部更名为塔里木胜利和田勘探公司。

1996 年至 2007 年上半年，胜利油田在西部登记的勘探主要包括准噶尔盆地、塔里木盆地和宁县中卫三个探区，共 9 万多平方公里。这些探区，实际上是兄弟油田经过半个多世纪反复勘探论证放弃的区块，面临的是世界级的勘探难题。

1998 年 1 月 7 日，塔里木胜利和田探区的第一口预探井——和参 1 井——正式开钻，设计井深 5630 米。历经 1 年多的鏖战，到 1999 年 4 月 19 日顺利完钻，钻井质量、测井质量、地质资料的获取均达到设计要求，测试见到少量油气，成为区块首口顺利完钻并取全取准地质资料的井。

2000年，准噶尔盆地西部隆起车排子地区被登记为胜利油田在西部的探区。次年，中国石化集团公司成立西部新区勘探指挥部，负责中国石化在整个西部新区的油气勘探工作，并号召胜利、中原、河南、江苏、江汉和西北局六大油田，各自成立西部勘探公司。

当时，被人们称为“六大油田在中国石化西部新区开展社会主义劳动竞赛”。从那时起，胜利油田拉开了从南疆向北疆拓展勘探的序幕。

车排子地区的油气勘探始于20世纪50年代。我们在20世纪60年代发现了红山嘴油田，在80年代发现了车排子油田，在90年代发现了小拐油田。这些油田主要分布在胜利探区以东的红—车断裂带。

早在被登记为胜利油田工区之前，中国石油天然气集团公司便已在车排子凸起钻探了8口探井，其中车浅1、车浅5、车浅15、车8和车13井见到油气显示，但均因油质较稠，受当时技术工艺制约而未有收获，最终不得已而放弃了这一区域。

2001年，胜利油田重新调整战略部署，开始挥师北上，越过天山，转入准噶尔、吐哈盆地开展勘探。他们设立奎屯前线指挥点，准噶尔盆地14个物探项目陆续开工，标志着胜利西部勘探由南疆和田探区转移到北疆准噶尔盆地。11月，准噶尔盆地部署的第一口探井——英1井——开钻。

2002年5月17日，胜利石油管理局党委、胜利石油管理局决定：塔里木胜利和田勘探公司更名为新疆勘探公司。

创业艰难百战多。从1996年到2002年，胜利人的脚步踏遍了天山南北，穿过了无数茫茫沙海、皑皑雪海，从昆仑山上的“和参1井”到塔克拉玛干沙漠的“胜和2井”，从准噶尔盆地北端的“英1

井”到天山脚下的“固 1 井”“固 2 井”，但是胜利西部勘探始终未见曙光。

希望在哪里？突破在哪里？在胜利西部勘探最困难的日子里，胜利新春人也有过困惑，也有过焦虑，可为油而战的信念从没有动摇过。因为胜利新春人只认胜利不认输！

“十年面壁图破壁，难酬蹈海亦英雄。”从认识到实践，从实践再到认识，唯有解放思想，才能突破禁区。

人们都知道大漠的肆虐、无情，但胜利新春人看到了大漠的豁达、包容和那千年孤独也不烦躁的厚实。他们打破常规，在继承上解放思想，在发展上创新创造，提出了准噶尔盆地“断-压-相-隆”四元联合油气成藏主控因素，碰撞迸发出耀眼的智慧光芒。

雾散云开朗月明。2003 年 9 月 8 日至 2005 年 3 月 2 日，胜利新春人相继在准噶尔盆地中部区块和西缘区块实现了董 1 井、永 1 井和排 2 井的突破。

2003 年董 1 井报捷，首次实现胜利油田在西部勘探零的突破。特别是排 2 井的突破，标志着一个“油藏埋藏浅、储集物性好、采油指数高、经济效益好”的浅层优质高效油田的诞生——春光油田。

春光油田位于新疆克拉玛依市车排子镇春光农场东约 13.7 公里，是中国石化在准噶尔盆地西缘发现并投入规模开发的第一个油田，属于典型的三角洲滩坝砂沉积、薄层、稀油、边水驱、非构造油藏。

春光油田矿区面积 1023.25 平方公里，含油面积 13.5 平方公里，控制原油探明储量 700 万吨。这个地区具有单井产量高，且埋藏浅、物性好的特点，尤其油品质量只有委内瑞拉最好油田的油可以与之媲美，属于塔皮斯一类原油。

新春人高歌猛进，当年发现当年建产，生产原油 15.6 万吨，超产 5.6 万吨。那时起，胜利西部进入了勘探和开发双驱并进阶段。

2006 年春天，新疆克拉玛依市南边的胜利西部新区车排子地区一片繁忙景象。拉油车频繁进出，优质的原油从地下深处被采掘出来。

“当时条件非常艰苦的，在井上一待就是几个月，不仅要做好油藏资料规范，还要准备各种汇报材料，一个人干着好几个人的活，洗澡用的都是地下水，哗哗的碱，洗完澡身上都黏糊糊的，可谓千头万绪。”说起排 2 井，新春公司党建专家鲍振兴记忆犹新，“新疆的蚊子老实，叮上人就不动，赶都赶不走，上个厕所屁股上不叮上几十个蚊子就不算上厕所，实在是惨不忍睹！”

忆往昔，峥嵘岁月稠。鲍振兴 2006 年 3 月进疆，便和 5 名员工扎根到大漠深处的排 2 井。鲍振兴说，当时是公司发展的阶段，大家基本上是白天晚上连轴转，都晒得黑乎乎的甚至会脱皮，但大家积极性都很高，都希望采出更多的原油！

或许正是像鲍振兴一样的胜利新春人，在极其艰苦的环境中，勠力同心、顽强拼搏，在大漠戈壁开辟了新战场，推动了西部找油的发展与超越。

2007 年，完全采用国际先进“油公司”勘探开发一体化模式运作的胜利西部春光油田，原油生产以 121%的指标完成全年计划。这是胜利油田在西部开发的第一个油田，也是胜利油田谱系里的第 75 个油田。

2008 年，胜利油田在新疆建成 49 万吨的年产能。2009 年 9 月，中国石化集团公司对西部探区进行战略调整，将春光油田整体移交河南油田，将西部 13.5 万平方公里探区划归胜利油田。

春潮动，迈步从头越

雄关漫道真如铁，而今迈步从头越。对于春光油田的整体移交，韩文峰说，一纸命令下来，大家一口井一口井建起来的油田就交给了别人，说句心里话，实在舍不得啊！可是，见证并参与春光油田找油的胜利新春人虽恋恋不舍，但毅然踏上了新的找油之路，他们坚信前方一定有着新的“春光”。

说起春光油田，董臣强依稀记得当时的场景。2003 年，他告别了美丽的渤海之滨，一踏上新疆的土地便开始了对其三大山系、两大盆地的野外地质调查。

西部的群山和盆地，90%以上都是无人区。为了追踪地质露头，董臣强先后十几次带车闯进无人区。无人区里天气变幻莫测，随时都面临着风险。

有一次，他们在海拔 3000 米左右的高山上刚刚扎下营地，突然下起了暴雨，多亏司机经验丰富，立即带着大家转移到高处的山坡上——仅仅过了五分钟，他们刚扎下的营地，就被汹涌的泥石流吞没了。

3 年的时间里，董臣强和同事们几乎跑遍了新疆所有的区域，逐步摸清了胜利西部探区的地质构造。

2003 年 9 月，董 1 井首次放喷，日产油 66 吨、气近 5 万立方米，胜利人在西部“八年征战，终得正果”！

2004 年 8 月，永 1 井获重大突破，日产油 72 吨、气 1 万多立方米，储量规模超亿吨的整装大油田——永进油田——得以发现！

更难忘的是，2005 年 3 月 21 日排 2 井的重大突破。

经测试，排 2 井取得重大发现，日产气 62 立方米，一个浅层优质高效油田得以诞生。这是胜利油田有史以来第一次在本土之外找到经济可采储量!

过去的辉煌不再，胜利新春人再踏新征程。因为他们知道，新疆能否取得突破，关系到胜利油田的未来，关系到中国石化能源战略的实施，以“春光”找油的状态踏上征程。

春风油田与春光油田，是西部的一对姊妹，所不同的是，一个是稠油，一个是稀油。

2005 年，在车排子地区以南的排 2 井先后获得历史性突破，尤其是排 2 井，获得高产的轻质油。“出来的油甚至可以直接加到车里用。”韩文峰对此印象深刻，“油质非常好，阳光下蓝蓝的颜色、冒着青烟，被称为‘水上漂’油田。”

其实，正是由于春光油田的油质好，排 6 井的稠油开发才放慢了脚步。

“最大的失败就是放弃。”经历了春光油田找油的艰辛，胜利人以不言败的气度重新上路。

2010 年，胜利油田加大在车排子北部地区的勘探开发力度，围绕沙湾组主力油藏向外拓展，部署滚动井和评价井 2 口，部署开发井 41 口，实现了当年接手研究、当年部署探井、当年上报探明石油地质储量。

走进新春公司，好多人都提起杨国华，大家都亲切地叫他“杨铁人”。说杨国华是“铁人”，是因为他参与并见证了一个新油田的发现，并且赢得了“铁人”的称号。

1974 年出生的他，如今已是新春公司生产保障中心经理。可他依然风风火火地穿梭在沙漠腹地，穿梭在一口口施工的油井现场。

杨国华出生于山东临清，既是季羡林的老乡，又是张自忠将军的老乡，不仅有着文化滋养的睿智，还有着军人般的个性，越是艰难越向前。

2010 年，杨国华从东部的现河采油厂来到新疆，2017 年任管理一区副经理，2022 年 4 月任生产保障中心经理，负责物资保供和地面工程建设。

2010 年对于胜利新春人来说，是不平凡的一年，“从零开始”让肩上的担子始终沉甸甸的。一入疆，杨国华就投入如火如荼的产能建设。当时管着 30 多口油井，管了 4 个台子，杨国华带着新招聘的员工搞管井业务，从最基本的操作培训入手，让新员工熟悉采油工的操作，很快适应了管井工作。

2010 年 10 月，联合站开始投产，放喷温度比较高，经过泵筒以后，析出一部分垢，泵的间隙比较小，往往会出现频繁的卡泵。杨国华就带头解卡，开始用反洗的方法，后来把光杆提出泵筒，用了一策又一策，经常是在井场上连轴转。

杨国华依稀记得，那年的冬天特别冷，一次施工就得进行七八个小时，吊车干一段时间还得收一收，不然吊臂就收不回来了。有一次，由于收得不及时，加上天太冷，吊车的腿收不回来了。吊车都怕冷，更何况是人——是责任和使命让他们坚守，硬是干解卡的活干了一个冬天。

说起当时的情景，杨国华仿佛说的是别人的事，没有说一个“苦”字。最初，他穿的工鞋是胶底的，冻得回到屋里直痒痒，就到奎屯买了毡筒，才勉强好一些了。当时住在野营房，8 个人一间。野营房起夜不方便，露头的地方就结冰了。为了注好气，往往是先注药剂，药剂都冻成了冰坨子，化冻特别慢，一弄一晚上，从来没有停过。

“条件确实不好，有些事情都是想办法做。”杨国华的这句话，仿佛让人想起了王铁人的“有条件上，没有条件创造条件上”的呐喊。

2011 年大年三十，排 601-平 56 井需捞杆，从白天开始，大家轮换着一直干到午夜。轮换的人准备包饺子，把包好的饺子放在盘里，拿到外面，放到车顶上，车盖子上，放到蛇皮袋子里，放到房顶上，新年钟声敲响时，杨国华仍战斗在井场。就这样，“杨铁人”的名号在新疆大漠越传越响。

其实，在新疆大漠，不仅杨国华一个人革命加拼命，每一个胜利新春人都憋着一口气，“宁可少活二十年，拼命也要拿下大油田”。

从 2010 年春天开始，曾凯在永 3-平 1 一待就是 6 个月，终于回到了东部，见到了家人和妻子。妻子一看又黑又瘦的丈夫，称他是“烧黑的火柴头”。

为弥补两地分居的缺憾，曾凯决定带着妻子一起到上海看世博会。可刚到上海火车站，世博会的影子还没有看到，就接到单位的命令，要求回西部执行任务。

于是，他和妻子直接赶到机场，把妻子从上海拉到了大漠戈壁。农历九月九日是曾凯妻子的生日，由于大家都在忙活，忽略了这位“客人”，加上人生地不熟，妻子没有饭吃，一个人在板房里哭。

待曾凯晚上回来，忐忑地把妻子带到 128 团，到镇上请妻子吃了一顿饭。在深夜的摇曳烛光里，终于换来了妻子的笑脸。

面对新的起点，其实每一个胜利新春人都是“铁人”，他们以特有的坚持和奉献支撑起西部大漠的一个个突破。

2010 年，西部将士从零起步，面对挑战，迎难而上，在排 601

区块部署的12口探井，均获得工业油流，当年上报探明石油地质储量1038万吨，创造了春风油田当年部署、当年建产、当年超产1万吨的“传奇”速度。

2010年4月22日，排601-平62井开钻，标志着车排子地区2010年产能建设序幕正式拉开。

2010年6月16日，排601产能建设首车原油启运，排601-平53井原油顺利运抵独山子油库，标志着红柳区块产能建设进入新阶段。

2010年底，春风油田开始向国家油气资源储量管理委员会上报储量，胜利油田正式对外公布这个新油田，它是胜利油田勘探开发史上发现的第77个油田。

当时，胜利油田正式对外宣布：在新疆发现一个新油田——春风油田，春风油田位于新疆维吾尔自治区克拉玛依市前山涝坝镇春光农场西南，探明石油地质储量1038万吨，预测储量3359万吨。这也意味着胜利油田在西部找油再度告捷。

“春风油田直到正式命名前一直叫排6地区。”新春公司党委副书记、工会主席刘双全介绍，刚命名时，曾建议叫“高阳油田”，是根据当地的一个地名所取。油田领导考虑到南边的春光油田，并且为了取春风吹遍西部大地之意，决定起名“春风油田”。而这也是国内少有的几个没有根据地名命名的油田之一。

2011年春天，这一振奋人心的消息，连同它的名字，像一股春风从西部一直吹来东部，又从东部吹向祖国的大江南北。2021年12月，春风油田排612块产能建设工程荣获国家优质工程奖。

就是在这个春天，日本地震引发海啸，更严重的是发生了核泄漏，在日本福岛第一核电站事故期间，并未受到核辐射影响的中国居然上演了一场“抢盐大战”，可仍然没有阻挡胜利的“春风”浩荡。

春潮起，瀚海苦征战

新疆是个好地方。提起新疆，很多人憧憬的是美丽的自然风光、壮丽的大漠戈壁和特有的民族风俗。但对于在这里找油采油的人们，注定要远离美丽的风光和城市的喧嚣。

说到沙漠，人们脑海中或许会浮现“大漠孤烟直，长河落日圆”的壮丽景象。可对于在茫茫大漠、戈壁的胜利人，大家的印象却是夏天的太阳毒辣、冬天的酷寒难耐，再伴随着肆虐的沙尘，让人们既爱这个地方、又恨这个地方。

从克拉玛依出发，一路向南到排 10 西，穿梭在苏 1-2、苏 1-6、苏 1-21、苏 1-5 站之间，算是体验了胜利新春人口中的“搓板路”。

从柏油路进入砂石路，行驶的越野车立即抖动起来，咚咚咚地上下颠簸，就像是公路上警示司机的减速带，颠簸稳定、密集而持续，车上的每个人也要跟着一起持续不断地抖动，车速越快，抖的频率越高，仿佛要把乘车人的五脏六腑抖出来，实在是难以忍受。

司机马师傅说，在新疆大漠戈壁，四季、昼夜的温差太大，热胀冷缩，再加上大风肆虐，便有了持续的沟槽和砂石，形成了像搓衣板一样的路。

越野车一路嗒嗒嗒地跃动，每个人都全身上下晃动，车里所有东西也咣当咣当地跳动，若不咬紧牙关舌头都会被咬掉。司机师傅怕大家难以忍受，便放慢了车速，虽说降低了颠簸的频率，但颠簸的幅度反而更大了，同样是扯心扯肺地难受，大家尝试通过喝口水压一压，结果非但没有倒进嘴里，反而弄了一身的水。

终于走出搓板路，接着是起伏的沙丘路。在这口井到那口井之间，前面的越野车碾起的沙尘弥漫着，就算是短短的几十米，也看不到前面越野车的踪迹，要么是前面的越野车已经淹没在沙丘与沙丘之间的洼子里，整个视野都被连绵起伏的沙丘填满。

荒无人烟的戈壁滩上，到处是零零星星的红柳、梭梭树、骆驼草，还有一些叫不上名字的植物。望着窗外的风景，不禁感叹这些植物强大的生命力。其实，坚守在新疆戈壁大漠的胜利新春人，何尝不是扎根的梭梭树、红柳树和胡杨树呢？

在胜利新春人口中流传着一句话，沙漠工作有“四怕”：白天顶烈日，晚上挨寒风，时常碰上小毒虫，最怕莫过沙尘暴。

夏日的沙漠，地表温度最高能达到 60 多摄氏度，“贴墙烙大饼，埋沙煮鸡蛋”，这话一点都不夸张。

其实在排 10 西采访期间，就遭遇了当时的高温天气，当越野车的温度显示 45 摄氏度时，大家已经很吃惊了。然而，随着一路颠簸，车里的温度持续飙升，竟然达到了 48 摄氏度。那时，越野车里开着空调，脸上的汗水还是哗哗地往下淌，有一种窒息的感觉，特别憋闷。试想，只是偶尔走一趟就如此难受，常年坚守的胜利新春人又是如何度过的呢？其经受的考验可想而知。

这就是新春油区，夏天里，火辣辣的阳光直射下来，人就像是在蒸笼里蒸，在火盆上烤，身上的毛孔被烘烤得奇痒，却沁不出一滴汗来，灼热的空气使人感到胸闷气短。到了晚上，地表温度又急剧下降到零下 20 摄氏度，冬天能达到零下 40 摄氏度，别说人了，就连设备都被冻得“咯咯”作响。

沙漠里有一种小毒虫叫“蜱虫”，外号“沙漠血吸虫”。长期在戈壁沙漠里作业的胜利新春人，大部分有被蜱虫叮咬的记忆。董臣强记得，有一次，他在野外地质采集的时候，两只“蜱虫”钻透厚厚的工衣，爬进他的身体里面。等发现的时候，两只虫已经深深地钻入他的大腿皮下。最后，还是在有经验的同事帮助下，用小刀割开表皮，才把这两只可恶的小虫取出来。

无独有偶，在采访期间，油田群团工作部组织 EAP 进一线行动，就在排 10 西的区域，一名工作人员就被蜱虫咬了，送到克拉玛依医院才把蜱虫取出来，这名工作人员被迫下了“火线”。

最令人难忘的是大风，大风不断扬起沙尘，竟然能把胜利新春人的宿舍板房地基都掏空，整个板房都悬起来，东倒西歪。大风过后，他们只好又拉来了石子，重新把地基填好加固。特别难受的是在沙漠里吃饭，一碗饭，二两沙。新春人经常自我解嘲地说：“饭里掺了沙子，能增强胃蠕动，促进消化。”

就是在这样的环境，从东部到西部，从找油人到采油人，都希冀春风油田的春风吹遍新疆大地。

2009 年 10 月，西部 13. 6 万平方公里探区划归胜利油田，面积是东部老区的 2 倍，探区面积广阔，看上去很美，却有很多想象不到的困难和挑战。

探区环境异常艰苦不说，更难的是，从 20 世纪 50 年代开始，先后有多家石油公司轮番在这里勘探，都没有任何发现，因此被贴上了“贫油”的标签。

能不能把这个标签揭下来，是对胜利人的严峻考验。

“找油的就要找出名堂来。”胜利油田勘探综合研究首席专家、油气勘探管理中心副经理张奎华说，当时，他是准噶尔北缘研究室主任，面对仅有的十几口失利井及少量地震剖面资料，真有点“老虎吃天，无从下口”的感觉。

“哪个油田不是从无到有，不是从小到大，只要坚定信念干下去，总会有收获。”没方向就想办法找，缺资料就想办法建，张奎华带领团队在西部广阔探区登高原、穿沙漠、进戈壁，开展全方位的地质勘查工作。

正值夏季，地表温度高达40多摄氏度，坡上坡下一个来回，就热得喘不上气来。为取全取准地层剖面资料，他们用皮尺一米一米量，一厘米一厘米测。

两年时间，在准噶尔盆地周缘开展了两轮踏勘，行程上万公里，观测剖面总长度达300公里，取样5000多块，获得了较为丰富的基础资料，建成了探区的地质剖面，为打开西部勘探局面提供了可靠支撑。

准西北缘处于盆地边缘，经历过多期造山运动，地质构造异常复杂，之前浅层从未有过油气发现，可邻区却找到多个油田，是不是之前的认识存在误区？

带着这个疑问，张奎华和大家对前期钻井、地震资料和地质构造反复研究，将以前的两个层细化为12个层，像绣花一样精描细绘每个层，逐步发现不是早期认为的以构造圈闭为主，而是以地层圈闭为主，对油气聚集有了全新认识。

这一发现，令大家非常兴奋，又把工区地震剖面与邻区剖面拼接，夜以继日展开油气运移研究，发现在区内区外有一组厚度大、分布广的砂体，像毯子一样横向贯通；一条断层垂直贯通烃源岩和工区地层，原油通过断层自下而上运移，再借助地毯一样的砂体横向运移，从而形成了“断-毯成藏”认识，实现了西部探区理论认识的突破。

2011 年，胜利油田利用哈山西三维地震资料部署了哈浅 1 井，峰值日产油 14. 5 吨。继哈浅 1 井之后，又部署了多口探井，从而发现了春晖油田。

春晖油田是胜利油田在准噶尔盆地北缘发现的第一个稠油油田。2011 年底，春晖油田哈浅 1 井区侏罗系八道湾组一段 1 砂组上报稠油控制含油面积 17. 60 平方公里，石油控制地质储量 3261. 10 万吨。哈浅 2 井区侏罗系八道湾组一段 2 砂组稠油预测含油面积 10. 7 平方公里，石油预测地质储量 2071. 45 万吨。

2012 年，胜利油田在春晖油田东部部署 3 口钻探井，均在侏罗系见到了良好的油气显示，哈浅 20 井、哈浅 22 井在西山窑组注汽热试采获得工业油流，标志着阿拉德油田的发现。

阿拉德油田位于新疆维吾尔自治区克拉玛依市乌尔禾区东北约 22 公里。从乌尔禾到井区，穿梭在雅丹地貌和砾石区，仿佛是在魔鬼城景区里旅行。但起伏剧烈的地表，气候恶劣的条件，四季多风，冬季最低温度达到零下 40 摄氏度，夏季最高气温 40 摄氏度，让新春人眼中似乎早就没有了风景。

理论突破引领找油突围，胜利油田先后发现春晖、阿拉德油田，共上报控制石油地质储量 5000 多万吨，预测石油地质储量 7000 多万吨，打开了西部油气勘探的新局面。

春潮暖，情牵准噶尔

人们说，选择了石油，就选择了艰苦，更是选择了奉献。

西部戈壁春秋飞沙走石，夏季骄阳似火，冬季滴水成冰，全年温差最高可达 100 摄氏度。奔赴大漠的胜利人，远离家乡，远离都市，远离亲人，日复一日、年复一年地征战，用真情温暖了大漠、温暖了戈壁、温暖了一口口油井，涌动出暖暖的春潮。

“石油行业的苦和累是一种常态。”在新春公司副总工程师、管理二区经理智卫东看来，石油不会驻足在繁华之地，正是有了他们的到来，才让贫瘠的地方繁华起来，并且展示出广阔的发展前景，给人希望、给人力量，精气神荡涤心灵。

与新春公司管理二区副经理裴卫兵交流，他额头上的伤疤特别引人注目。说起伤疤，裴卫兵才讲述了他的故事。

2011 年 1 月 5 日，新疆准噶尔盆地西缘，皑皑白雪覆盖了整个戈壁荒漠，枯黄的梭梭树似乎在零下 40 摄氏度的隆冬中瑟瑟发抖，矗立在梭梭林中的蓝色抽油机默默耕耘，将这荒原衬托得更为寂静。

一辆汽车疾驶而来，停在附近的井场。身着红色工装的裴卫兵急忙推开车门，奔向那台停止运转的抽油机，一看原来是光杆下不去了。他一边仔细查看，一边分析原因，没用几分钟就找出症结。

抽油机又运转起来时，裴卫兵已经冻得手脚冰凉，脚冻得都不知道怎么迈步了。前后不过十来分钟，即使穿着厚厚的棉工装依然不能阻止极端寒气的侵袭。

快驶进管理区门口时，裴卫兵还是放心不下这台抽油机，于是折了回去。压力正常，他又看温度计，温度没有起来，井温不够。就在他低头关注温度的时刻，抽油机的开关卡了，机子顿了一下。裴卫兵毫无防备，抽油机的光杆把他的安全帽一下子打到一边，接着碰触到眉头，划了个不小的口子，鲜血直流，将那一片雪地映得通红。

在去医院的路上，裴卫兵忍着疼痛，打电话派人将井温及时恢复正常。事后，他的额头上留下一个不浅的疤痕。

裴卫兵于 1995 年从西北大学地质系毕业，被分到临盘采油厂一个偏远井队上工作。当时没有班车，他每天早上骑自行车上班，晚上才能回来。在艰苦的环境中，他从指导员、副队长、队长一路成长起来，积累了丰富的采油经验。

2007 年 12 月，裴卫兵决定到外面闯一闯，便瞒着家人报名到了新疆。他知道，选择新疆，就注定离家远行。理解他心意的老人并未多说什么，只是劝慰，“不要牵挂我们，安心工作”。妻子一如既往地支持他，因为她已经习惯，丈夫在家不在家，家里的大事小事都得自己忙碌，带孩子、忙家务，一点都指望不上他。甚至，孩子上几年级，在哪个教室上课，他都不知道。

12 月的新疆，是厚厚的积雪，是寒冷的空气，是人影稀疏的空旷。“到处是白茫茫的一片”，单调的景色，艰苦的环境，这是裴卫兵对新疆的第一印象。

“既然选择了，就没什么后悔的。”谈及舍弃家庭的选择，裴卫兵很淡然，“没有这个平台，自己也不会有好的成长。”裴卫兵觉得，家人对他都很理解，虽然家就在远方，但心的距离很近。

说起家、说起孩子，“杨铁人”眼圈竟然湿润了。

杨国华有两个儿子，老大上高一了，老二上幼儿园，一个属狗、一个属鸡。老二小的时候，几个月才回去一趟，他一伸手就让抱，一岁多的时候见到却总是哭。后来熟悉了手机里的爸爸，见到杨国华却不叫爸爸。一说起两个孩子，杨国华脸上便会浮现出掩饰不住的笑意。

2021 年 7 月，杨国华一直盯在重点工程现场，盯 7 号燃煤注气站的建设，每天一个运行会，八点左右，回来八点半，协调建设中的问题。按常规，驻疆 3 个月就会安排休假，可大部分人没有按时按点休假的，杨国华也不例外。直到这项工程完工，到 12 月底他才回到东部的家。

或许是与家人分别太久了，杨国华的小儿子信手涂鸦了一幅画，一幅根本看不懂是什么内容的画。可在视频聊天时，孩子却咿咿呀呀地说，是画了一架飞机和一座机场，等着爸爸坐飞机回家呢。看着孩子涂鸦的画，看着孩子稚嫩的小脸，看着孩子眼神中的期待，赫赫有名的杨铁人的心融化了，竟然有些哽咽了。

杨国华说，刚来的时候，特别想回家，天天看日历，现在已经习惯了。是啊，与在疆的干部员工交流，听得最多的就是“现在已经习惯了”。其实，不为人知的是，他们都经历了“不习惯”的漫漫历程。

其实，新春公司管理四区的付玮同样也是把“不习惯”变成了“习惯”。

到西部去，到新疆大漠去。2015 年，付玮硕士研究生毕业，义无反顾地选择了新春公司，他觉得年轻人就应该志在四方，就应该到最艰苦的地方锻炼成长。

第一年，付玮很兴奋，跟着服务队伍实习，学习作业，学习采油，戈壁、荒漠、胡杨、梭梭树，就连无处不在的蜱虫都是新鲜的，骆驼和野马金黄的毛发，就连沙鼠都很可爱，尖尖的嘴巴、水灵灵的眼睛，满眼的新奇反而没有不适应、不习惯。

第二年，付玮转岗定岗到油藏开发岗位，开始系统地熟悉春风、春晖和阿拉德油田，熟悉地质构造、油藏特征，熟悉能够立起来的稠油和闪着光的稀油，闲暇的时候一个人却有了一份寂寞。

第三年，付玮说感觉很累，各种的地质汇报，各种的材料，一两点回到宿舍是常事，每天四五点睡觉也是常态，看着别人七点半能够正常吃饭，能够放松地刷手机，心理上也有过波动，后来领导谈心、引导，激励他好好干。再就是，他看到副经理马志刚全年在疆，周末有时候也不回去，慢慢地就淡然了，把忙碌工作变成了习惯和常态。

那时，付玮给自己定了一个座右铭：路虽远笃行可至，事虽巨坚为必成。

付玮说，年轻人工作不怕，就是找对象有些难。他说，在疆一待七八个月，找对象时见个面、吃个饭、聊得还是挺好，有的女生聊得挺好，但家庭不同意；有的说，这样的爱情缺乏陪伴感，挣了钱没地方花，一年只能见个面、吃个饭，恋爱谈得跟养了个电子宠物似的。

但付玮的爱情还是一波三折地来了。付玮说，他参加了油田组织的三届相亲大会。第一届他看到了一个女孩，觉得很能对得上眼，就主动要加女孩的微信，可女孩没有理会他。第二年，在相亲大会上，付玮又看到了那个女孩，可因为上一次的闭门羹，他没有主动交流，就又错过了。

待到第三年，付玮又看到了那个女孩。付玮说，当时他是跟母亲一起去的，就说起了这个女孩。母亲说，“不行，我去加她的微信”。付玮说，“你别弄”。没承想，那女生通过了他母亲的微信。

付玮的母亲说，她手头有个好男孩，给女生推过去，让他们聊聊。没承想，付玮和这女生聊得还挺好。直到这个女孩第一次到付玮家，才知道常联系的“红娘”阿姨，竟然是自己的婆婆。2021 年付玮和那名女孩走进了婚姻的殿堂。付玮母亲给儿子当红娘的故事，在新春成为一段佳话。

其实，不仅是付玮，每一个走进新疆的大学生，背后都有一个跌宕起伏的爱情故事，这里承载着彼此的挚爱，也承载着对新疆大漠、对新春公司的爱。

张萌是新春管理二区主管师，他于2014年硕士毕业后来到新春。当时，在中国石油大学做毕业设计，论文写的就是新春，就是春晖油田的火成岩。或许是冥冥之中，或许是热血澎湃，他坚定地选择了大漠戈壁的西部，一直从事油田开发，从稠油到稀油，从浅层到深层，从来没有懈怠过。

张萌的妻子是河北理工大学毕业的，跟着他到了东营，后来考取了河北的公务员。

刚结婚的时候，张萌还感觉不出啥来，当妻子怀孕、生孩子时，自己老往新疆跑，妻子就不太愿意。到了河北后，妻子有人照顾，就没有那么想他了。于是，每次调休，他都尽量从周二开始，到河北连着休五天，然后再到东部工作。

张萌说，妻子说他每次回河北保定，眼神是呆滞的，自己没有这感觉，别人还是能感觉出来的，不过一两天就适应了。

其实对于胜利新春人来说，从东部到西部需要适应，从西部到东部同样需要适应。或许正是这种时空的转换，才让他们更加珍惜与家人在一起的每一天。

“井上压力一波动，你的心就不在这里了，还是赶快回去吧。”张萌说，在西部就时常惦念东部，在东部就经常牵挂西部，每次在家虽然待的时间很短，妻子总会催促他赶快回单位，毕竟那是丈夫的事业，是大漠的深情召唤。

许士波和王孝燕夫妻俩是现河采油厂员工，他们响应油田人力资源优化政策，夫妻双双来到新疆大漠，成为新春项目管理中心的外闯员工。

2020 年 12 月 17 日 15 时 25 分，东营直飞克拉玛依的包机刚刚落地，现河采油厂新春项目管理中心管理一部生产指挥中心许士波第一个小跑出了舱门，他直奔候机厅外，只为隔着候机厅的玻璃，通过电话传音，与即将登机返回东营的妻子王孝燕会面 2 分钟。

原本两人是一套班，但是由于岗位变动以及疫情防控的原因，夫妻俩只能在机场隔着玻璃短暂地传递相思。尽管每天都能视频通话，但是站在大厅内见到一路小跑过来的丈夫时，王孝燕眼里竟然闪过一丝泪花。

“新疆冷怎么不穿那件厚棉衣！”王孝燕笑着责备起许士波。许士波一边应允一边嘱咐着妻子：“临走前我包了水饺冻冰箱了，晚上到家记得煮了吃。”他还买了王孝燕最喜欢的红富士苹果和新鲜蔬菜，以便妻子到家后就能吃到。

由于急着核酸检测，许士波只能匆匆离去。王孝燕望着丈夫离开的背影，心中充满不舍。休假一个月后，王孝燕再次返回到新疆大本营，继续与丈夫奋斗在戈壁滩。

其实，像许士波和王孝燕一样，现河采油厂夫妻双双携手外闯新疆的就有 15 对，现河新春项目管理中心队伍规模也扩充了近 10 倍，承揽了新春公司一千余口油水井管理业务，并把劳务输出业务拓展到管理和技术领域，成为支撑新春上产的重要力量。

在新春公司，不管是甲方乙方，还是前线后勤，只要在疆就是坚守与奉献。在新春公司综合服务中心副经理张涛看来，他们虽然是在综合服务的岗位，但保障好前线，就是助力增储上产。

像张涛一样，综合服务中心的人们自愿放弃休息、与家人团聚的时间，时刻坚守岗位，以勤劳的名义，严抓生活服务节点管理，为公司安全高效生产提供后勤保障。

有人说，看我的手，就知道我从事的职业；有人说，柴米油盐为伴，一定很枯燥；有人说，让每个人都满意的后勤服务，注定充满挑战。为什么要走？因为盛年正当时，因为平淡不一定平凡，我们的面前是难忘情深，我们的身后是万家灯火……

2020 年 12 月 13 日，张涛送检查人员返回新春公司新疆克拉玛依生活驻地过程中，行至距西门南侧 300 米处时，因地面结冰摔倒导致右踝关节骨折。病情稍有好转，腿上钢板还没有拆除，就投入工作，组织单位搬家，协调疫情防控，捧出了一颗赤诚之心。

“征战边疆大漠，谱写壮丽人生。”寒来暑往，岁月更迭，胜利人硬是把亘古荒无人烟，“没有草、没有水，连鸟也不飞”的戈壁大漠变成了“油井像铁塔、罐区像城堡、红旗像花朵”的现代化油田。

2013 年，新春公司实现生产原油 66. 6 万吨，再造了一个“春光油田”，2015 年，胜利油田西部探区实现了百万吨油田的突破，并且保持百万吨规模持续箭头向上。

2021 年，胜利油田西部探区探明储量占油田总探明储量的 35%，实现原油产量 129. 2 万吨，成为胜利油田乃至中国石化重要的增储上产阵地和实实在在的接续力量。

“百万新春”辉煌的背后，却多是些不为人知的无名石油英雄的艰辛付出。

春潮急，沙场秋点兵

走进新疆大地，融入新春公司，“大兵团联合作战”响彻胜利西部。作为管理责任主体，新春公司起到了“穿针引线”的作用。

正如新春公司决策者所说，在准噶尔盆地增储上产攻坚战中，他们将按照“稳定准西，加快准中”的工作部署，以时不我待、只争朝夕的精气神，与胜利西部各参战单位一家人、一条心、一起干、一起拼，以决战决胜的气势和一往无前的奋斗姿态，全力打造资源有序接替的“新春阵地”、油公司建设的“新春模式”、管理服务支撑的“新春平台”和引领保障发展的“新春力量”。

2021 年底，新春公司把物探研究院、勘探开发研究院、石油工程技术研究院负责西部研究的科研人员集中在新疆办公，实现地质、物探、开发、钻井、地面一体化运行，以现场问题为导向的联合作战。

其实，这种“大兵团联合作战”模式，正让胜利运输公司新疆运输项目部实现华丽转身。

2003 年，胜利运输公司的车辆第一次进入新疆，一个陌生的市场从此打开。打开的画卷很长，长到可以让那一代人青丝变华发。而这个画卷又很短，在浓墨重彩的西部开发中，他们要走的路才刚刚开始。

如今，经过近 20 载的磨砺与蜕变，运输公司新疆项目部正沿着一条更广阔的大路奔驰，保证西部开发主业，兼顾多元发展，打造胜利危化品运输品牌。

“作为中国石化在疆唯一的成建制运输单位，我们首先要把支撑主业当成一项政治任务来做。”运输公司安全副总监、新疆运输项目部书记李善伟说，“别人能做的我们做，别人不能做的我们也得做！为油田、中国石化乃至国家的西部油气开发战略服务。”

去过新疆的人都知道，一年中最难熬的就是冬天，零下四五十摄氏度的低温把人冻得通透，很多工作都无法正常开展。冬天出车，他们每隔两个小时启动一次汽车，保证完成冬季任务。

为了保障新春原油运输，新疆运输项目部用了一天一夜，就把驻地从独山子搬到了奎屯。李善伟 2019 年元月进疆，一待就是 14 个月，三年半在这里度过了两个春节，仅仅休假 5 次。

2020 年疫情暴发，当地的押运员如果回家，就不能出车。为了能够出车，大家就住在单位的会议室里。正在休假的温金勇经理，本来要在家休息一个月，仅仅休了 4 天，大年初四就赶到了单位。其实，他家就住在乌鲁木齐，可基本上也是四五个月才回一趟家。

“原油运不出去就得关井停产！关井停产的油井就有可能开不起来了！”李善伟说，疫情期间，新春公司对他们帮助很大，从高速出口步行七八公里，到地方疫情防控部门协调，最终达成协议，所有车辆上的人员沿途不准下车。夏天非常热，为防止上厕所，驾驶员、押运员都不敢喝水，所有吃喝拉撒睡都在车上解决。

就这样，奎克高速这条一级路上，只有胜利运输的罐车在跑，即使到乌鲁木齐的路上，运输的大车也是寥寥几辆，只有胜利运输的车辆在奔驰，硬是在西部大漠跑出了一条“胜利路”。

走在“十四五”的征程上，滚滚车轮永远向前，轮印清晰坚定如磐。如果说，春风油田开发是胜利运输的第一次发展机遇，那么在加快西部勘探开发的征程上，恰恰让他们迎来第二次春风。

大美新疆，风吹草低，天山脚下，浪漫多情。这是电厂新疆项目部支部书记王国立对新疆的想象。2011 年 6 月，当王国立踏上新疆大地时，眼前的一切完全颠覆了他的美好想象，面对的是戈壁滩，住的是板房，1 号燃煤注气站只是个基坑……

王国立说，当时的第一考验，感觉日子过得这么长，就像是人们常说的“熬鹰”。到疆第一天，他便在工作日志上写了一个 60，第二天 59，第三天 58……当写到 10 的时候，就开始兴奋着，感觉离回家的日子越来越近了。

为能够掌握年迈父母的情况，王国立在老人的客厅装了一个监控，在卧室里也装了一个监控，而且配上智能音箱和显示屏。对此，他的父母开心地说，现在人太能了，儿子都到边界了，还能看到儿子!

2019 年 4 月 5 日，王国立的父亲突发心梗，躺到地上，老娘慌神了，赶忙给他姐打电话，还拨了 120。当通知他时，他抄起手机看监控，并安排电厂的朋友，带救护车……随后，他紧锣密鼓赶往乌鲁木齐，乘坐最近的航班向家里赶。最终，他的父亲还是没有抢救过来。可是他却兑现了“千方百计注够汽、注好汽、为稠油生产打‘底气’”的郑重承诺。

说实在话，对于每一个在疆的员工，最难的是面对着老人的生病照料。说起这段往事，王国立情不自禁地抬起脸，持续数十秒的沉默。他抬起头默默不语，那是怕眼泪再次掉下来啊!

“到新疆，至少过三关!”谈起进疆的感受，现河采油厂副总工程师、新春项目部经理杨洪元说，能熬过心理关、亲情关、工作关，就算挺过来了。

心理关。杨洪元是 2018 年 11 月 8 日从现河采油厂进疆的，来时任副经理。从东部到西部，刚下飞机就蒙圈了，人们所说的大美新疆，冬天就没见过太阳，天天牛毛小雪，可谓冰封的世界，对于初来乍到的人是严峻的心理考验，三个月都会经历从豪言壮语到沉默不语，再到胡言乱语的三个阶段。

亲情关。远离熟悉的环境，远离亲人朋友，到一个陌生地方，偏远的地方没有信号，还需要搬着两个凳子到沙坝子找信号，无疑是亲情上的煎熬。其实，在排 10 西采访，走出装了信号放大器的小站，在外面的井场上是没有信号的，着实体验了一把没有网络的感受。

工作关。初来乍到，新的岗位、新的工作，在东部是 8 小时，在西部 24 小时全程负责。再加上不一样的流程，不一样的操作模式，有的员工一时顶不了岗，急得哇哇地哭。

其实，在电厂新疆项目部，在现河新春项目部，不仅是王国立、杨洪元在坚守。仔细想想，在疆的每一名胜利人，他们的血脉里早已融入了胜利核心价值的基因，不自觉地践行着“爱国、创业、创新、开放”的情怀，深刻感受了“一家人、一条心、一起干、一起拼”的浓厚氛围。

“不管是甲方乙方，都站在新春大发展的一方。”胜利工程公司新疆钻井分公司副经理付波说，2002 年以来他一直在西部，虽然经历了冬天“冻得腚后跟疼”的冷和夏天“晒得晕头转向”的热，但是看着新春发展越来越好，感到特别自豪。

付波说，在野外确实辛苦，冷的时候，有一种恐惧，下着大雪，零下四五十度，没有信号，有种与世隔绝的感觉。2005 年冬天，他们起下钻具，半小时一循环，四个人轮着来，每个人下来，都光着脚踩在七八十度的暖气片上，才能暖和过来。一次，用榔头砸东西，可能榔头在外面冻得太厉害，榔头本体都断了。

何标儒是地质录井公司新井录井部副主任师，自 2011 年 8 月来到新春，便担起了新春地区的地质录井工作，从车排子地区，到准北、准中，再到永、哈浅，哪里需要就往哪里迁徙，说是 3 个月一倒班，可基本上没有实现过，最长能干 6 个月，平均下来 4 个月一倒班，支撑起了新春的高质量录井，为勘探找油做出了录井贡献。

“大兵团联合作战”在西部大漠戈壁上演，正演绎出一个又一个“新春速度”。

2017 年 3 月 15 日，春风油田南部部署的苏 6-1 井首次在苏 1 西地区钻遇油气显示，展现了苏 1 西地区油气勘探的潜力。3 月 16 日，在春风油田南部部署的苏 1-7 井顺利完钻，成功钻遇沙湾组油层，获得商业油流。5 月 22 日，排 10 西石炭系重点滚动井苏 1-22 井顺利完钻，钻遇良好油气显示。

2018 年 6 月 7 日，胜利油田重点预探井——征 6 井——顺利完钻，钻遇多层油气显示。9 月 15 日，中国石化重点评价井永 3-侧平 1 井顺利完钻，12 月 13 日顺利投产，见高产工业油流。12 月 8 日，春风油田石炭系火成岩排 66-平 14 和排 66-平 20 井投产，获高产工业油流。

2021 年 8 月 3 日，中国石化重点风险探井奎屯 1 井开钻，该井设计井深 8200 米，是准噶尔盆地最深井。新春公司成立奎屯 1 井运行专班，强化生产运行，狠抓安全环保，做到工作高标准、管理高水平、钻井高质量，力争将奎屯 1 井打造成“新春公司安全高效绿色钻井样板”。

2021 年 11 月 3 日，胜利西部永进 12 井实施压裂施工，共出动

14 台 2500 型压裂车，将 1471 立方米压裂液、103 立方米支撑剂全部挤入井底，创造出胜利西部投入设备最多、规模最大的一次压裂作业，为西部深层、超深层压裂施工蹚出了路子。

创造仍在继续，胜利人一直在奋斗的路上激情跋涉。

春潮涌，逐梦新征程

这是一次新的探索与尝试。

2021 年 5 月，在酝酿一年之后，新春公司将年产原油 40 余万吨的采油管理三区拿出来整体对外承包。

这不仅是新春公司历史上的首次，也是油田范围内的一次全新尝试。

新任务下，新春公司从“破”与“立”之间寻求新的发展方向。

“十四五”期间，面对五年产量增长一倍的艰巨任务，新春公司需要腾出更多“手”来做大稀油上产阵地。

而现在，新春公司将已经成为稠油稳产阵地的采油管理三区“托付”给现河采油厂管理，是双赢的选择。

“整个管理区的生产、技术、经营决策过程都由我们来执行，东部与西部在管理和观念上都存在差异，确实有所担心。”从过去听从指令的“店小二”转变为可以决策的“管家”，现河采油厂副总工程师、新春项目部经理杨洪元直言压力倍增。

但是因为有了做大油田新区产能这个共同目标，双方相信，只要向着同一个目标发力，就一定能形成合力创造更大价值。

“希望能够通过合作，进一步激活观念、人才、技术、管理等方面的资源流动，真正把油藏经营理念植入大家的思想观念里。”杨洪元说。

在新春公司，改变还不止于此，新的尝试一个接一个。

7 月 8 日，是永进某井取岩芯的日子。

新春公司统筹钻井工程技术研究院、勘探开发研究院、采油工程技术研究院以及经纬公司相关企业等十余家承包商，共同制订了首个资料录取计划书，一次录取资料多家受益。

而在这之前，大家各自为战，一个岩芯各取所需。

“勇于尝试新方式”的思路正悄然改变着新春公司多年的旧模式。

“在以后的开发进程中，‘勘探开发一体化运营’将成为主导。勘探开发和地质工程、研究部署和生产运行环环相扣共同发力，实现全链条、全周期效益最大化。”新春公司副经理王其玉说。

新的考核办法、新的管理规则正在起草，考核激励逐步向发现大储层、实现大突破倾斜。

“准噶尔盆地要实现大突破大开发，务必探索新的市场化模式，吸引更多优质的承包商参与到大开发中。”在新春公司总会计师卢刚看来，新的市场化模式正逐步在准噶尔盆地形成。

8 月 17 日，新春公司改变之前生产例会只有本单位人员参加的模式，把所有参战单位纳入公司生产例会。每天上午九点半，下午六点半，东营、乌鲁木齐、克拉玛依、春风基地等 6 地 20 多家胜利西部参战队伍同步视频连线，协同解决生产难题，加快运行节奏。

“将参战单位纳入新春公司生产运行，解决之前会后沟通效率不高的问题，参战单位主要负责人参加会议，在会上涉及的问题都可以明确责任，直接落实好时间，避免了推诿扯皮、相互掣肘问题的出现，促进了生产环节的无缝衔接，让生产运行节奏再加快。”新春公司生产管理部经理于福宾介绍。

在全新的协同作战模式下，新春公司、塔里木分公司北疆项目部、钻井院、泥浆及录井地质人员心往一处想，劲儿往一处使，最终取芯进尺 17.65 米，出井芯长 17.55 米，取芯收获率 99.43%，创该区块单趟钻取芯长度最高纪录，刷新北疆永进区块单趟取芯长度最高纪录。

尝到了创新的甜头，新春公司人人都想做“第一个吃螃蟹的人”。

10 月 24 日下午，新春公司召开视频会议，对参与董 701 和排 601 北、中两个区块项目经理揭榜的 8 名应聘人员进行公开选拔。

实施揭榜挂帅，公开竞聘项目经理，对区块开发进行整体承包，对于新春公司来说尚属首次。

新春公司以此次揭榜挂帅为契机，进一步深化油公司体制机制建设。通过机制创新激发广大干部员工干事创业的活力、动力，逐步树立能者上、庸者下用人导向，不断探索油藏经营管理新模式，推动老区精益管理、效益开发的实践，促进动用难度大、管理难度大、效益差的区块进一步提质提效。

新方式，换新颜。新春公司在创新中立足现实需求，坚持兢兢业业干好每一项工作，扎扎实实完成每一项任务。

9 月份的新疆，正是瓜果飘香收获季节。

9 月 23 日，正在新疆准噶尔盆地开展的排 612 热化学驱先导试验进展顺利。

这是新春公司确保春风油田稠油热采区块稳产，积极加快浅薄层特稠油热化学驱技术攻关及应用的又一重大举措。

新春公司在油田科研院所的支持下，确立了“热(蒸汽)、剂(降黏驱油剂、泡沫剂)、气(氮气)”复合增效的热化学驱技术路线，优选春风油田排612块开展先导试验，设计9个反九点法井组，预计最终采收率52%。

该项试验的顺利开展，表明新春公司在稠油蒸汽吞吐后期进一步大幅提高采收率重要接替技术上的突破。

“新春公司依托技术创新，摸索出一套完备的西部开发模式。”回顾新春公司的开发历史，胜利油田分公司副总地质师兼新春公司经理、党委副书记董臣强如是说。

董臣强所言不虚。

早在春风油田开发之初，新春公司面对的就是典型的低品位超稠油油藏，埋藏浅、油层薄、丰度低，黏度高达2万~9万毫帕·秒，冬天凝结起来像块石头，跺几脚都不会变形，夏天可卷起来抱走。在前期开发过程中，新春公司始终无法解决热采中的热损失问题。

对此，在国内外无成熟技术可借鉴的情况下，新春公司创新提出蒸汽与气体、化学剂混合注入的技术思路，创新形成了浅薄层超稠油HDNS(水平井+降黏剂+氮气+蒸汽)技术，实现厚度4~6米、黏度9万毫帕·秒超稠油的效益建产，建成百万吨年产能。

该项技术先后获中国石化科技进步特等奖和国家科技进步二等奖。

他们还配套了水平井防砂免钻塞钻完井一体化、注汽水平泵采油一体化技术，解决了高效开发难题。

“十三五”期间，新春公司持续深化技术创新。

针对老区高轮次蒸汽吞吐递减大、高含水井增多、采收率低等问题，通过深化应用HDNS复合采油技术、分类治理高含水井、攻关接替技术，实现产量持续攀升。

近年来，随着油藏条件变化，他们拓展形成VDNS(直井+降黏剂+氮气+蒸汽）技术，实现由单层向多层、超稠油向特稠油的高效动用，年产油量持续攀升到 120 万吨。

在做好稠油热采低成本开发的同时，新春公司还开辟了石炭系火山岩和沙湾组稀油产能建设新阵地。他们对沙湾组稀油应用隔热管+高温电缆技术，既解决了清蜡问题，又提高了生产效率。同时，他们将数模与实践相结合，提高了稀油管理水平。

进入“十四五”，新春公司牢牢牵住创新驱动这个“牛鼻子”，通过一系列关键技术攻关，提高现有储量动用率和采收率，为胜利西部不断注入发展动力。

春风油田老区受油藏“浅、薄、低、稠”影响，蒸汽吞吐轮次高，油藏高存水、高亏空问题突出，严重制约了春风油田效益开发。

面对这些“痛点”，新春公司以滚石上山、爬坡过坎的精神，推动关键技术实现新突破，以奋进姿态开启高质量发展新篇章。

在排 6 南、排 604 区块攻关微生物采油技术；在 4 号燃煤注汽站实施锅炉提干改造，将蒸汽干度由目前 75%提升至 85%，攻关注汽锅炉提干技术。

在稠油老区，开展四维地震攻关，研究剩余油分布规律，攻关老区加密技术；在征 1 井组开展二氧化碳气驱试验，攻关深层能量补充技术。

新春采油管理三区主动思变，在低压区实施大氮气增能，破解高温低液矛盾，提高生产压差，氮气量由 2000 标准立方米增加到 30000 标准立方米，平均单井周期产油增加 89 吨。

在边底水区，实施“筑坝”堵水，分类施策治理高含水井，水线推进速度明显减缓，有效补充地层能量，缓解了开发矛盾，所有单元实现全面提效，有效单元由 1 个增加至 3 个，实现老区稠油长期效益稳产。

漠海寻梦，敢为人先。新春公司将坚持科技发展道路，开拓创新，科技进步助腾飞。

10 月，喜讯从春风油田排 625 区块传来：该区块 5 口井地质浅孔取芯近日顺利完成，该技术是新春公司提高薄浅层超稠油开发效益的重要举措，可加快对储层的认识，缩短评价周期。

新局面全面打开，科技创新仍在继续。

春潮升，再谱新篇章

回顾“十三五”征程，新春公司大刀阔斧，在寻找和发现优质储量上，硕果累累：

深化超剥带“断-毯”成藏理论，新增三级储量 9467 万吨，实现了准西地区多层系持续增储；

深化“断-压-盖-储”控藏模式研究，庄 110、征 6 井区上报预测储量 4000 万吨；

强化勘探开发一体化，实现永进油区超深层碎屑岩储层产能突破；

落实了 2~3 个 3000 万吨以上储量阵地，准中地区实现新突破；

火山岩综合评价技术推动了准西石炭系、哈山山前带、准东北石炭系勘探新发现，拓展了勘探方向及储量阵地，石炭系领域取得新进展。

“十四五”开局，新春公司面对的是更严峻的挑战。

五年产油 540 万吨，胜利油田西部“十三五”上交了一份出彩成绩单。展望“十四五”，中国石化集团公司提出了胜利西部“十四五”末油气当量“翻一番”的任务目标，为此，胜利油田新春公司科学谋划、枕戈待旦。

新时代新征程，新任务新目标。

在中国石化集团公司及油田部署安排下，新春公司全员凝聚合力齐上阵、技术攻关注活力，把“规划图”变成“施工图”，把“时间表”变成“计程表”，加快勘探运行节奏，提高产能建设速度。

他们的目标是：“十四五”持续增储稳产、到 2025 年原油产量达到 240 万吨，“十五五”加快发展、力争到 2030 年原油产量达到 500 万吨。

志存高远是抬头望天，落在实处是低头看路。

新春公司坚持全员思想“一盘棋”，加快融入中国石化构建“一基两翼三新”的产业新格局。

作为准噶尔盆地高质量发展管理主体，新春公司向全体干部员工发出动员令：“从全局高度厘清工作思路，坚决把胜利西部工作放到集团公司党组扛起保障国家能源安全大局中去思考谋划，放到胜利油田较长时间内效益稳产 2340 万吨大盘子中去推进落实。”

新思路引领新的发展方向，新春公司厚积薄发，为开启全新篇章打好了坚实的基础。

在勘探方面，新春公司将进一步整合勘探资源，强化勘探理论创新，形成两项理论、发展六项关键技术，力争在“十四五”“十五五”期间，探明储量 5 亿吨，形成两个“2 亿吨”级、一个“亿吨”级规模储量阵地。

在开发方面，新春公司将着力打好准西效益稳产、准中规模增产和开发技术创新三大攻坚战，在确保百万吨稳产的同时，推动储量大发现，实现储量向产量的快速转换。

在地面工程方面，新春公司将继续推行新技术、新工艺，着力打造“智慧井站”，谋划“数字转型”，进一步盘活老区低效资产，谋划新区“区域辐射”大发展。

在绿色发展方面，新春公司将持续深入推进绿色企业行动计划，应用生物能源技术、可再生能源技术，实现能耗损耗的大幅降低和节能减排标准主动提升。

五年翻一番，十年翻两番。这样的目标，让当前年产仅 120 万吨的新春公司感到了前所未有的压力。

重压之下，寻找出路。

新春公司领导班子成员及主要科室负责人全部进疆，工作地点由东部向西部一线转移，工作模式由东西部两地办公转变为以西部办公为主。

公司上下传递的是一种“来即战，战必胜”的决心与信心。

“从未感受过如此大的决心，同样也感受到巨大的压力和超快的生产节奏。”在新疆工作了 20 多年的新春公司副总工程师杜永灯感慨道。

他们连续 4 天召开务虚会，探索“勘探开发一体化运营”“地质工程一体化推进”“中中合作”等新模式，攻关突破“卡脖子”关键核心技术，坚决打赢准中建产和准西稳产“遭遇战”。

“目的只有一个，早日建成资源有序接替的‘新春阵地’；目标只有一个，全力以赴实现‘五年翻一番，十年翻两番’目标；路径只有一条，凝聚所有参战队伍力量，全力建设引领保障胜利西部发展的‘新春平台’。”新春公司党委副书记、工会主席刘双全说。

任务艰巨、使命光荣。从新春公司决策层到普通员工，一种豪气荡涤开来。

全新的发展思路驱动新春公司昂首阔步向前迈进，为实现胜利西部增储稳油降本贡献智慧和力量。

新征程再出发。“十四五”的宏伟画卷已徐徐展开，“十五五”战略目标已然确立。

“我们必须团结一切可以团结的力量，凝聚一切可以凝聚的智慧，激发一切可以激发的活力，同心同德、群策群力，全力推动各项工作落到实处、取得实效。”新春公司决策层信念坚定。

前进的道路上，新春公司干部员工正铆足精神、勇往直前，大干快干加油干、苦干实干拼命干，以奋进姿态开启公司高质量发展新征程。

公司开发管理部在公司油气开发首席专家乔明全带领下，把脉不同油藏、不同单元及不同井组开发规律，对回压、套压、温度等重要生产参数，进行连续跟踪，认真排查每一项生产数据，及时发现低效井、隐性异常井，对症下药，实现效益最大化。

采油管理一区在高含水、低产低液等低效井的治理中，优化控水提效工艺，对两口井实施氮气泡沫调剖，日增油 12.7 吨；针对采出程度大于 20%、地层存水量大于 8000 立方米的 23 口低效油井，检泵过程中调整配注器位置，转周时采用氮气拌注，提高蒸汽热利用率，为每一口油井寻找最佳生产方案、最优化生产参数，推动单井效益最大化。

为打好“十四五”开局之战，采油管理二区员工密切跟踪永 3-侧平 1、永 301、沙 4-1、董 701-2 等重点井含水率、动液面、油套压的变化情况，精准油井油压、套压等资料录取，发现问题及时处理，减少躺井率，提高采油时率，做到“吨油必争、斤油必争”。

胜利西部探井、开发井井位分散，点多、线长，井与井之间距离远。

钻完井管理部人员兵分两路，一路深入准中腹部及各偏远钻井现场，一路深入春风油田排673区块钻井现场，做好安全分析和风险提示，组织现场监督、录井、定向井、泥浆等单位召开现场协调会，不断优化施工方案，提升钻井质量，保证钻井平稳有序高效运行。

在新春公司一年四季里，最美的都是全体员工奋战的身影。

新年伊始，正是新疆最冷的时节。再低的气温、再大的风雪，都阻挡不了新春公司干部员工前进的步伐。

2021年1月10日，采油管理一区排6南三号线渗漏。为防止管线在严寒天气下冻堵，施工人员打响了一场和时间赛跑的攻坚战。

室外温度已降至零下28摄氏度，员工们的脸冻得通红，手指也已不听使唤。但为了新一年工作的良好开局，为了把对产量的影响降到最低，没有人退缩，一切操作都在有条不紊、安全规范地进行。经过两个小时的奋战，排6南管线顺利修复。

2021年8月3日，设计井深8200米的奎屯1井正式开钻，标志着准噶尔盆地最深井施工全面展开。

奎屯1井是集团公司部署在准噶尔盆地西部隆起车排子凸起的一口重点风险探井，主要任务是探索白垩系、侏罗系及石炭系含油气情况，在车排子凸起南翼寻找类似春风油田的复式油气聚集区。

奎屯1井所用钻机为胜利西部第一部90型纯电动钻机。作为集团公司风险探井，该井可参考资料较少，地层不可预见性因素多，新春公司充分认识钻探过程中的困难。

他们与各施工单位密切协作，做好技术支持，精细组织生产，减少井下复杂情况发生，确保井壁稳定，有效保护储层，强化安全管理，实现安全生产，优质高效完成该井施工。

大步向前，只争朝夕。

2021 年 11 月 4 日凌晨 2 点，在中国石化胜利西部永进井场，14 台整齐列阵的 2500 型压裂机组停止轰鸣，胜利西部动用设备最多、规模最大的压裂施工圆满结束。

这个区块油藏埋藏深，施工压力高；水平应力差较大，裂缝复杂程度有限；地理位置偏远，施工组织难度大。同时，正遇到新疆降雪降温天气，施工过程中最低气温降至零下 8 摄氏度。

面对各种困难，新春公司各施工单位紧密衔接，经过 2 个小时连续奋战，最终 1400 立方米压裂液、103 立方米支撑剂全部挤入井底，顺利完成施工设计，该井压裂顺利完成。

这口井成功完成压裂，不但创造了胜利油田西部使用设备最多、规模最大的新纪录，也为西部深层、超深层压裂施工打下了坚实基础，积累了经验。

“以‘功成不必在我，功成必定有我’的历史担当和无私奉献精神，引导胜利西部全体干部员工安下心、扑下身，比贡献、做标兵，坚决扛起准噶尔盆地高质量发展历史使命，在推动高质量发展、建设领先企业、打造百年胜利进程中走在前作表率，在胜利西部这片广袤的热土上续写更加辉煌美好的篇章。”辽阔的大漠是奋进的沃土，穿行在一个个突破的阵地上，新春公司的决策者信念如磐。

春华秋实，厚积薄发。四季更迭之后，新春公司定会描绘美丽画卷。新春，英雄的新春人一直在书写春天的故事。我们有理由相信，春天的故事里不仅仅是坚守与奉献，也有收获的微笑和美丽的憧憬。

雕刻的激情岁月

黄河入海口，我们国家最年轻的土地。中国石化胜利油田在此起步，从无到有，从小到大。

融入胜利大家庭。行走在百里油区，信步华八井景区，徜徉营二井身畔，投入坨 11 井景区怀抱，看着一片片钢筋铁骨的采油树，瞩目一座座巍然屹立的纪念碑，聆听我国石油石化工业的岁月的故事，心绪禁不住随之飞扬起来，一种民族文化自信荡涤心灵，促动产业转型升级的使命感油然而生，仿佛一下子回到雕刻在荒原上的激情岁月。

虽说早就熟知胜利油田的功勋井，可带着使命书写它实属第一次。功勋井由华八井、营二井和坨 11 井等三口油井组成，2021 年入选第四批国家工业遗产名录，是黄河三角洲工业旅游的重要景点。徜徉其间，既有历史岁月的厚重，又有着现代工业的文明，来自地心的力量激情澎湃，挺立起胜利的丰碑！

一

追寻石油工业的足迹，不能不到胜利油田，因为这里书写了我国石油工业一次次伟大的胜利，澎湃着石油精神、石化传统的精神力量。

到胜利油田，就不能不到华八井、营二井和坨 11 井，因为它们已成为胜利油田历史印记的重要标注，成为一种昂扬向上的精神图腾，成为一座城市烫金的旅游名片。

岁月更迭，历史变迁。三口功勋井旁都矗立起标志性纪念碑，在夏日的阳光下闪耀着希望的光芒，在石油的芳香里流淌着特有的石油风格、石油气派。功勋井之间的距离并不算远，但时空的跨度又仿佛很远很远。

20 世纪 60 年代，这里还是一片荒凉贫瘠的盐碱地。新中国工业正艰难起步，因为缺油，有的飞机停飞、坦克停止训练、拖拉机闲置，首都北京的公交车只能背上煤气包。

一些外国专家断言：华北平原没有中生代和新生代的海相沉积，不可能有石油。然而中国人不靠天、不信邪，靠自己的双脚踏遍青山荒漠，寻遍森林沼泽，打量着祖国的山山水水，每一个沟渠山褶。

地质部和石油工业部联手，迈出华北找油的脚步……部署的第一口基准井——华一井——未见到石油。随后，在山东、河南相继部署华二至华六井，都相继给人以失望。

艰难徘徊时，渤海湾发现了漂浮的油苗，随着潮起潮落时隐时现。油苗就像火苗，让苦苦求索的人们点亮了希望之光。

1958年秋天，油苗调查组从大连出发，行程1000多公里，沿着海滩查找油苗：荣成海岸线有油花，潍坊白银河有油踪，沾化沿海有黏稠状物体……最终证实油苗来源于地下断层。渤海湾有油！渤海湾有油啊！这一消息振奋了国人！

老一辈石油人带着祖国的重托和期盼，秉承“我为祖国献石油”的初心，从北打到南，再从南打到北，从华一井到华七井，筚路蓝缕，苦苦寻觅，“恨不得两手扒出油来”。

余秋里在狭窄的土坯房里走来走去，突然停下了脚步，“咚——”一记重拳砸在简易的木桌上……他批准了钻探华七井的32120钻井队移师一个叫东营的小村庄，打下了编号为“华八井”的勘探井。

从华八井起步，相继打出营二井、坨11井，形成三足鼎立之势，稳定厚重，遥遥相望，犹如嵌入黄河三角洲的“定海神针”，为新中国最年轻的土地注入了灵魂，让贫瘠的土地有了胆魄、气魄和精魄，让曾经的荒原有了格局、浩气和精髓，让一座城市有了灵性、精神和气度。

二

历史长河奔腾不息，有风平浪静，也有波涛汹涌，有些日子平平淡淡毫无波澜，有些日子必定被历史铭刻。

时间在这一日定格。1961 年 4 月 16 日，注定成为载入中国石油石化工业发展史册的日子。

这一天，位于我国东部的山东省东营市东营村附近的华八井，喜获日产 8.1 吨工业油流。黑色的液体从大地深处喷涌而出，仿佛带着史前时期的记忆和芳香，陶醉了找油的人们，也陶醉了黄河三角洲。

华八井是胜利的根，是胜利梦开始的地方。中国地图上开始有了胜利油田的方位和坐标，同时也拉开了中国渤海湾地区勘探开发的序幕。

轻抚华八井纪念碑浮雕，耳畔响起“石油工人一声吼，地球也要抖三抖”“宁可少活 20 年，拼命也要拿下大油田”“有条件要上，没有条件创造条件也要上”的铮铮誓言！热血沸腾间，思绪穿越时空和岁月的长河，华八井上的一幕幕仿佛就在眼前。

我看见，没有地方住，老一辈石油人就在牛棚羊圈里，月光从秫秸墙的缝隙里照进来，牛棚里屎尿味直冲鼻子，呼啸的寒风把被褥吹得像黑铁一样生硬冰冷，累了一天的石油人倒头就睡；每月的粮食不够吃，他们就吃地瓜干、棉籽饼，一个个都脸色发青，浑身浮肿，“屎都拉不出来了”。

我看见，老一辈石油人饿着肚子、住着窝棚、吃着野菜，在零下十几度的冰天雪地里，在前不着村、后不着店的荒原上，手拉肩扛，硬生生地把上百吨重的钢铁设备托运到井场，矗立在大地上，把钢铁钻头插进大地的胸膛……

我看见，钻机的轰鸣声第一次响彻沉睡万年的渤海荒原。猎猎的红旗迎风招展，高高竖起的井架挺立成这个古老民族不屈的脊梁。

我看见，华八井打到 1189 米时，取出了褐黑色泛着光的油砂，装进瓶子、系上红绸子，送到了北京。余秋里拿着放大镜不停地端详着这块油砂，还风趣地说："这个小宝贝，可是比金子还要珍贵得多喽！"

我看见，当钻进 1755.88 米处时，井管内喷涌出一股冲天的褐色油柱。华北醒过来了，历史在这一刻改变了走向，带领着中华民族开启了工业化的加速度。

华八井，宣告了"华北无油论"的破产，开辟了华北平原找油的新时代，胜利油田横空出世。1974 年 9 月 29 日，新华社以《我国建成又一个大油田——胜利油田》为题，第一次向全世界报道了胜利油田。9 月 30 日，《人民日报》头版头条予以刊登。一时举国欢腾，世界惊殊。

三

驻足营二井景区，很快便与翻书形的雕塑相遇。灰白的颜色，古朴而敦厚，雕刻着营二井简史，一下子被带入岁月的时空里，流淌出鲜为人知的故事。

1962 年 3 月 23 日，营二井开钻。没有公路，石油勘探队就和当地民工一起修路；没有吊车和运输工具，就人拉肩扛把钻机安装上去；没有水，就自己挖井积雨水，喝坑洼中的咸水；没有现成房子，就搭帐篷、挖地窝子住；口粮不足，就到野地里摘黄蓿菜、草籽做棉籽饼吃，活干到哪儿就睡到哪儿，没日没夜忘我工作。

1962 年 9 月 16 日，营二井钻至 2738~2758.57 米时，钻遇沙三段一套厚 20.57 米的高压油层，产生剧烈井喷，天然气、原油、泥浆汹涌着从井口喷薄而出，一条油龙直上百米高空，方圆十几里都能听到怒吼的声音，都能闻到石油的芳香。

人们像赶庙会一样奔走相告，激动地拥抱在一起庆祝，仿佛全中国、全世界都听到了黄河口乌龙腾空的巨响。1962 年 9 月 23 日，营二井用 15 毫米油嘴测试获得日产 555 吨高产油流，刷新全国日产原油最高纪录。

营二井是继华八井之后，又一口具有里程碑意义的功勋井，极大地鼓舞了全国人民。时任石油工业部副部长的康世恩说："这是中国石油工业史上的一件大喜事，为中国石油勘探开发事业揭开了新的一页……展示了中国东部地区石油工业的光辉前景。"

为纪念营二井获得高产油流的喜庆日子，石油工业部通报全国，把华东石油勘探局命名为"九二三厂"，标志着成建制勘探开发拉开序幕。如今，"九二三厂"已成为永不磨灭的胜利符号、胜利印记、胜利图腾。

四

踏进坨 11 井景区，首先映入眼帘的便是纪念碑。纪念碑造型由字母"T"与数字"11"组合而成。"T"酷似雄鹰展翅，寓意着胜利人像雄鹰一样搏击风浪、拼搏进取、展翅翱翔；挺拔的"11"两根立柱，象征着石油工人坚韧不拔的"硬骨头"，打出了我国第一口千吨油井。

"国家急需石油搞建设，坨 11 井很重要、很关键，我们一定要安全、准时完成任务！"坨 11 井开钻前，指导员陶洪给大家鼓劲儿，大家争着抢着表决心、写请战书，表示不怕苦、不怕难，无论如何也要胜利完成任务、为国争光！

1964年11月14日，坨11井开钻，功勋钻井队32120队一鼓作气，不负众望，18天钻到2480米时，遇到了85米厚的油层，创出了钻井、固井、测井等7个领域22项先进指标。

1965年1月31日上午，天空飘着的雪花像斜射的文字，在大地上铺出圣洁的诗篇。雪花挂在眉毛上，喜上眉梢；雪花扑在笑脸上，满面春风，大家一起咯咯笑出声来。天也笑，地也笑。笑中吐出的白沫，堆满了天地之间。

“试油！”命令一下，只听轰隆一声巨响，如巨龙腾空，直冲云霄，摇头摆尾；如猛虎下山，震耳欲聋，飞出了江山气势，吼出了石油人的威武！

石油芳香，随风飘扬，随雪而舞。用30毫米油嘴放喷求产，24小时喷出油1134吨。于是，这天大的喜讯带着“鸡毛”迅速传到北京。

“什么？1134吨？”余秋里同样不相信，一连问了好几遍。确认无误后，他哈哈大笑：“真过瘾！又一个大油田诞生了！”

1965年2月2日，大年初一，彩旗飘扬，欢声笑语，锣鼓声声，鞭炮齐鸣。石油工业部在坨11井现场举行盛大的祝捷大会。一排排、一列列整齐的队伍列队在千吨井旁，一个个屏住呼吸，等待那一刻的到来。

“开阀放油！”坨11井闸门一开，油龙呼啸而出，“共产党万岁！”“毛主席万岁！”掌声、口号声、锣鼓声震天动地、此起彼伏。人们高兴地跳着、欢呼着，现场的声音震耳欲聋，大家紧紧拥抱在一起，热泪盈眶。

呼呼的油流喷出的声音，通过现场电话的听筒传到石油工业部机关大楼。整个大楼内的机关干部一阵欢呼——我国打出了一口日产千吨的高产油井。

祝捷大会现场，张文彬声音洪亮："我们在胜利村打出了我国第一口千吨油井，在渤海湾盆地站稳了脚跟，这是毛泽东思想的伟大胜利，大长了中国人民的志气！为了纪念油气勘探的这一重大成果，经部党组织研究决定，这里就叫胜利油田！"

从此，黄河口发现的大油田终于有了名字，永载共和国史册。

五

三口功勋井，一个大油田，一座石油城，一种精气神。

春雷一声震天响。胜利油田的发现，一举击破了"中国华北无油论"，开辟了华北石油勘探的新纪元，宣告了渤海湾油区的诞生。

如今，三口功勋井已成为胜利发展的丰碑和基石，被赋予了神圣的光芒，引领胜利续写新时代的辉煌。

从胜利油田功勋井走来，一代代胜利人一路艰苦创业，一路拼搏奉献，一路创新创效，彰显出以国为重、以苦为荣、我为祖国献石油的精神力量。截至2022年底，胜利油田累计生产原油12.93亿吨，约占全国同期陆上原油产量的五分之一。这数字凝结成共和国的血脉，热浪滚滚，激情澎湃。

从功勋井走来，一代代胜利人立足本土、开拓海上、探索海外、征战西部，披荆斩棘，为国找油，为保障国家能源安全和国民经济社会发展履行胜利责任。

从功勋井走来，一代代胜利人紧跟国企改革步伐，企业机制逐步向市场化经营转变，现代企业管理体系架构基本形成，推动了老油田转型升级、持续发展，油田发展越来越美好。

从功勋井走来，一代代胜利人坚持理论创新、技术进步，创新形成复式油气聚集区和隐蔽油气藏两大勘探理论体系，丰富并发展了中国陆相石油地质理论，创造出一系列行业前沿和世界领先的理论和技术，让创新驱动的旗帜始终高高飘扬。

从功勋井走来，一代代胜利人融入区域发展，油地联手把一片荒芜的盐碱滩变成美丽的绿色石油城，辐射带动了黄河三角洲的开发建设，创造了安居乐业的环境。

从功勋井走来，一代代胜利人弘扬石油精神、石化传统和“爱国、创业、创新、开放”新时期胜利价值观，闻油则喜、为油奉献，越是困难越向前，敢于斗争、敢于奉献，锤炼了一支过硬的人才队伍。

对历史最好的继承，就是创造新的历史。胜利油田功勋井的红色基因正从岁月深处涌来，汇入中华民族的精神之河，浩浩荡荡、奔向未来。

胜利人怀揣着“我为祖国献石油”的豪迈气概，在这个曾经荒凉得“鸟无树做窝”的艰苦环境中，共发现油气田 81 个，探明石油地质储量 55. 87 亿吨，用激情、用汗水、用热血和生命，为我国工业化起步，乃至成长为制造业大国贡献了澎湃的动力源泉。

胜利油田功勋井纪念碑巍巍屹立，它们见证了胜利油田的诞生、发展和辉煌，屹立成一种胜利符号、胜利价值和胜利信仰，在我国石油工业史上铸就了胜利丰碑！

站在新起点，胜利再出发。一个活力的胜利，一个魅力的胜利，一个自信的胜利，正向着“建设领先企业、打造百年胜利”的愿景目标阔步前行。

阳光的力量

仲夏。阳光的世界。

说起阳光，人们或许更钟爱暖阳，那温润的、平和的、愉悦的感觉，伴着柔和的轻风，蔓延到四经八脉、五脏六腑，舒爽出无与伦比的幸福味道。

然而，有一群威武的“战士”，却更不惧烈日的炙烤，酷爱阳光的灼烧。那来自太阳的激情投射，穿透那厚实而坚挺的肌肤，便有了血与火的拷问，精神和灵魂的洗礼，在能量转换中实现涅槃重生。

东经 118.533717°，北纬 37.503162°。

这里是中国石化胜利油田东辛采油厂营二井景区，也是国家工业遗产名录之一、山东省文物保护单位。

从高空俯瞰营二井景区，一排排、一列列的光伏板，铺陈在黄河三角洲最年轻的土地上，矗立在11.6万平方米的区域里，如同现代军队般昂首挺胸、威武雄壮。

八千余块太阳能板，犹如整装待发的军队，任凭风吹雨打，直面炎炎烈日，演绎着跨越时空的能量传递……诠释历史与现代的经典对接。

现实的穿行

驻足营二井景区，一种历史感、厚重感扑面而来。

或许是熟知营二井的历史过往，或许是“文物保护单位”的铭牌，自然而然会把人引向悠远的时空，指向历史岁月的流淌。

其实，迈进景区的大门，便是别样的风景了。放眼望去，满眼满目的光伏太阳能板，点缀其间的几架游梁式抽油机，或者矗立的皮带式抽油机，太阳能板向油井顶礼膜拜，抽油井愉快的和声，似乎是向太阳能板武士们颔首致意，构成一幅石油工业独特的风景画卷。

细看那光伏太阳能板，犹如三军仪仗队整齐地排列着，在阳光照射下闪耀着熠熠的光辉，仿佛是一双双透彻明亮的眼睛，向每一个到来的人行注目礼，光照似流水、如精灵，像音符般跃动着，跟随着人的步伐而流走，这算是最高规格的礼遇吧。

注目大门左侧的护栏，“能源至净，生活至美”的字眼特亮眼，“能源”与“生活”有机地结合在一起，“至净”与“至美”完美地融合在一起，一幅美轮美奂的画面就会浮现开来，给人无限的美好憧憬与畅想。

探寻其中，凝结着中国石化人太多的情感情愫。一艘国字号巨轮，一个超大型企业，在市场的海洋里破浪远航，勇于担当、敢于尝试、持续探索，凝结成对世界的庄严承诺，凝结成诗与远方的向往与追求，细细品味，竟也如诗如画起来。

的确，中国石化人始终在探路、在求索，与时代共命运，敢于拥抱变革，自觉推动世界进步，并为世界创造价值，以其强大的感召力，引领着一项伟大的行动——在推进“碳中和”的道路上执着跋涉、一路向前。

其实，中国石化的每一个胜利人都知道，“碳中和”其实是一项长跑，不仅需要能源的加速转型，更加需要整个经济发展体系的变革，铿锵而行中走出了胜利“加速度”——紧紧把握了新能源产业发展的重大机遇，集聚资源优势、整体合力，加快构建综合能源协同发展体系，争做洁净能源供应和技术服务的引领者。

瞩目大门右侧，“建设领先企业，打造百年胜利”的字眼映入眼帘，既承接了中国石化的期望，又表达了胜利人的愿景，更契合了胜利人的执着探索。作为一个生于斯、长于斯的胜利人，只觉其中写满了沉甸甸的分量，一种使命感、责任感、自豪感油然而生。

建设领先企业，包容和胜利人的追求和情怀，六个走在前作表率荡涤心灵、催人奋进。

能源报国、增储上产，油气主业发展走在前作表率——无不透射出胜利人初心使命的坚定不移。

品牌支撑、优质精干，专业化发展走在前作表率——无不承载了胜利人孜孜不倦的担当作为。

管理科学、运营高效，现代企业管理体系走在前作表率——无不展示出胜利人的胸怀与格局。

科技创新、两化融合，打造技术先导型企业走在前作表率——无不昭示了胜利人理想信念的坚守。

安全清洁、节能降碳，安全绿色发展走在前作表率——无不包容了胜利人对“绿水青山就是金山银山”的不变情怀。

政治铸魂、忠诚尽责，党建质量走在前作表率——无不诠释了胜利人不断提高政治判断力、政治领悟力、政治执行力的自觉追求。

走在前，作表率，这是胜利人对新时代的回声，也是从胜利走向胜利的实践路径，犹如推动阳光这一能量的转化，能量交接的声响似乎正在敲打着耳膜，或婉约，或激荡，或平缓，流淌出新能源布局的坚定，聚焦成“十四五”末综合能耗、碳排放量分别降低10%、20%的豪情。

打造百年胜利，昭示着胜利人的胸怀、格局与视野，与营二井景区融合得那样紧密，丝毫没有违和感，这么大的场面、这么深远的布局，无不透出追逐阳光的气度。

到2025年，夯基固本、提质量增效益，推动领先企业建设取得实质性进展；到2035年，持续创新、产业引领，跻身世界领先企业。

持续推进、接续奋斗，发展基础更加牢固，发展动力更加强劲，全面提升领先水平，稳居行业发展第一方阵，成为高质量发展典范，以坚实步伐迈向百年油田……

胜利的图景给人方向、给人希望、给人力量，犹如万里长空投射下来的阳光，让营二井景区成为能量的阵地。

坐在车里，透过车窗，一排排光伏板从眼前滑过，滑出了阳光的美丽线条，让人浮想联翩，恍若穿行在军歌嘹亮的军营里，穿行在整齐划一的队伍里，穿行在历史与现代的交错里，与能量的转换竟是这样的近切。

一束阳光打在脸上，是太阳核反应的黑体辐射光，经过漫漫时空的穿越跋涉，降临到人类赖以生存的地球上，映照在胜利大地，辐射到营二井景区，投射到人们的身体上，一种能量感便在心底传递开来……

我想，这一块块光伏板，是否也像我一样，深深感受到了阳光的温度，正澎湃出阳光的力量，并加速着一次又一次的能量传递！

历史的天空

历史的交错，诞生了一个伟大生命。

时光从久远的年代流淌而来。远古生物在太阳抚慰下恣意生长，不期而至的地壳变迁，这些生物被埋入地层，接受着微生物的作用，逐渐形成一种新的能量……

从北门一路向南，穿行在光伏板的丛林里，感受着能力转换的颤动，很快便与翻书形的日历雕塑相遇。这是怎样的一本大书，灰白的颜色，古朴而敦厚，雕刻着营二井简史，一下子便将人带入岁月的时空里。

其实，胜利油田何尝不是一本厚重的大书，在一甲子的时光里，流淌着许许多多鲜为人知的故事，燃烧了那段激情的岁月。

1962 年 3 月 23 日，营二井开钻。

1962 年 9 月 16 日，营二井钻遇高压油层，产生剧烈井喷，天然气、原油、泥浆汹涌着从井口喷薄而出，一条油龙直上百米高空，方圆十几里都能听到怒吼的声音，都能闻到石油的芳香气味。

当时，人们像赶庙会一样奔走相告，争相赶往营二井，激动地拥抱在一起庆祝，仿佛全中国、全世界都听到了黄河口乌龙腾空的巨响。

1962年9月23日，对于胜利人来说，定格成极不寻常的日子。这天，营二井用15毫米油嘴测试，获得日产555吨高产油流，刷新了全国日产原油最高纪录。

由此，这一天和营二井一起，走进了新中国石油工业发展史，成为中国石油工业一个具有里程碑意义的日子。

历史永远铭记，那令人振奋的时刻，完成了太阳释放能量的一种循环，也完成了太阳能量一次伟大转换。

距离翻书雕塑不远处，便是营二井的采油树。巍巍屹立的采油树要比一般油井的采油树高大一些，人们习惯称它为“罗马井口”。刨根问底才知道，像这样的井口在国内已经很难看到了，这是当年从苏联进口的。

巍峨的采油树静静矗立着，矗立成骨感的钢架结构，矗立成不屈的英雄情怀。那伸展的手臂张扬着，像是要拥抱这个多姿多彩的世界，又似乎是与光伏板上的阳光隔空相邀，与一排排、一列列勇士们进行深情的交接。

距离书雕不远，是岁月串起的浮雕，一段历史、一段故事铺陈而来。

20世纪60年代初，国家遭受严重自然灾害，山东省成为全国的重灾区，东营地区更甚。

营二井开钻时，还没有公路，即使有路的地方，走上两趟地面也会渗出水来，于是石油勘探队和当地民工决定一起修路。鲁迅先生说，世界上本来没有路，走的人多了也就成了路。老一辈胜利人硬是在这里走出了一条胜利之路。

没有吊车和运输工具，老一辈石油人就人拉肩扛，硬是把钻机安装上去，发出了胜利的呐喊，挺起了胜利的脊梁。

没有饮用水，鏖战的人们就自己挖井积雨水，喝着坑洼中的咸水，高唱“我为祖国献石油”，唱出了“艰苦奋斗、自力更生”的壮丽诗篇。

没有现成的房子，就搭帐篷、挖地窝子住，住出了工农一家亲，住出了一座现代化石油城。

没有够量的口粮，老一辈石油人就到野地里摘黄蓿菜、草籽做棉籽饼吃，活干到哪儿就睡到哪儿，没日没夜忘我工作，信念如磐、执着找油，找到了胜利的希望，找到了世人刮目的大油田。

由此，以 9 月 23 日这一天命名的“九二三厂”，在相当一段时间内成为胜利油田的代号，并深深地镌刻在历史的记忆里，日复一日、年复一年的阳光完成了岁月更迭，勃发出营二井今天的再度繁华。

营二井承接了中国东部找油的希望。从此，东营地区逐步形成由石油会战指挥部和下属单位组成的矿区城镇，成为华北平原石油勘探开发会战新基地。

营二井承启了华北突破的大场面，极大地鼓舞了全国人民。康世恩说：“这是中国石油工业史上的一件大喜事，为中国石油勘探开发事业揭开了新的一页，新油层的发现证明东营地区在深部有高压、高产量的油层存在，展示了中国东部地区石油工业的光辉前景。”

营二井承载了胜利精神印记，它留给人们一个永远的“九二三厂”，已成为永不磨灭的胜利符号、胜利印记、胜利图腾。

驻足营二井，仿佛感受到了地表突然间的颤动，那应是地下油流的真诚回应；轻抚营二井，一股热流涌心中，不仅是原油的温度在升腾，更是那火热的激情在涌动——其实啊，营二井已经有了它的新生，在这块英雄的土地上，正演绎着新的太阳能量转换故事，必将成为新的符号、新的印记……

生命的延续

这是历史的交错，更是生命的延续。

卢梭说，大自然从来不欺骗我们，欺骗我们的永远是我们自己。大自然馈赠了历史的营二井，又创造出新生的营二井，有了多姿多彩的生命延续。

有人说，光伏是太阳能的转换器，做到了从一次生命到另一次生命的转换，而且这转换犹如当年营二井放喷，带给人们无限的憧憬与希望，毕竟这代表了一种新的力量，一种能源革命的召唤。

2021 年 4 月 14 日，胜利油田勘探开发 60 周年之际，中国石化领导来到营二井，称赞这里是“传统能源和新能源结合的典范”。

何为典范？百度百科答案确切：可以作为学习、仿效标准的人或事物；被认为是值得仿效的人或物在某方面的表现和基本特征。

一时间，营二井成了黄河三角洲的新景点，前来参观、探访、学习、交流的人们络绎不绝，或许人们期望在历史的追问中找到能量的答案，抑或是为了近距离感受和汲取阳光的力量吧！

一位曾经在这里打井的“老石油”来到这里，他走走停停、看看这里、摸摸那里，仿佛是与老朋友久别重逢，又仿佛是有着结交新朋友的欢欣，拄着拐杖的手颤抖了，低缓的声音哽咽了，深邃的眼睛湿润了……老人动情地说，想不到啊，现在的营二井太壮观了，一点不亚于当年的放喷，这是油田的大手笔啊！我们那时候，欢欣鼓舞找到了大油田，现在简直是一个伟大的革命啊！我们有理由相信，胜利的明天一定会更有希望、更加美好！

一位国内知名教授来这里参观，他无比虔诚地轻抚营二井采油树，突然是短暂的沉默，随后抬眼眺望那齐整的光伏士兵，似乎是从钢筋铁骨里感受到了当年的热烈吧，抑或是感动于这历史与现代的对接……他意味深长地说，从历史中走来，这里澎湃着激情和力量；从现实中眺望，这昭示出中华民族的未来和希望，大国担当的新能源事业方兴未艾……

一位基层管理者理性地分析说，以营二井为起点，持续推进和优化新能源布局，对胜利油田能源消耗结构调整优化具有重要意义，对传统石油企业推进"碳达峰""碳中和"意味深长……

营二井景区的采油工自豪地说，看着这日新月异的变化，他们打心眼儿里高兴，不仅是因着太阳能带来电能的输送、因着减排的数据可观，更重要的是他们看到了"碳中和"的希望、看到了油田的美好未来！

营二井景区解说员自信满满地说，营二井是历史的，也是现代的，更是未来的，每一场解说都是一场精神的洗礼，每一次传播都是心灵的净化，置身其中感受到了精神的力量、太阳的力量！

一个小姑娘欢呼雀跃着，在光伏板的过道里欢快地走着、咯咯地笑着，对着翻书雕塑看了一遍又一遍，围着傲立的采油树转了一圈又一圈，在浮雕前来回地巡视着、思考着，不断地写、不断地记，还不断地拍照，仿佛要把这里铭刻在记忆里……小姑娘感慨：阳光能量的转换真的很美！真的没有想到，身边有这么美的旅游景点，既开眼界、又长知识，回去后就能完成自己的旅游日记了。

漫步营二井景区，从北走到南，迎着投射而来的光束，一路走、一路赏，不过一刻钟的流动，骨感的采油树与一块块光伏板比邻而立，历史与现代在这里完美交织，它们共同见证着新的石油篇章，更带给我们更加美好的期待。

徜徉在营二井景区，再从南走到北，感受着后背的暖洋洋，一路走、一路畅想，还是不过一刻钟的时光，再从历史的时空回转到现实的世界，有一种声音在心底澎湃，在“构建一基两翼三新产业格局”“打造世界领先洁净能源化工公司”的豪迈里，正投射出跨越千年的阳光力量！

信仰之光

信仰之光，穿透战火与硝烟，走过磨砺和坚守，映照在共和国最年轻的土地上，引领着创新发展的胜利油田，澎湃出激情的力量……

初心

有人说，自人类诞生的那一刻起，世界便有了信仰，以至于有人的地方就有信仰；

有人说，信仰就是主张、主义、宗教或对某人、某物的信奉和尊敬，并坚持奉行的准则；

还有人说，信仰是划破黑暗的那束光，是信念和信心的传导，是激情与能量的辐射……

那么，中国共产党的信仰又来自哪里？

有人说，她来自1920年春天的那个夜晚，来自粽子蘸墨汁的姿势里，定格成永恒的传唱，积淀成厚重的力量——陈望道专心致志地翻译《共产党宣言》，误将墨水当红糖，用粽子蘸着吃了下去。当母亲问他红糖够不够时，他竟浑然未觉，应声答道："够甜，够甜了！"

有人说，她来自上海兴业路的一栋小楼，一百年历经风雨，却始终闪烁着信仰的光芒。1921年7月23日，一群年轻人聚集在这里，革命的星火，燃烧出一片崭新的天地。

有人说，她来自浙江嘉兴南湖的一艘游船上，红船的灯光照亮了中国大地，改变了中国人民和中华民族的前途和命运，从此中国革命的面貌焕然一新。如今这红船，成为历史，成为象征，更成为信仰源泉。

还有人说，信仰如同一道光，荡涤风雨如磐的暗夜，照亮民族复兴的征程，汇聚成大国崛起的绚丽之光。

基石

"我志愿加入中国共产党，拥护党的纲领，遵守党的章程……"

铿锵誓言来自华八井纪念碑下，来自胜利油田党员的心声。声声震耳、穿越长空，从华八井纪念碑的塔尖，传递到胜利大地繁忙的油区里，凝结在胜利人的心田里，引领胜利油田从胜利走向胜利。

华八井，是胜利的发现井。1961 年 4 月 16 日，用 9 毫米油嘴试油，获日产原油 8. 1 吨，首次在华北平原 30 多万平方公里的地下喷出第一股工业油流。

一声春雷震天响。胜利油田的发现，一举击破了“中国华北无油论”，开辟了华北石油勘探的新纪元，宣告了渤海湾油区的诞生。

如今，华八井已成为胜利发展的第一座丰碑、第一块基石，被赋予了神圣的光芒。

从华八井走来，一代代胜利人一路艰苦创业，一路拼搏奉献，一路创新创效，彰显出以国为重、以苦为荣、我为祖国献石油的精神力量。

从华八井走来，一代代胜利人立足本土、开拓海上、探索海外、征战西部，披荆斩棘，为国找油，为保障国家能源安全和国民经济社会发展履行胜利责任。

从华八井走来，一代代胜利人紧跟国企改革步伐，企业机制逐步向市场化经营转变，油田发展越来越好。

从华八井走来，一代代胜利人坚持理论创新、技术进步，创造出一系列行业前沿和世界领先的理论和技术，让创新驱动的旗帜始终高高飘扬。

从华八井走来，一代代胜利人融入区域发展，油地联手把一片荒芜的盐碱滩变成美丽的绿色石油城，创造了安居乐业的环境。

从华八井走来，一代代胜利人闻油则喜、为油奉献，越是困难越向前，敢于斗争、敢于奉献，锤炼了一支过硬的人才队伍。

华八井纪念碑巍巍屹立，见证了胜利油田的诞生，屹立成一座胜利丰碑、一种胜利精神、一种胜利信仰……

责任

在离华八井不远的地方，有个普通小院，这里是油田基层党建标杆单位——东辛采油厂营二采油管理区采油二站，也是华八井的管理单位。

1961年，胜利人带着信仰从华八井出发，拉开了华北地区大规模石油勘探开发的序幕。

从1991年起，采油二站开始探索“一区两责，双向保证，动态管理”的党员责任区基本模式。

当时，每名党员都承包责任区，既承担物质文明责任，又承担精神文明责任，积极做好员工思想工作，还带动员工群众岗位作奉献，完成了各项工作任务。

随着形势的发展，采油二站不断赋予党员责任区活动新的时代内涵。2000年，坚持把“学习工作化，工作学习化”融入责任区，以“一区一愿景、一人一课题、一事一反思、一日一交流、一周一激励、一月一提升”为主要内容的“六个一”活动蓬勃开展。

如今，“党员作旗帜，员工争一流”的理念已渗透到每一名党员的血脉之中，成为一种潜移默化的文化，影响和辐射着更多的人。

进入新发展阶段，胜利人把“党员责任区文化”整合到管理区、采油厂，引领推动了油公司建设不断深入，压实了油藏经营的主体责任，持续推进攻坚创效……

“党员责任区”活动犹如一条红线，串起了党员与群众的联系，串起了“苦干实干、家国情怀”的信心，串起了“我为祖国献石油”的信念。一路走来，“党员责任区”活动像璀璨的灯火，绽放出信仰的光芒。

不管岁月如何变迁，华八井巍巍屹立，党员责任依然传承，升华成对信仰的丰富和完善，对信仰的忠诚和实践——保持先进、纯洁和优秀，始终是胜利人如磐的根、不变的魂。

信念

“活不出生命的长度，那就活出它的厚度和宽度……”这是一名共产党员的心声，他的名字叫吴吉林。

吴吉林，1974 年 2 月出生，1992 年 2 月参加工作。2007 年，他被查出患上“非霍奇金氏淋巴瘤”，判定只有 3 个月到半年的生命期限。

虽然身体日渐消瘦，但吴吉林依然用“胜利精神”砥砺自己，坚持与病魔抗争。他先后做了大小 28 次手术，除了住院治疗和复查，始终坚持上班巡井，不断寻找创新发明的突破口。

2009 年，在刚刚做了肝穿刺之后，吴吉林在病榻上完成已经研究一个多月的“多功能抽油井增效装置”。这项技术让抽油机泵效率平均提高 8~15 个百分点，先后在 100 多口油井上应用。

2011 年 8 月，吴吉林做了脾脏切除手术。进手术室之前，他留下的“遗言”是：“我有两项还没完成的创新成果，资料存在电脑里，请把这些东西交给厂里……”从重症监护室出来的第二天，吴吉林就让妻子把《采油工艺》一书摆放在病床上。

吴吉林的工友樊创明说：“说实话，最初，我觉得吴吉林没必要，都病成这样了，还搞什么成果，创什么新，我觉着他不在调上。可时间久了，觉得他身上有一种力量，一种信仰的力量。”

患癌10多年来，吴吉林研发出53项成果，创造经济效益1.3亿元。加上之前的成果，他共完成创新成果88项，累计创造经济效益1.9亿元。

吴吉林认为，人活着，不能只是为了追求物质生活，总得有点精神、有点信仰，得为自己的岗位负起责任，为企业负起责任，为社会的发展负起责任。

2014年“五一”前夕，吴吉林先后在北京人民大会堂、山东省多地作事迹报告。2015年，他荣获全国劳动模范称号。

一息尚在，用创新创造奉献石油；生命终止，他用身体奉献社会……2019年3月11日17时58分，吴吉林因病去世，年仅45岁。按吴吉林的遗嘱，山东省红十字会的医生小心地将他的角膜从遗体上取出。

吴吉林走了，但精神永存。央视采访时他的回答依然响亮——事情已经发生了，就要正确地面对，来到这个世界上，不能白活，要活出个样儿来，有价值地活！

传承

时光荏苒，人们仍记得吴吉林谦虚的情怀。

“我能坚持创新、坚持与病魔抗争，我想这要缘于我的师父代旭升，是他让我坚持了下来，或许这就是传承吧。”吴吉林这句话，定格在视频资料里，也道出了一种传承。

在胜利油田，自1961年开始，便有了一种传统。新入职的员工，都有指定的师父。半个多世纪以来，这种传统积淀成文化，凝聚着力量，传递着精神，形成文化的传承。

吴吉林的师父代旭升，是全国劳动模范、山东省优秀共产党员，也是忠诚践行工匠精神的杰出代表。

打开代旭升创新工作室大门，有一台设备摆在显眼的位置，叫作“移动式套管气回收装置”。也许很少有人知道，这台设备不仅在2009年获得了国家科学技术进步二等奖，它还见证了代旭升的创新奋斗历程。

环顾工作室展厅，让人感动的不仅仅是代旭升能够自主完成技术创新成果101项，其中41项获国家实用新型专利，累计创造经济效益2.8亿元，还在于他对工作的无限热爱以及对创新创造的深厚感情。

正如代旭升所说的那样，人这辈子很短，如果光想着享受，留不下多少痕迹；人这辈子也很长，如果把个人的奋斗融入党的事业，那就是信仰的坚守！

1972年，代旭升参加工作，面对艰苦的工作环境和条件，他从王进喜的先进事迹中受到鼓舞，在石油精神中坚定理想信念，发出了“做中国最好的石油工人”的呐喊。

1993年，他提出了“句号行动”，承诺在他负责的范围内，发生的所有技术、设备问题，都要做到迅速、准确、圆满地解决。

承诺好说，句号难画。一个句号，就是一项问题的解决，从句号的起笔，到句号的终点，其中包含着多少汗水、智慧和辛劳，还有不辱使命的责任担当。说起“句号行动”，工友们都说了不起。

代旭升始终担当为师的责任，带出的徒弟有104名，其中88人晋升为技师、高级技师。他的工作室被命名为“全国劳模示范性工作室”，他也被人们誉为“工人发明家”“大国工匠”。

代旭升说，做人，就要做有信仰的人。没有信仰，就是行尸走肉。自己能走到今天，因为有油田这方热土，因为这个好时代，更因为党和国家对我们技能工人的激励和支持。

如今，代旭升已经退休，但仍坚持带着徒弟搞技术集成创新，树立了一名优秀共产党员的形象，演绎出一个“不退休”的传奇。

坚守

其实，正如代旭升所说，对于许许多多共产党员来说，都是在自己的岗位上，通过改革创新来创造业绩、来践行自己的信仰。

踏上黄河口荒原深处的巡井路，或许能让我们理解什么是平凡。在芦花飘飘的荒野里，在一口油井通向另一口油井之间，在一条曲折的道路上，奔走了 20 多年的，是感动石化人物、采油女工薛梅。

有人算了一笔账，薛梅累计巡井巡线 43000 多次，行程 30 多万公里。人们会问，薛梅何以有着这样的选择？

心中有信仰，脚下有力量。薛梅说，井无压力不出油，人无压力轻飘飘。一个人没有信仰，就会活得很飘，她的信仰就是共产主义。通往共产主义的路还很长，这就需要人们始终如一地坚守和一步步地丈量。

薛梅的信仰，始终在岗位上闪着光芒。1995 年 11 月，薛梅和丈夫孙宾到营 8 更 9 井站组成夫妻井站，管护着 7 口油水井、一座计量站和 2000 多米输油管线，安全生产原油 12 万吨。

薛梅的工友张玉华感慨："有人说，这有啥，我也能在这儿待。其实不是这样。一天两天、一个月两个月感觉还新鲜，但是长年累月让我盯在这儿，我很难做到！"

坚守，是一种信念，也是一种信仰。如今，胜利油田已经实现了信息化，鼠标巡井、探头站岗已成为常态，薛梅也从巡井巡线的重复劳动中解放出来，发挥着一名高级技师的更大作用。但，她坚守事业的信仰始终没有改变……

旗帜

一个先进典型就是一面旗帜。代旭升、吴吉林、薛梅……一个个平凡的胜利人，却传递着一种不平凡的力量——那就是信仰，就是信仰之光。

有人说，一个共产党员有了理想信念，站得就高了，眼界就宽阔了，自己也成了最幸福的人。从他们的一言一行中，从他们工作中的点点滴滴，从他们的无私奉献里，不禁让人想起了王进喜，想起了时传祥，想起了许振超……这是共产党员的"精神谱系"。

在党旗的感召下，胜利人听党话、跟党走，坚定了共产主义信仰。这种信仰，遍布在无数勇于担当的共产党员身上。

李宇志，油田高级专家，不畏难、不停步，专心致志搞科研，在创新中创造、在创造中创效，先后参与 3 项国家重大专项课题，参与 11 项中国石化课题，承担 21 项油田科研课题，累计发现三级储量 2.4 亿吨。

李晓军，年轻的博士后，扎根复杂断块油田，追逐梦想的路上从未停步，实现了油田注水开发从定性到定量的突破，主导实施的“立体井网优化”项目撬动了14.2亿吨复杂断块油藏的地质储量。

张建国，胜利油田采油工技能大师，30载坚守一线创新创造，始终闪耀着创新的光芒，完成创新成果146项，每项成果都盛满酿造的甘甜，蕴含着劳动的智慧、工匠的能量！

李志明，胜利油田采气工技能大师，扎根一线为国“争气”，先后完成获奖革新成果105项，成为工友们眼中敢于攻坚的“封堵王”，同行眼中善于钻研的“智多星”，领导眼中勤于创新的“风向标”……

这些共产党员身上体现的，是坚守奉献、创新创效的时代精神，也融汇了中国梦的时代要求。或许这正是共产党员保持先进性，永葆生机活力的秘密所在。

信仰在传承，事业在延续。在胜利油田，在中国石化，在高质量发展的征程上，一名党员就是一面旗帜，汇聚起攻坚创效的力量，筑牢了共产党员的信仰高地！

“石油粮仓”搬迁记

九曲黄河，奔腾入海。习近平总书记视察胜利油田时的殷切嘱托，鼓舞士气、振奋人心。

2022年的秋天，注定是一个收获的秋天。在黄河三角洲，在胜利油田，东营原油库迁建工程早就成为人们关注的焦点，秋日里带来硕果压枝的喜悦。心底里，一直期待能走进东营原油库迁建及配套设施改造工程现场，感受重大工程的恢宏与气派，目睹原油库从无到有的变化，感知劳动者“敢教日月换新天”的风采与豪迈……9月29日，马上就是国庆节了，终于有幸拜谒新建的东营原油库，心情如天气一样晴朗而明媚。

人们之所以聚焦这里，不仅仅因为这是一项大工程，更重要的是它承载了太多太多。原油库被人们称为“石油粮仓”，有了它，石油的粮食才能储存、才能输送到需要的地方去。

坐在通往东营原油库新址的车里，透过车窗向外望，天空纯洁、湛蓝、明净，太阳辉亮、清澈、透明，云朵洁白无瑕、玲珑剔透，路边的树木、植被也是绿得亮眼——看到这明澈的秋，心情更加舒畅起来，心儿就像长了翅膀飞翔起来，仿佛一座崭新的原油库就在眼前。

随着城市发展，当初建设在荒野的原油库，逐步被居民区、厂矿包围，油库安全生产与城市发展规划矛盾日益凸显。没有安全的保证，就没有发展的保障。2021 年，胜利油田与东营市联合将东营原油库迁建工程列入“十四五”规划。新址距离主城区 12.5 公里，146 公里长的输油管线将迁出人口密集区。

东营原油库迁建的建设者们闻令而动，开赴这火热而又广阔的天地，展开一场与时间赛跑的“大兵团”联合攻坚战，昂扬了只争朝夕、时不我待的斗志，展示了勇立潮头、舍我其谁的气魄，彰显了精益求精、追求极致的境界，谱写了新时代建设者之歌，更以新时代奋斗者的精神气质标注了通向胜利的“加速度”。

东营原油库 BEPC 项目部土建施工部大力推行网格化管理模式，优化布局桩基、罐基础、道路、建/构筑物施工，以网格为单位进行考核管理，刷新了一项又一项施工新纪录：提前 15 天完成桩基施工计划，提前 37 天实现罐基础施工交安，提前 11 天完成道路施工，提前 18 天完成事故水池施工，中控及值班用房主体比计划提前 7 天封顶……一项项纪录叠加起一个全新的高度。

一盘大棋

伴着秋日铺陈的晴朗，一路向南，一路畅想，车子向东拐了一个弯，便拐到通往大杜、东张的小路上。随行的 BEPC 项目部设计部的刘乾昕告诉大家，东营原油库很快就要到了，一股清凉的风扑面而来，心底的欢畅犹如路两旁的杨柳在摇曳。

车辆在穿行，路旁的树木次第向后退去，眼前的景物由远而近进入视野，一座现代化原油库一下子跃入眼帘：在绿树的掩映之中，十座大罐拔地而起，在阳光照射下熠熠生辉，犹如铺陈在大地上的十个“大棋子”，成为黄河三角洲一道亮丽的风景。

美哉，东营原油库！壮哉，东营原油库！那时的我着实惊叹于这庞大的“棋子”。是什么人，又是什么力量，在这里摆下一盘大棋，撬动新的原油库的横空出世。6 座 10 万立方米储罐、4 座 2 万立方米储罐巍然屹立，总库容高达 68 万立方米，在阳光下映射出磅礴的气势，展示给世人一个如此壮观的“棋局”。

2021 年 10 月 21 日，习近平总书记在胜利油田视察期间，高度关注油田安全生产。按照习近平总书记重要指示精神，在中国石化集团公司决策部署下，胜利油田和石油工程建设公司立即启动东营原油库迁建筹备和建设。

迁建工程由石油工程设计公司牵头，与胜利油建公司、胜利建工公司组成联合体，抽调精干力量，配强管理团队，组建形成一体化集约式 BEPC 项目部。项目部统筹谋划、协同推进，建设一体化联合办公区，强化设计、采购、施工“一站式”问题协调解决机制，充分发挥“一体化、专业化”和“大兵团”作战优势，做到项目组织机构和人员配置的一体化、项目管理目标和管理运行的一体化，形成了“一家人、一条心，一个目标、一起拼”的强大合力。

驻足东营原油库门口，经过扫码、测温、安全教育、劳保穿戴等一系列流程，终于走进了 BEPC 项目部智能中心，技术质量部车荣杰副经理娓娓道来，“一盘大棋”的台前幕后缓缓打开。

2021 年 12 月 16 日，中国石化集团公司董事长、党组书记马永生在北京通过“云直播”宣布东营原油库迁建项目正式开工。工程工期 10 个月，推动建成“碳中和油库”、中国石化绿色低碳发展标杆原油库，致力于引领我国同类原油库建设。

新库地处东营区牛庄镇，远离主城区 12.5 公里，整个罐区库容 68 万立方米，较之前增加 31%，其中 6 座 10 万立方米储油罐、4 座 2 万立方米储油罐，占地约 33 公顷。

东营原油库，是胜利油田最大的原油储备库和原油输销中心。自 1986 年建库以来安全运行 35 年，累计为胜利油田转销原油 8.6 亿吨。随着城市发展，东营原油库逐步被居民区、厂矿包围，周边居民小区达 9 个，常住居民 5.6 万余人，油库安全生产与城市发展规划矛盾日益凸显。

2020 年 4 月，国务院安全生产委员会下发《全国安全生产专项整治三年行动计划》，明确要求持续推进城镇居民人口密集区的危险化学品生产企业搬迁改造。胜利油田与东营市将原油库迁建列入“十四五”规划。

胜利油田根据原油的流向，对比 3 处位置，最终将新库迁至牛庄，用地整装符合国土空间规划。同时，210 公里的输油管线迁改与新库搬迁同步施工，包括孤罗东、孤永东、滨南外输线、东辛外输线等进库管线 6 条，出库管线 3 条，涉及东辛采油厂、石化总厂等 7 家单位。管线由原来的穿越人口密集区、生态保护区，逐步移至沿东青高速管廊带敷设或移出城市开发边界，减少穿越城市管道 200 余公里。

“全力以赴把工程建设好、运营好，着力打造智能高效、多能互补、环境友好的一流油库。”开弓没有回头箭，BEPC 项目部以“开局就是决战、起步就是冲刺”为引领，充分发挥“大兵团”作战优势，坚持能源环境指标当先、智能化水平领先、生态与民生优先，推进高标准设计、高质量施工、高效率推进、高水平建设，全力下好原油库迁建的棋子，倾力打造精品工程、国家优质工程。

2022 年 9 月 29 日，东营原油库迁建项目顺利完成中交，这颗承载着数万人期待的胜利明珠正将梦想照进现实，为胜利油田可持续高质量发展、区域经济协调发展和黄河流域生态文明和高质量发展作出新的贡献。

说起原油库，人们脑海中会自然浮现出一座座庞大的油罐体，里面装满了黑色或者褐色的黏稠物，穿插其中的是纵横交错的油气管线，处处呈现的是钢筋水泥的冰冷与坚硬。然而，真正走进东营原油库，真正徜徉在其间，感知它的前世今生，顿时感觉充盈着工业与自然的和谐，一种娱悦身心的欢乐在汩汩流淌。

坐在电瓶车上，穿行在偌大的东营原油库，阳光铺洒在身上，温煦在心灵里，仿佛置身在一座美丽花园。看着眼前的一切，10 个月之前还是一片荒芜的地方，竟编织出如此浩大的工程，同时也编织出了令人向往的人间美丽。

胜利之路

走进东营原油库迁建现场，踏在平实而厚重的柏油路上，一种深沉稳重感直通经络，一如土建施工部建设者质朴无华的性格，在平凡中承载着脚踏实地的力量，荡涤发自内心的大担当、大格局、大气魄。

坐上电瓶车，行驶在罐区的道路上，平稳得没有一丁点儿颠簸。电瓶车缓缓向前，路面越来越开阔，就像土建施工部坦荡的心胸。转过头往后看，道路正在缓缓向外延展，仿佛延展出如火如荼的鏖战场景。

2021 年 12 月 16 日以后，东营原油库迁建现场机械轰鸣，车辆穿梭，呈现一派繁忙景象，土建施工挑灯酣战。为满足现场标准化施工需求，保证桩机、土方设备、管桩材料进场，胜建人在大地上写就一个巨大的“井”字。两横两纵四条临时循环道路，仿佛写下了一个庄严的诺言，编织出一个美丽的梦想，澎湃出他们特有的意志和精神，书写着一曲昂扬奋进的壮歌。

在启明星闪耀时，一切都是那么的繁忙、喧嚣。灯火通明、热火朝天的工地，隆隆的机器声开启了全新的一天。忙碌的胜建人穿梭的身影，构成了一幅幅流动的画，让慵懒的长夜都失去了浓浓睡意。

施工难、时间紧、任务重，一系列问题摆在面前。“逢山开路，遇水架桥”，这是胜建人根植血脉的气质。土建施工部的每一个人都清楚，责任在肩容不得一丁点退缩，压力在心必须转化为奋进动力，困难在前必须一个个攻克突破。

施工难。东营地区是典型的三角洲地形，地势低平，沿海滩涂地貌，盐碱土壤分布广泛，地貌、地质条件极为复杂，特别是土壤含水量较高、很难压实，冬季施工难度极大。

时间紧。工程按常规运行，需3年的工期，但需要在10个月内完成交安，道路铺设上一旦窝工，后面的工序将会顺次后延，可以说土建施工就是整体工程基础所在，必须争分夺秒一路向前。

任务重。在有限的工期内，铺就一个大写的“井”字，不仅要动用大量的土方工程，还需要考虑箱涵的走向摆布，又要统筹整体施工的优化布局，各项工作量叠加在一起，让土建施工部“压力山大”。

“道路通，则运行畅，”胜建公司副总经理、土建施工部经理杨爱文深谙工程施工之道，“修筑临时循环路，决不能有‘临时’思维，只有高标准、高质量的循环路，才能保障后续工程推进的高效循环。”

杨爱文本是胜建集团的副总经理，却让他兼任土建施工部经理，不难看出胜建公司对这一工程的高度重视。胜建公司期待在杨爱文的引领下，以精益的管理打造精品工程和品牌工程，更期待能够锤炼一支攻城拔寨的强大团队。

杨爱文于1971年出生，1995年从西安地质学院毕业，便与工程项目结下了不解之缘。他从基层技术员干起，在工程项目中历练成长，引领参与了大渡河岸畔318国道的筑路施工，带领队伍完成了临长高速0.4亿元标段施工，推动中标西张高速并打响胜建品牌，连续7年引领胜建三处实现效益、收入名列前茅……

“能够参与这一重大项目，对我来说是一生的自豪!”杨爱文说，“重大工程本身就是一种责任和使命，必须坚定不移地打赢这场项目攻坚战。”初识杨爱文，他身着已褪色很厉害的红工衣，置身施工现场的任何一个角落，很难分辨出他是团队的“带头人”，更难以发现消瘦的身板中蕴含的强大能量。

“我担任项目经理，而不是交给三级单位，就是做到公司对项目的直管，”杨爱文直言，“直管可以有效地整合资源，可以调动一切力量，加速工程推进；直管还能够把流程简化掉，审批的节点到他这里就是终点；再就是，由公司组成 7 个人的专家组，直接进驻现场进行协调，推动工序环环相扣，一道工序为下一道工序提供服务支撑。”

开弓没有回头箭。为赢得场区回填和道路施工的全面胜利，土建施工部迎难而上，从人力、物力和财力上优化配置、全力推动，配置挖掘机 6 台、推土机 8 台、运输车 86 辆、摊铺机 3 台、振动压路机 5 台，开足马力，摆开战场。从施工部经理到管理人员，从网格长、安全员到技术员、质量员，全部深入施工一线，跟班作业，靠前指挥，随时解决施工中遇到的困难，压实施工质量。

一时间，偌大的空地上红旗猎猎，上百辆工程车紧张作业，挖掘机、推土机的轰鸣声不绝于耳，运输卡车来回穿梭扬起滚滚烟尘。

为加快工程进度，项目部倒排工期，实施网络计划控制，全体施工人员主动加班加点，24 小时连续作业，人歇机不停，大家都在为项目建设奉献着心血和汗水，贡献着智慧和力量。

为保证土方回填和运桩车辆通行，减少现场箱涵开挖对交通的影响，他们对过路箱涵 14 处、230 节，全部采用预制厂预制、蒸养，然后在现场进行拼装施工，预制率达到 100%，不仅工期缩短 20%，还保证了冬期施工质量。

“天气很冷，但心里很热！”说起参与原油库建设，一种自豪感洋溢在土建施工部网格长吴锐的脸上，“道路施工开工的时候，正是天气很冷的时候，大家穿着大棉袄、戴着皮帽子，仍然感觉特别冷，可大家都干得热火朝天，都希望尽快把道路修好。”

是啊，不管是“井”字路，还是正式的道路，都是通往胜利的路啊！每一个参与筑路的人都知道自己肩负的责任，寒冷阻挡不了他们奋发向前的脚步。

吴锐生于1981年，成长于千湖之省的湖北，自2004年武汉科技大学工程管理专业毕业，便来到黄河三角洲的胜建公司。2021年12月12日，正是天气日渐寒冷的时候，他进驻到施工项目，成为负责道路、箱涵、围墙施工的网格长。自那时起，他便一直没有离开过项目驻地，施工进行到哪里，他就像钉子一样钉在哪里。

“道路是关键环节，必须坚定不移修好，哪怕成本多投入一点。”杨爱文娓娓道来，冬天抢修道路，设计是采用素土施工，但含水量在26%到27%，土干不了，路就很难压实，强度就达不到要求，运送设备得六七天才能进场。为了不延误工期，在杨爱文的主导下，优化形成了“碎石土”的施工方案，并拿出200米路段试验，经设计院、胜利油田验收合格，“井”字路和正式路交叉施工，白天先填土，晚上运土，实现了道路抢修的大提速。

奋斗的脚步在向前，崭新的大路在延伸。土建施工部很快在空旷的大地上写下了一个大大的“井”字，紧接着又铺就了崭新的正式道路，提前11天完成道路施工计划，为后续供需赢得了宝贵时间。

道路混凝层施工时，为减少表面裂缝，他们采用重型磨光机收面压光，还优化混凝土配合比，制定夜间浇筑混凝土、白天气温升高时释放水化热措施，仅14天就完成3公里道路面层施工，比计划目标提前 11 天。

坐在罐区的电瓶车上，行驶在平坦的道路上，在秋日的暖阳下，10 座原油大罐巍巍矗立，恍惚间仿佛在通往胜利的大路上飞驰！我想，土建施工部修筑的路，俨然就是一条通向美好生活的路啊！

定海神针

道路修通了！桩基施工开始了！BEPC 项目部土建施工部又刷新一项新纪录，定格在原油库迁建工程的辉煌履历里。2022 年 1 月 17 日，东营原油库迁建项目罐区桩基工程施工任务全部完成，比预期整整提前了 15 天。

15 天！在时间长河里只是沧海一粟，仅是月亮的一次从圆到缺，但 15 天里确实能够改变很多、创造很多，股市上或许上演 N 次跌宕起伏，人世间或许演绎诸多的悲欢离合，再或许世界上将诞生千百万的生命。但土建施工部的人们无暇顾及这些，他们更在意的是工程进度、工程质量、工程安全，为最后的胜利赢得主动、赢得机遇。

不熟悉建筑工程的，或许对“桩基”是陌生的，甚至根本不知道“桩基”为何物？但土建施工部的人们却有着深刻的认识。在他们的心目中，桩基就是油罐安全平稳的“压舱石”，就是安全环保绿色的基础和支撑，就是保障原油罐挺拔屹立的“定海神针”。

教科书说，桩基是一种古老的基础型式。桩工技术经历了几千年的发展过程，无论是桩基材料和桩类型，或者是桩工机械和施工方法都有了巨大的发展，已经形成了现代化基础工程体系。在某些情况下，采用桩基可以大量减少施工现场工作量和材料的消耗。

“基础不牢地动山摇，”谈及桩基，杨爱文直言不讳，“桩基就如同盖房子打基础，再高的大楼都要从平地里修建起来，只有把桩基打牢、打可靠了，才能‘万丈高楼平地起’。”

其实，追溯20世纪70年代，我国曾发生了几次大地震。在唐山大地震的时候，凡采用桩基的建筑物一般受害都比较轻微。从中不难看出，桩基在地震力作用下的变形小、稳定性好，是解决地震区软弱地基和地震液化地基抗震问题的有效措施。

杨爱文介绍，桩基中桩的数量和排列应根据上部结构和荷载情况确定，柱下桩基可以用一根也可用一群桩并排列成多边形；墙下桩基常成排布置，当建筑物荷载大和占地面积小时，则要成片布置成满堂桩。

坐在电瓶车里，沐浴在温煦的阳光里，瞩目眼前10座庞然大物，恍惚间桩基施工的大场面铺陈而来：4个桩基施工机组、19台锤击式打桩设备排兵布阵，首先在10万立方米油罐组区展开，紧接着推进2万立方米罐组区施工。

机组轰鸣声不绝于耳，锤击打桩上下起伏，成为东营大地最火热的现场。土建施工部负责综合、党建和疫情防控的经理杨宁动情地说，不管工作多忙、时间再紧，他都尽可能记录每一天的施工场景。浏览他海量的图片和视频，仿佛就像镜头回放一样，不仅记录着工程的进程和变化，而且每一帧画面里都承载着他对工程的礼赞。

“桩基就像是把松软的豆腐凝固起来！”杨爱文介绍，桩的作用是将上部建筑物的荷载传递到深处承载力较强的土层上，或将软弱土层挤密实以提高地基土的承载能力和密实度。桩基上作用的荷载以竖向荷载为主时，桩都是竖直的；如有较大的水平荷载，就要布置斜桩以抵抗水平力。

走进BEPC项目部，从东营原油库迁建工程建造演示来看，那繁忙的施工场景浓缩在短短的十几分钟里，精美的动画制作，让原本晦涩难懂的工程工序变得灵动起来。原油库罐组桩基施工，他们采取从罐中心向四面扩散，沿扇面同向旋转辐射，避免产生挤土效应，杜绝了地面隆起、桩上浮、断桩等现象，最终把地下松软的土壤固定起来，为10枚“大棋”奠基。

一台台桩机有序排列在罐区里，仿佛在空旷的大地上摆下冲锋的号角，放眼望去蔚为壮观。工地的生活是火热的，是精彩的，富有激情的，土建施工部的人们把工地看作一个大舞台，在忙碌中激发激情与动力。杨宁激动地说，能够见证如此宏大的场面，并能记录重大工程的盛况，是他一生的荣幸，将会成为最美好的记忆！

首先进行的是101号储油罐桩基施工，单体罐容10万立方米。杨爱文认为，施工进度之所以能够超前，得益于施工过程中的高效组织。比如，在物料供应上做到保障及时到位；延长施工时间，从原来每天八小时增加到十个小时。考虑到时长增加给员工带来的高强度工作，他们还适当调整施工力量、增加施工人员，确保施工队伍高效率运转。1号储罐共使用桩基1021根，施工用时22天。

为提升桩基施工质量，他们将每个施工区域进行封闭隔离，防止无关人员随意进场；还编排出朗朗上口的“打桩作业安全管理十条规定”，悬挂在施工区域醒目位置，时刻提醒施工人员牢记安全红线；精心对待每一条接桩焊缝，经现场监理验收合格后，全部拍照、留存、上传。

为提升管桩吊装安全性，避免管桩对接过程中因吊装钢丝绳意外脱钩，容易造成倒桩事故的发生，他们组织生产、技术、安全等部门人员研究制作出“吊装防脱钩装置”，利用弹簧压力回弹的原理，配合牵引绳使用，具有安装简单、使用方便、安全性能高、制作成本低等特点，填补了胜利油田同类桩基工程施工中安全管理的空白。

打桩定位一直是土建施工的一大难题，他们原来采用旋转仪来定位打桩，定位慢、效率低，为提升质量、提高效率，土建施工部管理者创新思维，在中国石化业内市场首次创新采用北斗定位仪打桩系统进行桩基作业管理，定位精度达到5毫米，定位时间不超过2分钟，施工机械化达到100%，与以往施工工艺比较，工效提高13%，不仅实现了打桩位置的零偏差以及全过程记录，同时也便于管理者实时掌握桩基的施工进度、进行状况调查统计。经专业检测，一类桩达到95.8%，二类桩4.2%，施工技术达到行业先进水平。在沉降点检测中，储罐对径点最大沉降差最大值仅为22.6毫米，远远低于规范要求的240毫米。

“我很自信，检测的时候，没有到现场！”说起桩基施工的高质量完工，杨爱文爽朗地笑了，语速都明显变得快了一些。“桩基检测”桩基质量，根据东营市地质勘查报告和东营地区地震设防烈度，测算出管桩的长度和承受重量，可抵御陆上10级风和7级地震。

机组日夜轰鸣，压桩机每天24小时不间断施工，在凛冽的寒冬里，在雪花飘飘的日子里，土建施工部完成桩基7182根，每两根一组深扎地下50米，主要用于6座10万立方米储油罐、4座2万立方米储油罐的地基，每根桩基最大可以承受140吨重量，均匀分摊最高重达10.3吨储油罐的重量，创下了令人惊叹的纪录。

说起来，很多人都觉得出乎意料，赞其为东营原油库“桩基加速度”。不经意间，胜建人敢打硬仗、善打胜仗的美名不胫而走……他们不仅为储油罐立下了“定海神针”，他们也成了业内令人惊叹的“定海神针”！

超级大饼

如果说，东营原油库迁建工程的桩基是“定海神针”，让松软的土地变得坚硬、沉稳和踏实；那么，从高空里俯瞰原油库基础，那一张张拉开的天幕，犹如铺张在大地上的“超级大饼”，仿佛给人插上了想象的翅膀，巴望着能够走进大幕之下，品一品这里的酸甜苦辣、人间百味。

入夜，天幕的上空依然灯火通明，从天幕的隔层里依然能够透出莹莹的光芒，仿佛还透出人影绰绰的忙碌，让平凡寂寞的工地多了一份神秘。是啊，这难道是上古传说中的乾坤袋吗？乾坤袋可是拥有不可思议的力量，内部有着奇异的空间，空间之大似乎能将天地收纳于内。

这不得不说一个传说。相传在很久很久以前，天帝派弥勒和如来两兄弟下凡来管理人间，为解决人间的一切困难和烦恼，天帝亲手交给他们一只乾坤袋。这只乾坤袋虽看着不大，却很神奇，里边装满了人世间的一切好东西，什么金银财宝、五谷六畜、山珍海味、绫罗绸缎、高楼大厦，凡是好看的、好听的、好玩的，应有尽有，而且取之不竭、用之不尽，可谓乾坤尽在其中、美不胜收。

胜建人是智慧的，设计出这人间的“乾坤袋”，像囊括诸多调料的超级大饼，从“饼”的本身到“饼”的内涵都是那么耐人寻味。在工程现场，融入土建施工大军，从决策者到管理者，从网格长到浇筑工人，每每说起罐基础施工，他们自然而然就会说起这类似乾坤袋的“天幕保温系统”。

“天幕保温系统，在业内可谓一大创造!”网格长刘建军动情地说，“多亏了我们杨爱文副总经理主导了这个天幕，要不然还不知道要遭多少罪、受多少苦，甚至难以突破罐基础浇筑的难题。”

刘建军所说的“天幕保温系统”，是东营原油库 BEPC 项目部土建施工部的创新创造之一。寒冬季节罐基础施工，工地最低温度降至零下 7 摄氏度，极寒天气给罐基浇筑带来了困难。为防止混凝土浇筑过程中凝固，在杨爱文的主导下，首创了笼罩罐基础的“天幕保温系统”。

“天幕保温系统”就是搭设的直径 85 米、高 3 米的暖棚，这个暖棚始终让 4000 立方米的混凝土温度保持在零摄氏度以上。同时使用 4 台泵车和 30 辆混凝土搅拌车连续浇筑近 30 个小时，有效避免了混凝土之间产生裂隙，保障了罐基的坚固稳定。

刘建军 1985 年出生，2009 年参加工作，是名副其实的“油三代”，拥有山东大学艺术设计和中国石油大学土木工程的双学士学位。他的祖父因自然灾害逃荒到东营，适值油田用人之际，就加入胜建队伍里，推过小推车、干过泥瓦匠，后来成了厨师，施工开拔到哪里，后勤保障就跟到哪里。他的父亲也是“老胜建”，干了一辈子的钢筋工，已经退休 6 年，在安享退休生活了。如今，刘建军接过父辈的接力棒，成为新时代的胜建人。

刘建军自进入土建工程，便像一棵树一样把根深深地扎在现场，发扬老一辈石油人特别能吃苦、特别能战斗的精神，担负起了罐基础施工和钢结构施工的网格管理。说起罐基础施工，他谙熟在心、信手拈来，从土方开挖到找平放线，从与施工队技术交底到分析工程如何干，从什么时间干到施工顺序的摆布，严丝合缝、有条不紊。

工序环环相扣，只要有一环没干好，后面的活儿就没法干。施工过程中，土建施工部从挖土方开始，用挖掘机把1021个桩头全部挖出来，待露出桩头后，就推进桩头的清理、清洗，紧接着就磨平每个桩头的钢板，再把整个场地清理抄平，再下一个桩芯，跟垫层施工一起，紧接着基础绑钢筋施工。

绑钢筋既是体力活、又是技术活，苦和累不算啥，关键是如此多的钢筋得运到现场。一个10万立方米的罐基础的半径就40米，钢筋量达510吨，常规汽车吊不能满足运距、运力要求。他们开动脑筋、想办法，引进150吨履带吊，推进罐基础全区域钢筋吊运，大大提高了工效，计划12天完成的钢筋绑扎，仅仅9天就完成了，使工期缩短了25%。

紧接着，他们又为原油库罐基础特别加工了钢模板，精度要求特级标高，就像拼地图一样装成一个“大圆”，随后便进入混凝土浇筑的攻坚阶段。刘建军清晰地记得，1月25日上午10时，他们开始了101罐的混凝土浇筑。

熟悉土建的人都知道，混凝土一旦打起来就不能停，必须一次性干完，这既是对工人体力和耐力的考验，也是对其智慧和技术的考验。刘建军像其他网格长一样，坚持盯在现场指挥调度，施工的工人可以轮休，而管理人员不能休息。他站在过桥上调度，首先是调配车辆，用四台泵车，一台泵车占据一个角，一辆罐车12立方米，来往穿梭、昼夜不停。

浇筑施工时，他们分四个组，七八个人一组，有振捣的，有扶管的，有找平的，大家各负其责、尽职尽责。正值数九寒天，凌晨三四点是最冷的时候，穿着军大衣都抵挡不了寒风的侵袭。面对刺骨的寒冷，所有施工人员咬牙坚持，当时只有一个信念，就是保质保量浇筑好混凝土。2022 年 1 月 26 日下午 2 时，经过连续 27 个小时的鏖战，共浇筑混凝土 4120 立方米，终于摊出了一个“超级大饼”。

2 月 21 日，为让这个“大饼”更有品质，刘建军和他的伙伴们紧接着展开了储罐沥青砂垫层施工。他们从人员、机械、组织上精耕细作，压实人员交底儿，明确到底怎么干，把每个人的分工都落实得清清楚楚，把怎么干好讲得明明白白。冬天气温低，沥青砂散热快，施工人员是暖和了，但必须顶着刺激性味道施工，运输车辆中间不断线，拌料厂一刻不停供料输送，施工人员紧锣密鼓不得闲，仅用十个小时就顺利完工，误差控制在两厘米以内。

后来，刘建军结合施工工序撰写了《10 万方储罐沥青砂绝缘层施工工法》，获得胜利油田第十四届工法评选二等奖。说起沥青砂垫层施工，刘建军的精神状态特别好，脸上始终洋溢着自豪的喜悦：“我们干的工程都不重复，每天面对的都是新的，都很有意思！”是啊，从事土建 10 多年来，他盖过住宅楼、建过污水处理厂，走过南、闯过北，是把工程都当成了艺术品，是用艺术的视角在做土建啊！

其实，在土建施工部，还有很多像刘建军一样的奋斗者，他们已经把土建的工作当成了生命的一部分，这或许是他们创造东营原油库施工加速度的重要内因吧！“选择了这一行，早就做好了心理的、环境的准备，只要项目能做好，家里人就跟着光荣！”雷卫学的血脉里已融入了石油石化人的精气神。

雷卫学于 1980 年出生，2004 年从长江大学土木工程专业毕业后，便被招聘到胜建公司，一直在工地和现场奔波。2022 年 1 月 3

日进驻项目部，成为罐基础施工和建筑物施工的网格长，主要负责102和103罐基础施工。

“工程涉及交叉业务面很多，稍微组织不好就会影响工程大局。”雷卫学瞄准9月30日中交、10月中旬投油的目标，坚持把施工部的决策再细化再优化，施工内容细化、工期细化分解，细化到具体每一道工序，从工程技术、质量、安全上为总部保驾护航，在东营大地上摊出了两个“超级大饼”，成为原油库的管特支撑。

其实，不仅刘建军、雷卫学，还有很多人在为储油罐奠基。施工部坚持机械化施工，在现场建起1700余平方米的钢筋智能加工中心，中心内配置数控弯曲机、调直切断机、数控弯箍机、数控锯切套丝打磨机床等各类智能化加工设备，钢筋加工工厂化预制率达到100%，钢筋加工质量和效率稳步提升。

他们推进模块化建设，为缩短罐基础施工周期，同时提高感官质量，罐基础环墙施工创新采用数控弯弧技术加工的钢骨架与清水覆膜模板组合，形成模块化单元，实现环墙整个圆周弧度顺滑、混凝土外观规则整齐。同时，环墙顶面外侧固定基准木条，内侧安装角钢进行平整度控制，环墙整个圆周任意两点最大高差仅为7毫米，远远小于图纸和规范要求的12毫米，刷新了施工的新纪录。

他们还推进罐基础环墙表面螺栓孔标准化处理，在环墙模板对拉螺栓紧贴模板处加设橡胶垫，起到密封模板螺栓孔的作用，同时方便剔凿出规则整齐的螺栓凹坑，进行封堵作业，达到了很好的防锈效果。《10万立方米储罐基础冬期施工工法》《大型储罐罐基础水泥混凝土冬季“天幕系统”施工工法》《水泥稳定碎石冬期施工工法》同样在胜利油田工法评选中获奖，在“超级大饼”上挺立起一座丰碑。

同心圆

走进焕然一新的东营原油库，一路走，一路看，虽然工程建设已接近尾声，但从施工人员匆匆的脚步里，从员工食堂比学赶帮超的展示里，从偶尔间闪耀焊花的弧线里，仍能感受到快马加鞭的劲头与节奏，仿佛持续上演着原油库的“速度与激情”。

远望公路南侧办公区，在熠熠生辉的阳光下，“牢记殷切嘱托，扛好责任使命”的大字特别亮眼，仿佛道出了施工项目部所有人员的心声；走进现场区域智控中心，瞩目“让党旗始终在项目建设一线高高飘扬”的标语，心底顿时澎湃出一股奔腾的力量，仿佛一下子找到了原油库迁建“加速度”的真正原因。

是啊！原油库矗立在眼前，犹如矗立起了梦想的高度！“这么短的时间里，一座崭新的原油库就建成了，恍惚间仿佛是在梦里！有生之年能参与这样的大项目，这辈子值了！”土建施工部党支部书记胡良平感叹道。

回想工程之初，BEPC 项目部参战人员从四面八方赶来，不同的单位、不同的团队、不同的文化，可是，当人们集合到东营原油库迁建工程时，这些不同就变成一个坚强的集体，特别有力量、特别有智慧、特别能战斗，就是一个英雄的团队，奋斗的团队，敢于担当、敢于突破的团队！

38 岁的刘波是东营原油库迁建项目土建施工部的普通员工，主要从事迁建现场钢筋加工，每天经手的钢筋就多达四五吨，这些钢筋被源源不断地输送到大罐，用于大罐的地基建设。

东营原油库迁建工程作为中国石化集团公司重点项目，自2021年12月16日启动以来，实施“大兵团”作战，参建队伍众多，交叉作业面多，高峰时段同步施工人数达到千人，总参建人数达6000多人。刘波融入竞赛的氛围中，坚持高标准、高质量、高效率完成工作任务。

每天能加工如此多的钢筋，刘波自己都不敢相信。他现在之所以拥有这一身“武艺”，缘于东营原油库如火如荼的劳动竞赛。2021年2月1日起，东营原油库迁建工程开展了“四比四赛、争杯夺旗”劳动竞赛，通过营造浓厚的比学赶帮超氛围，激励施工单位比进度、比效率。

刘波所在的土建施工部主要负责桩基、罐基础、道路施工。钢筋加工是其中一项重要工作，每一根钢筋经过防腐、车丝、塑型，再源源不断地运输到施工现场。作为刚入行三年的新手，这种高强度的工作对刘波来说无疑“压力山大”。

由于施工标准要求高，每根钢筋要做到与大罐严丝合缝，这对加工技术提出了更高的要求。刘波严格按照图纸给钢筋塑型，各种型号的钢筋从他的手中变换出“花样”。精细严谨的工作态度，不仅保障了钢筋的质量，也快速锻炼了刘波，让他在第一阶段评比中获得“施工标兵”的称号。

“工期紧、任务重、困难多，迁建工程面临前所未有的挑战，只有把所有参战人员凝聚起来，每一个人都发光发热，才能克难制胜、走向胜利。”土建施工部支部书记胡良平深谙“党的力量源于组织”之道，只有激扬广大党员的先锋模范作用，引领员工群众发挥主体作用，才能集中一切可集中的力量，团结一切可团结的资源，办成大事、办成实事、办成好事。

凝聚力，在于高质量党建引领。土建施工部党支部深入开展“四提四促”劳动竞赛，致力提升组织覆盖力、思想引领力、发展推动力、廉洁保障力，推动党建促进度、促安全、促质量、促提升，猎猎飘扬的党旗成为项目现场最有力的凝聚，使党建工作的“软实力”转化为加速推进项目高质量建设的“硬支撑”。

为实现党建与项目的深度融合，土建施工部党支部推进开展“党员责任区”活动，核心班子成员和网格长实行责任区承包，包思想、包安全、包质量、包进度、包协调……支部书记胡良平和班子一班人把项目部当家，吃在施工现场，以便靠前引领，及时发现问题解决问题，凝聚全员直面挑战、奋勇向前。

“要想把工程干好，就必须消除员工的后顾之忧，让大家安心工作。”胡良平说。在土建施工部，党员干部都坚持在最前线，都没有节假日、礼拜天，十个月里休息最多的也就是一到两天，不管是人的问题，还是物的问题，思想问题和实际问题都解决好了，才赢得了向前奔跑的合力。

“领导带头，困难不愁！”胡良平 45 岁，2000 年毕业于武汉水利电力大学，已从事土建施工 22 年，一路征程、一路奋斗，他早已把“走在前、作表率”理念融入血脉，把党员责任区摆在施工一线，把思想工作做到员工身上。他经常找员工了解思想、生活、工作、家庭、身体等情况，还组织给员工们过生日，让员工虽然身在施工现场，也能感到大家庭般的温暖。

在施工部党支部的统筹把握下，负责疫情防控、文字材料、综合治理等业务的杨宁经理，更是把项目部的业余生活搞得丰富多彩。每逢重大节日，他都会组织施工部员工和参建农民工参加拔河、趣味套圈、羽毛球赛等各种文体娱乐活动及文艺会演，让大家在项目施工现场时刻紧绷的弦能够得到些许的放松。

冬天的时候，杨宁便成为支部的温暖使者，把代表支部温暖的脖套、皮手套、皮棉帽等物品送到参战将士的手中，让大家在冽冽寒冬感受到不一样的温暖；夏天的时候，杨宁经常到工地上转悠，定期给施工人员发放降温的“冰糕”，让人们在炎炎夏日里品尝了特别的清凉……“杨经理，拍照您说话，我们坚决不躲不藏，让怎么拍就怎么拍。”时间久了，工地上的农民工都认识了杨宁，给他们拍照片由最初的“不情愿”，发展到主动配合“摆pose”。

一次，在库区的循环路上，两名农民工遇上了杨宁，便主动邀请他到休息区说说话。在休闲屋里，两个人抢着给杨宁递烟，希望他能抽他们的烟。烟并不是多么好的烟，但从这一个细节里，杨宁读懂了两名农民工兄弟对他的信赖和认可。于是，杨宁接下两根烟，直到全抽完，才跟他们道别。休闲屋里，升腾的青烟缕缕如丝，何尝不代表着彼此理解的情丝呢！

BEPC项目部把原油库建设与员工之家建设同步规划、同步实施，设立了员工活动室、篮球场、羽毛球场、乒乓球室、阅览室等。在生活线上，高标准食堂宿舍设施，配置冰箱、冰柜、消毒柜，配备了常用药品，员工小伤小病工地即可医治，还在罐区设置了休闲屋，让参战人员时刻感受到家的呵护。

项目部关爱员工，员工把干劲都用在工程建设上，都想为项目建设多出点力，多做些事，争取早日完成项目建设。工作上和生活上，项目部、施工部的领导们都为我们安排得很细致、很周全，在这里我们也有家的温暖——这是员工们最真切的感受。

42岁的雷卫学有着18年的党龄，2022年1月担任储罐基础、行政管理及辅助生产区施工管理的网格长，刚到项目就碰到 102 罐、103 罐两个 10 万立方米储罐基础施工的“硬骨头”。当时，其他罐区的桩基检测陆续完成，而 103 罐桩基施工还没有结束，项目部内控计划要求 103 罐垫层施工在春节前完成。工期容不得丝毫懈怠，雷卫学吃在现场、住在现场、协调运行在现场。

看着其他罐区快速的施工进度，数着距离春节剩余不多的天数，雷卫学急得吃不下饭、睡不好觉。他组织人员加班加点进行垫层混凝土施工，严格技术交底、质量监控，提升一次验收通过率。最终，103 罐基础垫层在春节前一天完成，踏上了项目部内控节点。徒弟刘凯南开玩笑说：“我师父那段时间整天黑着个脸，我们几个年轻人私下都叫他‘雷老黑’。”

36 岁的王诚诚是土建施工副经理兼总工程师，负责整个土建施工项目的技术质量。冬季里，土壤含水量较高，且冻融频繁、水分蒸发缓慢，很难达到 16%的最佳含水量，很难满足设计压实度 94%的要求。他跑现场、找设计单位，反复沟通、协商，将道路基素土改为 4∶6 碎石土，罐基础内 2∶8 灰土垫层改为中砂垫层，实现了工程质量的大跃升。挡土墙原设计为浆砌片石，石料全部需要从外地运输，成本高，因疫情可能影响工期，他加强技术论证、做细结合沟通，最终将浆砌片石改为素混凝土，不仅材料容易采购、施工方便，而且保证了冬季施工质量。

经过 10 个月鏖战，原油库项目从设想到图纸、从一片荒芜到油罐巍巍耸立，由决策者、专家、工程师、设计者、一线施工人员组成的数千人的建设者，不驰于空想、不骛于虚声，在工地上战天斗地、挥汗大干，交出一份完美且生动的答卷，凝聚起战胜一切困难的磅礴力量。

2022年10月26日，东营原油库正式投运，操作人员由原来的189人减少到20人，一个全面感知、共享协同、安全预警、绿色低碳的智能化原油库展现在世人面前，一座绿色智能的“石油粮仓”点亮了东营大地。那汩汩流淌的油流里，正流淌着人们美好的希望，黄河三角洲搬迁来了不一样的“人间美丽”。

飞雁落在“英雄滩”

夏天的英雄滩，天高云淡、空旷辽远，起伏的“磕头机”、缓缓转动的大风车和翱翔的飞雁相映成趣。从中国石化胜利油田机关驻地一路向北，荒原特有植被渐次多了起来，红柳、芦苇、黄蓿菜在眼前滑过……英雄滩油田到了。

英雄滩油田地处渤海滩涂，海拔标高不到 1 米，潮来是海，潮去是滩，方圆几十里荒无人烟。原来这里并不叫这个名字，因为在油田的最北端，被大家称为“大北”。1992 年秋天，这里遭遇强热带风暴潮，坚守的 8 名建工指挥部干部员工英勇殉职。为纪念英烈，便有了英雄的名字。

走进英雄滩，滩涂上一蓬一蓬的红柳，有的瘦一些，有的丰满一些，摇曳着欢迎远方来客；水泡子里最不缺的是黄蓿菜，或稀稀拉拉的，或一簇一簇的，盎然的绿意里透出微红，待到秋天就绚烂成美轮美奂的“红地毯”；恣意生长的芦苇不嫌弃这里贫瘠，油井旁、土坡上、泡子边，似乎有点儿阳光就灿烂。

2014 年 7 月，朱洪敏像飞雁一样落户到英雄滩，成了这里的“候鸟”。春去秋来，寒来暑往，穿梭在红柳丛、芦苇荡，行走在一口油井到另一口油井之间，眼中的风景似乎司空见惯了，但她始终觉得这里的风景很美很美！

一

朱洪敏到岗第一天就被英雄滩深深吸引了，用手机拍了很多图片，连绵起伏的抽油机，水泡子里追逐的水鸟，办公室里的桌椅板凳，食堂里的一日三餐，她把这些分享给师长、同学和亲朋好友，每幅图片都挥洒着青春活力。

朱洪敏今年 32 岁，从山东科技大学毕业时，她收到了两张通知书：一张是中国石化的录用通知书，一张是中国石油大学(北京)的研究生录取通知书。一边是中国石化最大的油田企业，另一边是石油学子向往的权威学府，是就业还是深造，她面临着人生的一次艰难抉择。

朱洪敏犹豫不决，咨询了很多人，每个人仿佛都给了她答案，又似乎没有确切的答案。她知道，越是这个时候，越要知道自己想要什么、想干什么，或许答案就在自己的心里。

朱洪敏生在油田、长在油田，耳濡目染了父辈们对石油的热爱，是听着英雄滩的故事长大的。

1994年，一位名叫国梁的大学生来到英雄滩，被大火烧成重伤，生命垂危，经历四次植皮手术，历经五个多月与病魔的抗争，毅然重返英雄滩。1997年8月20日，特大风暴潮再次席卷英雄滩，国梁舍生忘死带领员工抗击风暴潮，保护数亿资产不受损失，捧得了全国“五四”青年奖章……

洪水来了，石油人留下了；洪水退了，石油人没有退。英雄滩那血与火的故事，深深镌刻在朱洪敏的记忆里，发酵成对英雄滩的深深向往。

大学毕业时，朱洪敏默默收起研究生录取通知书，把那份不舍压在了箱底，果断选择了英雄滩，成为胜利油田河口采油厂管理九区的一名员工。

油井屹立在天地之间，风车与蓝天相接，鸥鸟与浪花共舞，朱洪敏满眼都是诗情画意。一只飞雁从油井旁的水泡子里飞起，朱洪敏挥舞着手臂模仿着飞雁，在英雄滩落日的余晖里飞翔。

朱洪敏坐在师傅的三轮车后面，看着那或深或浅被拉长的车辙，仿佛自己的青春之路在延伸着……眼前滑过一帧帧画面，她的思绪也跟着飞扬起来，每天都记录这里的变化，分享给没有来过这里的人们。

英雄滩的荒原上，朱洪敏白天与油井为伴，晚上与图纸为伴，上班不到两个月的时间，就掌握了油水井的状况，熟悉了站上的流程分布。她还主动申请跟着老师傅值夜班，每四天一个夜班，第二天白天继续留下当班。一个小丫头拼个啥？她说，千人千脾气，万人万模样，每口油井都很有意思，都是英雄滩独有的风景。

英雄滩很美，可并非全是浪漫，还有恶劣的环境。夏天多的是风暴潮，巡井巡线要蹚深深浅浅的水，稍有不慎就会滑到泡子里洗了澡；冬天是走不完的风雪地，深一脚、浅一脚的，脚下一个打滑就成了“泥猴子”。朱洪敏觉得，能够体验和参与英雄滩的生活是幸运的！

英雄滩的冬天来得早一些，不到十月份，朱洪敏晚上巡井，就裹上了厚厚的羽绒服。一次寒流突袭，英雄滩突降大雪，电线杆被压垮了，英雄滩断了电，朱洪敏巡井巡了一通宵。第二天早上 6 点回来的时候，她脸冻得麻木，印出深深的“高原红”，缓了好几天才褪去……

日复一日，年复一年，朱洪敏像飞雁一样融入了英雄滩，英雄滩已经成了她热爱的家。

二

在英雄滩，朱洪敏犹如一只不知疲倦的鸥鸟，振翅高飞、激情翱翔，成为一道亮丽风景。

朱洪敏夺得“双冠王”了！一时间，英雄滩沸腾了，人们奔走相告，幸福着朱洪敏的幸福，快乐着朱洪敏的快乐！

朱洪敏参加胜利油田“开发生产智能预警管理模型创建”大赛和“金钥匙”技术竞赛，一路过关斩将，拿下两个第一名，成为青年大学生里最亮眼的一颗星。

星光不问赶路人，时光不负有心人。两枚熠熠闪光的金牌，或许是朱洪敏付出的水到渠成，或许是她扎根滩海的最好回报，金牌里闪耀出英雄滩的青春力量。

2017年，朱洪敏所在单位推进信息化，管理区领导觉得她做事认真又很聪慧，就把信息化建设的工作交给了她，希望她能在信息化技术管理上开拓出一片新天地。

面对海量的信息数据，朱洪敏心里没有底，既激动又担心。激动的是，这么多数据当自己的眼睛，可以帮大伙去管油井，用好了就会事半功倍；担心的是，她不知道能不能把海量的数据整合起来，更好地应用到生产中去，让每个数据都能发挥作用……

朱洪敏从小处着手，从最简单的事情做起，找准信息化技术应用的切入点，从“一井一策”出发，摸索着设置油井监控预警值。阈值高了，就向下调一调；阈值低了，就向上抬一抬，她就是要迅速发现问题，把劳动强度降下来。

朱洪敏昼夜连轴转，分析每口井的历史数据、同台井数据，还包括各种相关联油水井的状况，像飞雁一样搜寻着水面下潜藏的每一条小鱼。有时候，几天研究下来，也没有一个结果，可她并不灰心，觉得这些数据就是跃动的小精灵，你对它用心，它就为你出力。

她白天跑现场、收集资料，晚上整理归纳资料数据，一点一点地抠，一个办法一个办法地推敲。很快，她拿出了配套到单井的“预警模型建立方法”，结合每口井的生产特点、气温变化设置报警值，还依据报警情况及时调整设置，一举突破困扰大家很久的难题。

渐渐地，朱洪敏喜欢上了浩如烟海的数据，也喜欢上了身边的每口油水井。她说，油水井就像孩子，孩子有了情绪变化，就得及时沟通疏导，该开小灶开小灶，该添给养添给养……日积月累的坚持，让她有了更大的勇气和底气，报名参加了油田的两项大赛。

机遇总是青睐有准备的人。置身高手如云的竞争，朱洪敏把压力化为动力，别人休息了，她就躺在床上复盘每天的训练项目，查找自身的不足。竞赛的最后一个环节是现场答辩，她头天晚上卡着时间、卡着 PPT，反复练了十几遍，当感觉顺畅无误才安然入睡。

2017 年 10 月，朱洪敏夺冠的消息揭晓，管理九区“微信群”燃爆了。感受着大家的真诚祝福，朱洪敏情不自禁落泪了。我想，这泪水应是一名大学生蜕变成长的泪水吧！冠军奖牌的熠熠光晕里，仿佛投射出她翱翔英雄滩的连绵的长镜头！

三

飞雁落在英雄滩。短短几年时间，朱洪敏荣立胜利油田二等功两次、三等功一次，荣获胜利油田优秀人才奖、创新创效标兵称号，柔弱的她成为青年人的风向标。

2019 年 3 月，朱洪敏作出一个出人意料的决定。谙熟信息化和技术管理的她，毅然选择了一个陌生的领域——经营管理。“青年人就要挑战自我，像飞雁一样向着未知去探究翱翔。”她给自己打气。

“人生没有白走的路，每一步都算数。”说起岗位的改变，朱洪敏记住了在参加河口采油厂人力资源组织部组织的职业生涯规划培训时，老师说过的这句话。她说，她要像飞雁一样翱翔长空、搏击风浪，让走过的每一步都算数！

管理区是油藏经营的责任主体，如何把油藏经营好、实现价值最优化，是朱洪敏常常思考的问题。她觉得，一个合格的经营管理人员，不仅要懂生产运行，还要会技术分析，更要能策划经营决策方案、能给出有效建议，绝不能当报表“统计工”，只是简单地算算加减法。

“只要花钱的活，就得算算账，有效益就干，没效益就不干。”朱洪敏给自己的定位是“账房先生”。调平衡的活，她不仅分析平衡块调了多少厘米、平衡度达到了多少，更关注调平衡后的效果，到底能节约多少电、减少多少碳排放。

朱洪敏倡导把所有工作量都纳入效益分析，让经营不再是一个组室或者几个人的事，每个人都去想着经营、去做好经营。比如优化油井热洗周期，她让大家不仅分析优化了多少天，还要落实到节约了多少运费、作业费上，以效益导向和结果导向撬动经营提效。

随着油公司改革的深入，朱洪敏越来越觉得经营有着独特的魅力与价值，更加坚定了深耕经营管理的信念。2019 年 12 月，她竞聘到管理区副经理岗位，分管的领域依然是经营管理。她推动实施“全工种量化派工制”，引领全员向价值创造岗位流动，管理区的经营管理渐入佳境。

放飞在英雄滩，朱洪敏扎在英雄滩，每口油井都成了她的牵挂，每口油井都成了她眼中的效益增长点。融进英雄滩广阔的天地，飞雁盘旋在起伏的抽油机上空，画出了一道美丽的弧线，犹如朱洪敏的青春音符响亮在英雄滩的苍穹。

“我知道，英雄滩是有灵性的，我不能怠慢了它。英雄滩的油井也是有灵性的，也不会亏待了我。”朱洪敏坚守英雄滩，她已经爱上了这里。

飞雁翔集的英雄滩很美，越来越多的大学生汇聚到这里，犹如一只只展翅翱翔的青春飞雁。

英雄滩的确很美！我禁不住也想在这里扎根了。

创新之路

有人说，这条路很苦，走进去就得苦煎苦熬一辈子，流血流汗步履维艰；有人说，这条路很甜，融进去就是事业甜蜜蜜，一个惊喜连着一个惊喜；有人说，这条路很窄，窄得就像挤独木桥，挤上去也不一定有啥结果；有人说，这条路很宽，比海洋浩瀚、比太空辽远，大海泛舟风景无限……

还有人说，进入这条路，抉择很难很难。然而，李志明却义无反顾选择了这条路，一路走来，成为工友们眼中敢于攻坚的"封堵王"，同行眼中善于钻研的"智多星"，领导眼中勤于创新的"风向标"。

一

李志明要当石油工人了。消息一出，乡亲们一片惋惜声。在同龄孩子里，他机灵聪慧、出类拔萃，却选择了这样的一条路。

李志明出生在农村，家中还有一个妹妹，因家庭条件不好，初中毕业后，放弃了上高中、考大学的机会。1995年，他选择了胜利石油开发技校。

1998年，面对双向选择，李志明顺利进入胜利油田油气集输总厂，成为一名采气工人。他白天跟师父学技能，晚上自学采气知识提升技艺，他立志要像“铁人”那样工作，当工人就要当最优秀的，干活就要干出一流的。

1999年，胜利油田举办技能大赛，师父鼓励李志明参加比赛。春天报名、秋天比，足足备战5个月，他却没能取得好成绩。“没有意外发生。”李志明自嘲。可他很困惑，别人背的书自己背了，训练一样也没落下，为啥不行？金奖获得者是队上的闫师傅，他反复请教。闫师傅带他到练兵场，给他演示了全套更换阀门项目。看到闫师傅轻松三下，活动扳手就准确达到所需开度，只需扳动几次就可拆下阀门。

夕阳下，闫师傅的身形与操作融为一体，阀门更换成了一场美的艺术表演。李志明决心要像闫师傅那样把操作变成艺术、把工作干到极致。

李志明像着了魔，晚上对着书研学设备构造，白天能拆卸的要拆好几遍，碰上实物和书本不太一致的，就再多翻几遍书。一手铁疙瘩，一手记笔记，一本《采气工》写满了笔记、画满了图。

功夫不负有心人。2004年9月，李志明获得胜利油田采气工技能竞赛银奖，破格取得采气工技师任职资格，成为采气工专业最年轻的技师。

2006年7月，李志明担任丰气1集气站站长。“一个毛头小伙挑大梁，干好干孬不说，别把腰弄折了。”有的班员不看好他。

其实，李志明心里也打鼓，自己年龄小、干的时间短、现场经验少，也担心挑不起这个担子。

他知道，开弓没有回头箭，干就要干出个样子来。9月的一天，班员李涛在FQ1井更换气嘴时，由于操作不稳定，气嘴从扳手的卡槽中脱落，一下子掉进了集气管线，如果不及时取出，势必影响气井开井生产。可要取出气嘴，需切换生产流程，放空管线内的天然气，还要动用电气焊，用气割割开管线取出气嘴，整个操作至少需要4个小时，费时费力还影响气井生产。

一口气干完，大家都累得够呛。当取出气嘴后，李涛感慨地说：“要是不用电气焊就能把气嘴取出来就好了！”说者无心，听者有意。李志明在心里暗暗下决心，一定要把这个问题给解决好。

李志明到网上搜索，折腾了一个通宵，竟没找到解决问题的方向。到底从哪里下手呢？他跑到其他站了解情况，结果干这活的苦和累听了一箩筐，就是没有解决的办法，气嘴年年掉、管线次次割。一时间，他又犯了难。午饭后，他溜达到FQ1井，围着水套炉转，一会对着气嘴三通出神；一会拿着气嘴扳手掂量，反反复复琢磨着，脑子里仍是一头雾水。

李志明满怀心事回到家，儿子看到父亲回来了，就缠着他一起玩新买的玩具。但他心里老想着井上的事，陪孩子也是心不在焉。“爸爸，你看我会钓鱼了!”孩子一边大声地炫耀着，一边挑着鱼给他看。突然，他脑子里跃出一幅画面，能不能像钓鱼一样把气嘴钓出来。气嘴是钢铁材质，可以把它当成“鱼”，在缆绳底部固定强磁，当成“鱼线”“鱼钩”，利用磁力把气嘴吸出来，就成功完成一次“钓鱼”。

有了“钓鱼”的想法，李志明迅速制作了一个磁力打捞器，兴冲冲地跑到现场模拟试验。可气嘴的“鱼”扔下去，反复起钓几次，“鱼”就是不上钩。仔细观察后，他发现钓钩吸在管壁上，根本没有沉到底，连“鱼”的影子都没见到，更不用说钓到“鱼”了。看着自己设计的磁力打捞器，他陷入了沉默，呆呆定在现场。

“志明，发什么呆呢?”天已经黑了，值夜班的张鹏飞路过这里，才把他的思绪拉回来。当了解到他在“钓鱼”时，张鹏飞禁不住笑了:“咱是老渔民，你一次竿都没摸，咋钓鱼!”

接着，张鹏飞眉飞色舞说起了“钓鱼经”。什么夏天钓边、冬天钓腰，什么浅钓鲢子、深钓鲫鱼……一席话触动了李志明的灵感，深钓加配重，浅钓用大标。他骑上车子，奔到维修班工房，加工了一个新“钓鱼”工具，可没想到钓了十几次，才成功钓上来一次。

接下来的日子，李志明全力投入工具改进，对强磁尺寸、螺纹连接、焊接、铆接等反复试验。最终经过 60 多次的试验和优化，成功实现一次下竿就中“鱼”，“钓鱼”的成果也获得 2007 年国家实用新型专利。

二

李志明“钓鱼”钓出了名头。

“钓鱼”的经历，让他打开了一扇窗：创新不是闭门造车，不是单打独斗，更不能把自己封闭起来。要主动对接生产需求，捅破窗户纸就能柳暗花明。

气井投产初期，气嘴隔三岔五就会堵塞，工友们疲于应付气嘴的清理，既费时费力，又降低了生产时效。李志明便在气嘴进口设计了一个筛管，制作出一个不堵塞的气嘴，工友们都竖起大拇指。

2011 年冬天，气井水套炉燃气管经常被盗割，导致无法供气加热，气井管线频频冻堵，工友们苦不堪言。李志明设计了一套专用扳手，避免了盗割破坏现象，保证了水套炉的正常运转。“志明一出手，方向就全有！”不再挨冻的工友们对他交口称赞。

阀门丝杠锈蚀问题是工友们的“挠头事”。李志明加工了一个套筒，开关阀门时套筒跟着一转，既解决了丝杠锈蚀问题，还实现了保养润滑，更减轻了劳动强度。2012 年，这项成果获得国家实用新型专利。2013 年，他被聘为采气工责任技师。

“搞创新，没有啥窍门，不仅要接地气、跟现场，还要善于正视问题，敢于突破思维的局限。”

责任技师的岗位让李志明插上了想象的翅膀，技术创新更是如鱼得水。2013 年，他担负起 133 口气井、269 公里输气管线的技术管理工作。他认为，“工人有技术才更有力量，技术能够应用才更有价值”。气井生产过程中，随着生产时间的延长，井口密封元件逐渐老化，高压采气树难免出现渗漏。如不及时处理，就像溃堤的蚁穴一样，会带来井喷的危险，轻则设备损坏，重则人身伤亡，甚至污染环境。

当时，东营采气队的4口气井先后出现渗漏，气井承包人揪心、队干部挠头。有人说："让志明试试吧，这小子肯吃苦、能捣鼓、善钻研，交给他肯定能行。"

看李志明接了这活，身边的老师傅关心地说："志明啊，这活连专业公司都怵头，咱可别逞大头，砸牌子的事，不值得！"

李志明淡淡一笑："师傅啊，没啥大不了的，啥活不是人干出来的，办法总比困难多！"随后，他便扎到陈33-27井上，启动了"堵漏行动"。

黄河口的风很烈，吹得他脸上生了一层皴；野外的蚊虫多，叮咬得他身上红疙瘩连成片；几次风雨突然来，浇得他像个落汤鸡……环境上的挑战不必说，堵漏的方向更是一头雾水。采用常规焊接，无疑是火山口上作业，稍有不慎就有爆炸危险，这方案显然行不通。于是，李志明尝试胶黏堵漏，一层胶粘上，再缠一层胶带，如此反复几次，连续几天竟没有渗漏。可好景不长，没几天，胶面上就鼓起一个气泡，瞬间击碎了胶黏的方案。

十几天过去了，队上看李志明没有眉目，就决定上作业换井口。当时，陈33-27井没有进井路，一次作业下来，支付青苗赔偿不说，光压井费用就得20多万元，还容易把气井"压死"，导致气井停产。

李志明找到队上，恳求再给他几天时间，并保证一定能堵住漏。他还算了一笔账，这口井一天生产6500立方米天然气，控制着7000万立方米的储量，按每立方米2元计算，如果气井停喷，损失就得上亿元啊！

感受到李志明的执着，队上决定支持他再试一次。其实，在他的脑海里已经有了一个以简驭繁的办法。

李志明借鉴管线穿孔打卡子的方式，以压盘螺栓为着力点，设计了一个集套帽、胶圈、压板为一体的配套装置。把套帽卡在漏气点，利用高压胶圈的变形进行密封，一举突破气井不可控特殊部位打卡子的难题，单人20分钟便可轻松堵漏。

乘胜追击，李志明又设计出套管短节、1号阀门压盖、导管连接等4种类型的堵漏装置，形成了气井不可控位置立体堵漏体系。气井堵漏上的突破，让他名声大振，工友们亲切地叫他“封堵王”。堵漏技术已在胜利油田推广，先后获得4项国家实用新型专利，年创造经济效益280多万元。

现场问题的解决叠加起李志明技术创新的高度。短短两年，他先后有管线免焊连接器、一种螺母防盗装置等8项成果获国家实用新型专利，2项成果获得胜利油田优秀质量管理成果二等奖。2015年，他被聘为采输气首席技师，成为胜利油田最年轻的厂级首席技师。

三

李志明搞创新搞上瘾了。

李志明说：“新时代的技能工人，不管到啥时候都得有工匠情怀，朝着创新创造的路向前走，当价值创造的引领者……”

2017年7月，李志明所从事的采气序列划归采油厂管理。一面是早已熟悉的岗位，一面是相对陌生的采油行业，他竟毫不犹豫地选择了后者。初到东辛采油厂，他像一个小学生一样，从填写报表、油井巡护干起，很快就弄通了采油班的工艺流程。

三个月后，李志明看到维修班既能承担“急难险重”，又能处理一些现场技术问题，便主动请缨到维修班的岗位，跟着练碰泵、热洗，跟着学参数调整、功图分析，有活主动干、抢着干，很快融入新的团队。

从油的角度看采气，从气的视角看采油，李志明先后有 9 项合理化建议被采纳。破解了油气井信息化设备与现场生产工况不匹配等系列问题，实现了他从采气到采油气的华丽转身。

在资源采掘业，自然递减是躲不开、绕不过的难题。胜利油田日产天然气约 150 万立方米，无水气藏平均采收率保持在 70%，如果想办法提高一个百分点，就相当于每天增加气量 1.5 万立方米、多创 3 万元的价值，那么放到全国来看，创造的价值更是无法估量。李志明决心在提高气井采收率、降低气藏自然递减上想些办法。

“有了想法，就要想办法变成做法。”李志明迅速行动起来。查资料、算数据、做图表、搞设计，总结形成了“定、标、控、排、汇、推”六字采气工作法，实现单井稳产期延长 21 天，产气量上升 3.1 万立方米。

一分耕耘一分收获。2018 年 2 月，李志明被聘任为胜利油田采气技能大师，成为导师带徒、成果集成优化、破解生产难题、标准规范提升的引领者。

在油气开发行业，水套加热炉是降低原油黏度、防止采出液结蜡、降低油气井回压的常规设备，运行达不到工况要求，轻则会冻堵集油气管线，导致管线“灌肠”停井抢修；重则往往因关井引起病变，致使油气井停井歇业。

李志明看在眼里、急在心里，决心一定要攻克这一难题。2018年6月，他研究发现，风力在三级以上，风向在西风、北风或西北风时，水套炉的炉火就会熄灭。他仔细观察、认真分析，发现炉火受安装朝向的影响。

“能不能像诸葛亮那样‘借东风’，把借来的风为我所用。”是前置配风，还是后置配风，是侧面配风，还是底部配风，李志明彻夜无眠，陷入深深的思考。

第二天，他一大早就赶到胜利发电厂请教燃煤锅炉配风方式，接着又跑到石油化工总厂求教大型升温锅炉配风模式。很快制作出水套炉侧面配风装置，使单井水套炉炉火熄灭次数由月均58次降低到3次，突破了配风方向的难题。

新装置使用后，炉火不再熄灭，可温度却提不起来。李志明反复对比分析，利用三维立体绘图软件，制作出带射吸嘴的火管，现场实验节约燃气40%以上，但燃烧时还会冒黑烟。

紧接着，李志明又与黑烟较上了劲。好心人劝他：“志明啊，咱搭工夫、耗精力的，连家都顾不上，到底图个啥？就别折腾了！”

其实，有时候实在累得慌，李志明也有打退堂鼓的心思，可又想想：没有啥事随随便便就能成功的，既然让咱当大师，就要有精益求精的工匠范儿！

一次射吸不够，两次行不行？李志明反复试验，研制出二次射吸装置，单井节能41%，加热温度上升22%，加热炉热效率高达85.71%，在胜利油田大面积推广，年创经济效益375万元。2019年12月，他被授予胜利工匠荣誉称号。

李志明的故事并未结束。2020年12月4日，作为唯一的工人代表，他参加了山东省第五届智能制造(工业4.0)创新创业大赛总决赛，与省内各大企业同台竞争。加热炉智能燃烧装置在 200 多个参赛项目中脱颖而出，获得大赛三等奖。

2021 年他又荣获东营市金牌工匠称号、胜利油田为民技术创新奖金奖、山东省五一劳动奖章。2022 年他又被评为中国石化首批采气工特级技师、被聘为中国石化集团公司技能大师。

这里写的只是一个李志明的创新故事。如果有更多技能工人走向创新之路，那么，我们的石油事业、我们国家的面貌一定会有更大的变化。我们充满期待……

一路放歌

九曲黄河万里沙。在黄河入海的地方，便是山东省东营市，便是胜利油田的所在地。初春时节，穿行在共和国这块年轻的土地上，从黄河之南到黄河之北，从胜利东胜公司的一个管理区到另一个管理区，放眼荒原深处，条条道路纵横，橘红的身影快速闪过；历经寒冬洗礼的芦苇丛傲然摇曳，一架架抽油机、一座座储油罐点缀其间，采油工人们在油区步履匆匆，呈现出一派繁忙的油区景象。

东胜公司党群工作部主管车宜恒，领着我们实地参观驻扎在各地的采油管理区，方印证了“胜利油田有多大，东胜公司就有多大”的说法。一路行走，才知道东胜公司工区分布在东营、滨州、淄博、潍坊等地，是胜利工区跨度最大的直属开发单位。

从大王北的河口采油管理区到地处滩海的金角采油管理区，从地处齐燕要塞的无棣采油管理区到坐落于董永故乡的滨博采油管理区，从风筝之都的潍北采油管理区到东胜发祥地的牛庄采油管理区，坐在奔波前行的“考斯特”里，恍惚间仿佛走过东胜公司30年的激情岁月，一个个故事、一帧帧画面就在眼前次第呈现。

1993年6月29日。在岁月的长河里，这是一个极其平凡的日子，它却与东胜公司紧密地联系在一起。这一天，东胜公司第一口自筹资金井——牛25-28井——举行开钻典礼，标志着东胜公司正式诞生。时隔30年，这口功勋井挺立在春风里，仍然一起一伏躬耕不辍。顿时，一种澎湃的力量铺陈而来，升腾成激情的源泉、精神的图腾……从牛25-28井发端，一路征程一路歌，才有了东胜的发展、东胜的今天、东胜的辉煌。

向难而歌

这是改革的时代。1992年1月18日至2月21日，中国发生了改变中国、震惊世界甚至是影响整个人类历史进程的大事件。那就是，在中国改革开放史上具有里程碑意义的、对中国今天和未来发展都具有极其深刻和长远影响的邓小平“南方谈话”。

“东方风来满眼春。”一时间，邓小平“南方谈话”提出的“胆子要大一些，步子要快一些，看准了就要大胆试大胆闯”的声音传遍全国，各地从上到下都充满了热气腾腾的改革开放的理想和干劲。

当时，敢想敢干，不怕困难，不怕挫折，不怕丢乌纱帽，只要是符合改革方向的，只要是符合“三个有利于”原则的就敢于大胆试、大胆闯，成为人们尤其是各级领导普遍的口头禅和行为准则。在“闯”的精神和“冒”的精神引领下，胜利油田打破常规思维，以创新体制机制为突破口，推进探索难动用油藏有效开发之路。

东胜油藏开发之难，难在稠油，难在低渗透，难在极复杂断块。1993 年，在国家政策允许范畴下，胜利油田果断决策，成立了我国第一家股份制专业化油公司——东胜公司。东胜公司联合 23 家企事业单位共同出资 1. 5 亿元，合资开发牛庄油田牛 25 区块，使沉睡多年的难动用储量得以“解放”。

在东胜公司，一张老照片特别引人注目，不用过多解读，便激荡出浓烈的喜庆气氛。画面上有身着红工衣的工人，有扎领带、穿礼服的管理者，有扛着摄像机的记者，每一个人都洋溢着灿烂的笑脸。画面中的每一个人都情绪高涨、欢欣鼓舞，有的热烈鼓掌，有的挥动拳头，有的挥舞安全帽，定格成历史的永恒。特别是方钻杆上绑着大红绸子，红得热烈、红得鲜艳、红得夺人眼球，热烈与隆重荡漾开来。

这历史性的瞬间，是牛 25-28 井开钻仪式的场景。1993 年 6 月 29 日，东营市牛庄镇外的一处工地上，人们的目光聚焦在高速运转的钻机上，大红的绸子随着钻杆快速旋转，旋转出了牛 25-28 井开钻时刻，也旋转出了东胜人的憧憬与向往，更旋转出坚定不移为国找油的如磐信念。

1993 年 6 月 29 日，当沉重的钻机轰鸣着钻开地面时，中国陆上石油行业第一家股份制油公司——东胜公司——诞生了！从这一天开始，“6 月 29 日”这个普通而又特殊的日子成为东胜人的精神滋养、力量源泉。凭借灵活的体制机制优势和高效的管理，东胜公司年产量冲上百万吨，为胜利油田“挤”出了 2000 多万吨难动用产量。

说起6月29日，无棣采油管理区车40站副站长万树光眼里放光。不承想，他的生日竟与东胜成立日是同一天。他说，作为一名军人，“八一”军魂早已融入他的血脉；作为一名石油工人、作为东胜人，自己的生日能与东胜成立日重合是他的荣幸。

万树光的记性特别好，说起一些日子来都很精准。1976年6月29日出生，1994年12月18日在辽宁参军当武警，1997年3月25日调到青岛的北海舰队当海军。与万树光交流，请了解一段不为人知的故事。

1997年3月25日，万树光从东营坐大巴车到青岛报到，乘坐的交通车是全国劳动模范杜全芳驾驶的。当车行驶到寿光的时候，遇到一辆出殡的车与过往的车辆撞车了，杜全芳二话不说，停下车就往河里跑，背起撞到河里的人就往车上奔。看到这一情景，万树光迅速跳下车往河里赶，杜全芳问他是干啥的，他说，不用管我是干啥的了，你都这样救人了，咱们还是赶快救人吧！就这样，万树光来来回回到河里背人，先后救了四五个人。他们把人送到寿光医院，由于当时医院床位紧张，并且医院要找到受伤者家人后方可收留，在这种情况下，万树光拿出军人证，说明这是路过做好事，医院才让那些人住上了医院。

说起杜全芳，万树光只是赞叹：也不留名、也不留姓，放下人扭头开车就走。当时车上有很多人，有的说耽误了这么长时间，需要从潍坊西上高速这样到青岛就会快点，这样又要多出15块钱，有的人便不愿意出钱。万树光说，他是当兵的，说实在的，都是为了救人耽误的，况且咱谁也不差15块钱，司机大姐如果不停下车，咱也没法去救人啊，并带头拿了钱！原本下午3点到青岛海军驻地报到，结果6点才赶到，他浑身脏兮兮地报了到。

事后，万树光觉得油田有这样的好司机很令人感动，便给油田写了封信，表扬杜全芳见义勇为救人的事。他自己也没有想到，第一次与油田人接触，后来也成为一名石油工人。万树光回忆着当时的情景，脸上洋溢着笑，说这或许就是缘分吧！

两个月后，杜全芳到青岛办事，竟与万树光不期而遇，就跑到司令部值班室说，这个小伙子救过人啊！当问到万树光救人的事时，他只是笑笑，说都是过去的事了。部队上很重视，觉得万树光小伙子非常优秀，便于 1997 年 7 月保送海军蚌埠士官学校学习培养。

2007 年，万树光脱下军装、换上了工装，转业分配来到胜利油田，来到了东胜公司，在商河一待就是 10 年。他从学徒工开始，井口毛辫子换过，抽油机平衡调过，碰泵、冲程、冲次整过，抽油机维修保养过，基层班站的活都干过了。从初级工到中级工，再到高级工、技师，整整用了七年的时间。考采油工技师的时候，他计算题不会做，便死记硬背公式，反复研究题库里的题，竟顺利通过技师技能鉴定，从对石油行当一窍不通的新兵，成长为管井护井的合格“军人”。

十年磨一剑。直到 2017 年“一县一企一管理”改革，万树光转岗来到东胜无棣采油管理区。他说，咱们管理的区块都是难动用、低渗透油井，井深基本在 3000 米左右，外围区块、偏远油井都是单井拉油，开发上、管理上都很难，我既然选择了东胜、选择了采油专业，就要学好业务、练好基本功、干好本职工作，管理区交办的事情就一定得执行好、干好。

万树光很感恩油田、感恩东胜，让他有了安定的生活、幸福美满和谐的家庭，也实现了自己的人生价值，就应该好好干。看到油井停了，他就会想办法第一时间开起来，他觉得井开起来就是产量、就是效益啊；看到配电柜门刮开了，他就第一时间给关上，生怕下雨把电器设备烧了；看到水套炉的火灭了，不管是自己管的井，还是别人管的井，他都会主动把炉火点起来……不管有啥困难单位都想着帮咱解决，自己说啥也得干好活，可不能给单位抹黑啊！万树光娓娓道来，朴素的话语里流露出满满的真情。

融入东胜员工中间，感觉他们都对“6 月 29 日”有着深厚的感情，因为他们已经与公司发展紧密地联系在了一起，一路艰难一路歌。

在信远采油管理区，管理区的班子成员反复推荐，让我们一定要写写他们的陈劳模。陈劳模名叫陈翔飞，1965 年 2 月 18 日出生，1981 年底参加工作，2011 年至 2005 年连续 5 年荣获油田劳动模范称号。陈翔飞在钻前干过 18 年井架安装工，参加过八面河会战、孤东会战，3 个人扛 400 斤的角铁从来没有偷过懒，也塑造了特别能吃苦、特别能战斗的性格。2000 年初，他来到东胜公司，2000 年 3 月 15 日就当上了副队长，2001 年开始干队长。

“有条件上，没有条件创造条件也要上。”陈翔飞很有“铁人”范儿。2003 年，为能用上天然气做饭，也为了给油井接上天然气加温，陈翔飞决定自己动手安装管线。他领着工人人拉肩扛运送油管，硬是接了两公里的气管线，让河 112 区块的油井都通上了天然气，他们一日三餐的用气也有了保障。陈翔飞说，那时候全队 90% 的管线都是他们自己铺设的，彻底解决了加温和生活用气，现在的一些气管线仍然在用。陈翔飞的眼神里荡漾着满满的自豪。

2004 年，信远所在区域大部分都是拉油井，一到夏天雨水连连，泥泞的道路车辆根本进不去，油井只能被迫停产。陈翔飞看在眼里、急在心里，他决心一定要修一条路，能把原油顺利地拉出去。

开弓没有回头箭，他带领2名正式工和14名外聘工，他们早上4点开始干，直到晚上11点才休息，工余时间就像拾荒者一样捡石子、捡砖头、捡废弃的沥青块。功夫不负有心人，经过两个月的鏖战，竟修出了一条宽4米、长1000米的砖石路。这条路不仅修成了河112侧-1井到万4更6井之间的连通之路，还修出了一条提振人心的原油输送之路，更修出了一条艰苦创业不畏难的胜利之路。

通了气、修了路，陈翔飞就琢磨着让大家练技术。2007年，队上转岗来了很多女工，为让大家尽快熟悉生产、会干活、能干活，他便分两次给队上调来一架抽油机，用一根半油管加上地锚，生生地转了一天，把油管钻到了地下，在队上安上了一口抽油机，还安上了水井井口和管线流程。练兵场建起来了，他只要有空就给女工们讲抽油机结构原理、讲生产流程，当年就带出了5个采油高级工、3个采油工技师。那时注水条件很差，都是笼统出水，他就在练兵场建了注水泵房，2015年带出了2个搞注水的技师。

看着信远采油管理区现在整洁的练兵场，陈翔飞高兴地说，这里曾经是一片荒草，一砖一瓦都是大家建起来的，没有水就自己挖水井，没有路就自己修路，管理区的发展越来越好了，东胜的未来肯定也会越来越好！陈翔飞还有两年就要退休了，可他觉得，只要自己还有一把力，就要为东胜多做一些贡献！从他的话语里，分明感受到了一种美好的向往，那就是希望东胜“油公司”之路越走越好！

东胜找油难、采油更难，但每一名东胜人都信念如磐、向难而歌，以特有的坚持和坚守难中求进，用行动创造着美好。2022年，国家级页岩油示范区建设保障和国内首个CCUS百万吨注气项目建设紧锣密鼓地进行着，东胜公司滨博采油管理区生产指挥中心经理朱同同也成了“大忙人”，两部手机24小时开着，每天都有近百次通话，待在办公室超不过一小时。

两大重点项目同时运行，再加上管理区日常的新井投产、老井管理等工作，朱同同的工作量翻了好几倍。可他总是提前想好可能会遇到的问题和困难，尽可能把遇到的“麻烦”消灭在萌芽状态。

2020 年 12 月，樊页平 1 井在滨博采油管理区所辖的济阳坳陷博兴洼陷成功投产。朱同同的任务就是尽快办理好临时用地手续，确保钻井设备按期搬上。他提前做足“功课”，往返于淄博市高青县国土局和井位勘测现场，只用了 5 个工作日就顺利过审。面对落到管理区的 CCUS 项目，他又马不停蹄，配合设计、施工单位推动 80 多公里管输、分气增压点、脱水站、进井路等多个现场的落实，对设计图及时进行修正，避免了施工中方案的变更现象，为樊页平 1 试验井组的地面保障运行省出了时间。

2022 年 3 月，高青县突发疫情，按照管控政策要求，外地施工、运输物资车辆必须办理通行证才能进入县区。页岩油基建施工一旦停摆，势必影响整个工作大局。朱同同准备好所有车辆和人员的资料，坐在车里坚持 20 多个小时，饿了干啃泡面，渴了喝口冷水，排队申请通行证，直到凌晨两点才拿到通行证，保证了樊页平 1 试验井组第二天如期开工，创出重点工程保障的东胜“加速度”。

我想，或许正是有着像万树光、陈翔飞、朱同同一样的人们，不管生日是否与东胜成立日重合，他们的血脉已经与东胜紧密相连在了一起，不管在什么岗位都有着一样的坚守，塑造了东胜人“精益求精、攻坚必胜”的品格，让东胜走出了攻坚克难的为国找油之路。

创新长歌

牛庄，在中国版图上是一个名不见经传的小镇。但因牛 25-28 井的横空出世，才让这个小镇成为中国陆上“油公司”发展的桥头堡，在国有企业改革中书写了精彩华章。

牛 25-28 井，一口再普通不过的油井，置身浩如烟海的中国石油石化工业史，也许很难找到它的身影，但它以其独有的姿态挺立起钢筋铁骨的传奇。其实，它的生存环境并非优越，高压低渗透的油藏特征，注定了水难注、油难采，可它竟以自身之力累计生产原油 2 万多吨。如果按同等量的水来换算，相当于一个人正常饮用 2.25 万年的水量。

流连在牛 25-28 井身畔，从抽油机的一起一伏里，似乎昭示着一种澎湃的力量。或许这是科技创新的力量，催化这口井不断创造历史、书写传奇，更因这一口井使东胜公司走出了一条科技创新之路。

“东胜的区块就像镶嵌在胜利大地的小小邮票，稠油、低渗透、极复杂断块就是邮票的底色。”在东胜地质研究所郭勤涛看来，东胜公司每一个管理区就是一枚独特的“邮票”，让这些邮票动起来关键在于技术创新，没有技术支撑的“邮票”将不知会飘向何方。

“最大限度把东胜的地质版图涂红！”东胜地质技术人员所说的“涂红”，就是通过精细油藏描述把油藏找出来，再通过技术手段把油藏开发出来，地质构造图上涂红了，发展的版图才会做大，才能赢得可持续高质量发展。

东胜的发展史就是一部科技创新史。在东胜公司，不仅是郭勤涛，从公司决策层到管理层，再到技术层和普通员工，都深谙科技创新之于公司发展的意义。公司深刻认识到，随着勘探开发的不断深入，低渗透、稠油油藏的开采难度不断增加，只有依靠科技创新这一攻坚“利器”，才能让低品位油藏可持续发展更有底气。

“攻坚”不仅是一种精神，更是一种胆识、一种信念。东胜科技创新团队加强关键核心技术攻关突破，优化成熟技术集成提升，完善科技创新体系，踔厉攻坚，勇毅前行，扛起了公司高质量发展的科技创新担当，一系列举措铺陈出创新生态“加速度”。

持续加大科技投入是东胜历任决策者的共识。他们紧紧把握问题导向、价值导向，聚焦勘探开发、采油工程、地面工程、信息工程等四大领域推进科研攻关，投入资金 1608 万元，同比增长 47. 1%，为科研攻关、破解生产难题提供了有力保障。

推动构建科技攻关及成果转化评价体系，修订完善《东胜公司科技项目管理办法》，健全项目长负责制，紧抓开题立项、过程跟踪、中期检查等关键节点，对科研项目进行全过程管控，以完善的科技配套机制撬动科技成果落地。

出台科技人才奖励制度，设置科技进步奖、成果转化推广奖、技术革新奖、科技英才奖和科技新星奖等 5 类奖项，奖金最高 8 万元，从不同纬度和层次激励基础性与应用性研究，引领核心技术攻关、科技成果转化和技术革新，重奖取得突破的单位和个人，激活了科技创新的“一池春水”。

推动搭建共研共享平台，与勘探开发研究院、石油工程研究院、钻井工艺研究院等科研单位签署战略合作协议，释放双方的技术、管理和资源优势，聚焦生产现场问题解决，促进科研成果转化，为效益开发、长期稳产、产量箭头向上引来了技术的“源头活水”。

创新举措犹如巨石投水，激发了科技领域的满塘清波。东胜人秉承“开发所向、油藏所需，打造科技创新所能”理念，突破思维定式，统筹创新资源，完善技术提升机制，持续推动完善基础研究、主导技术集成和关键技术突破。

基于难动用、低品位的实际，他们坚持分类描述、靶向研究，探索出滩坝砂地质甜点描述技术，致力提高储量动用率和油藏采收率。在特低渗透油藏樊 142 块钻遇厚度最高 6.5 米的坝砂储层，投产后日油保持在 10 吨以上，为滩坝砂薄互层高效开发蹚出一条新路子。

特低渗透高效开发是世界级难题，东胜公司的特低渗透难在“注不进、采不出”现象普遍严重。为了攻克低渗透注采开发难题，他们学习三塘湖油田“大排量注水吞吐”和大庆油田“小规模压驱”技术经验，在低渗透油藏牛 21-斜 4 井组创新实践“大压差快速压驱注水”，油田专门组织观摩会，学习东胜压驱注水成功经验。

“加强关键核心技术攻关应用，就能牵住油藏开发的‘牛鼻子’。”在东胜工艺所采油工艺主任师卢小娟看来，压驱注水技术为他们开发低渗透油藏打开了一扇窗，打破了世界石油行业“注水压力不能超过地层破裂压力”的“金科玉律”，教科书上的条文都有了被改写的可能。

“水注不进去，油就很难采出来，压驱注水技术让我们有了新希望。”牛庄采油管理区经理王勇介绍，围绕注水他们没少想办法，用增压泵增压注水不行，加表面活性剂也不行，大型压裂酸化还是不行，管理区年产油量一跌再跌，一年就有两万吨的产量递减，从年产 12.66 万吨掉到了 2016 年的 5 万吨，如果不尽快扭转被动局面，管理区的“桥头堡”地位不保不说，发展势必也会受到影响，员工的幸福线更难保障。

按照教科书上规定的原则，注水压力一般控制在30兆帕，结果却是牛25-42A区块水注不进、油采不出，油井奄奄一息。2020年，东胜公司在牛21-斜4井实施压驱注水实验，居然让这个区块一口油井自喷了，日产油量达到15.5吨。

压驱带来的“自喷”让东胜人喜上眉梢。注水驱油是传统的采油手段，牛25-42A区块油藏渗透性差，地下岩石的致密程度就像磨刀石一般，注水就像秤砣掉进了盐缸里。但当注水压力提高到46兆帕，地层一口气喝了20000立方米水。奇迹发生了：地层能量恢复到了井口以上。

如果说牛25-42A区块的渗水性像磨刀石，邻近的牛21区块就像瓷砖，渗透性更差，几乎是“油盐不进”，被视为注水的禁区。面对埋藏在地下的石油资源，技术人员束手无策，只能望“油”兴叹。实施压驱注水后，仅43天注入了60000立方米水，相当于以前11年的注水量，让人们从瓷砖里挤出了“效益油”。

王勇说，压驱注水技术让他们捅破了低渗透油藏开发的窗户纸，不啻为老油田找到了一味“补药”，传统的“先采后补”的方式，将变为“先补再采”，成为老油田提高采收率的“利器”。如今，牛庄采油管理区正加快压驱技术应用，2020年实施1个井组，第二年实施2个井组，2022年递增到11个井组、年产原油达到了9.8万吨，2023年拟实施14到16个井组，计划完成11.57万吨，牛庄的发展形势日渐“牛气”。

一招鲜，吃遍天。2020年，胜利油田在东胜召开压驱注水现场会，油田范围内全面推进压驱技术落地。两年时间，累计实施压驱井组 436 个，累计注水 1194 万立方米，日增油 941.1 吨，累计增油 40.09 万吨，彰显出技术的力量。

压驱注水技术仅是东胜科技创新领域的一朵“浪花”。在机制的推动下，东胜公司加快技术迭代升级与应用，逐步形成了页岩油高效开发、安全高效 CCUS、低渗透油藏压驱快速补能开发、边底水稠油流线调整提质提效开发、极复杂断块油藏滚评建一体化开发、极强敏感稠油降黏复合驱提高采收率、滩坝砂油藏一体化高效建产、柴达木盆地山前带断块油藏勘探、边远零散地面系统绿色高效与多能互补配套、智能油田数字孪生仿真配套等十大技术系列。2022 年，公司获得了中国石化科技进步二等奖和胜利油田新技术推广二等奖。

30 年征程，创新长歌铿锵，东胜人迎难而上，加强科研攻关，取得了石油勘探开发技术的突破。今后，面对复杂的油气藏、地质体，他们将持续推进科技创新，不断攀登石油勘探开发的高峰，让创造长歌更加嘹亮！

强企盛歌

东胜人常说，东胜公司的发展史，每一页都彰显着人才建设的丰硕成果。

20 世纪 90 年代以来，东胜人就高度重视人才培养，实现了从最初的“借脑借智”到“自主培养”的转变。创业之初，为实现低品位油藏动用，东胜公司解放思想、找米下锅，以体制机制优势，吸引油田各个领域的人才为其所用，实现公司顺利“开张”——牛 25-28 井横空出世，让东胜引才引智有了基础和条件。

牛25–28井就像一盏明灯，照亮了东胜发展之路。一声春雷响，1993年10月7日，东胜人第二口自筹资金井牛25–45井投产喜获成功，用6毫米油嘴求产，获得日产189吨高产油流，打响了东胜的名气，各类人才纷至沓来。

无独有偶，在人力资源服务中心，遇到在禹昌财务管理项目“外闯”的冯志勇，他的生日竟与东胜成立日也是同一天。1993年7月，他从山东经济学院大专毕业，分配到物资供应处农工商公司从事会计工作，1994年赶上胜利油田举行第一届人才交流会。他听说东胜公司的机制灵活、重视人才，便义无反顾地报了名。经过笔试、面试，他从23名考生中脱颖而出，成为东胜公司的一员。

时光荏苒，说起当年的情景，冯志勇语速明显快了些，仿佛一下子回到了当年。他说，当时自己在公司财务部，浑身有使不完的劲，即便是在艰苦的一线也没有觉得苦。那时，他们机关人员每个月至少有一周要住在基层，河口大王北住过，无棣住过，潍北也住过，还在青海待了5年，从来没有觉得苦过，就因为东胜的氛围好。

冯志勇犹记得住在无棣公司租住的平房里，一到下雨天就把大盆、小盆摆在屋檐下，接雨水作为饮用的“甜水”喝。时间过去很久了，但他说起住在无棣的场景仍历历在目。一晃30年了，东胜发展越来越好，他打心眼里感到高兴。

“开始也不了解东胜，但听大学的同学说，东胜的机制活、人才成长环境好！”与冯志勇一样，郭勤涛1999年研究生毕业，便坚定地选择了东胜，融入东胜的大家庭，以自身所学奉献智慧、贡献科研力量。

郭勤涛介绍，东胜公司很重视他们的成长，从基层锻炼到机关历练，再到重点项目、课题和重大活动的锤炼，只要年轻人想干事都会给平台给机会。刚来东胜的时候，由于机关人很少，公司让他兼着团负责人，先后组织东胜 10 周年篝火晚会、参与组织全国低渗透技术会议的院士论坛，这些让他得到了很好的锻炼。

公司看郭勤涛在管理上有板有眼，便把他抽到项目部搞质量、环境和职业健康的“三项认证”。2004 年，东胜顺利通过挪威船级社认证，成为中国陆上第一家通过三项国际认证的石油公司。为加速培养国际化人才，公司还推荐他到美国得克萨斯大学奥斯丁分校进行博士学位深造。两年后，面对美国油公司抛出的橄榄枝，他毅然选择回国，回到东胜公司。他说，单位培养了自己，自己如果不回来，心里过不去那道坎。

其实，在 1997 年，东胜公司就与中国企业管理研究会联合举办企业管理高级培训班，推进企业管理、金融财会、企业文化培训；1999 年开始组织中层以上人员分批次参加 EMBA 培训；2000 年开始，突出对核心专业人才培养，先后选拔 7 名优秀人才出国深造、攻读学位，10 多名员工在清华大学、北京大学攻读 MBA，为公司储备了更多高层次人才。

与郭勤涛交流，自然而然就聊到了地质，聊到了地质人。他说，胜利油田是地质大观园，东胜就是“园中之园”，“小零散”地质搞通很不容易，加班加点是家常便饭，地质所的每一个人都是好样的。

王传忠，东胜公司地质研究所油气勘探主任师，胜利油田劳动模范。工作 27 年来，在渤南、牛庄、博兴洼陷以及页岩油勘探开发阵地上，都留下了他“拓荒”的足迹。2021 年 8 月 13 日，他作为东胜公司项目组成员，进驻樊页平 1 试验井组钻进现场，负责井身轨迹跟踪分析。樊页平 1 试验井组最长的水平段超过 2000 米，如何高效便捷地跟踪轨迹一直萦绕在他的心头。

2021年9月的一个雨夜，王传忠和同事在回宿舍的路上边走边讨论工作难题，没想到脚下一滑，重重摔在了泥泞的井场上，额头顿时渗出了血。这一摔跤让他灵光一闪，想到了Petrel软件跟踪水平井段轨迹。顾不上一身泥水和疼痛，他兴奋地跑到值班室，立刻展开软件平台开发研究。

经过多方请教学习和反复试验，没多久，一个集合了“Petrel+ResForm+自编小工具”的三维数据对比跟踪分析组合软件诞生了。通过将测井资料、地震资料、生产资料相融合，这套软件实现了水平井段数据的记录、对比和地层预测功能，成功破解了精准分析调整长水平井段井身轨迹的技术难题。

面对国家级重点实验项目，王传忠不敢有一点马虎，他和同事们把家搬到了施工现场，一住就是8个月，他每隔2小时就要加载分析一遍钻遇数据，密切跟踪入靶、过断层、变地层倾角等重要节点，分析钻头所处位置和下步将钻遇地层，并根据后续构造变化趋势，对轨迹进行实时调整，还时不时要处理钻进过程中的各种突发情况。

从炎炎酷暑到漫漫寒冬，每天的工作没有开始，也没有结束。只要钻机不停，王传忠的工作就不会停。通过对樊页平1实验井组4轮次8口井的探索，他和同事们逐步掌握了水平井轨迹控制和与之相适应的钻井配套技术，成功解决了入靶、顺层难、井漏、井涌、定向占比高等一系列问题，为后续页岩油高速钻井奠定基础。

“我们每一个地质人都令人感动!”说起身边的同事们，郭勤涛不吝褒奖，搞地质研究并非到点就能下班，女同志们都顾不上家庭，有的忙起来连谈对象都顾不上，还说手头如果有好小伙子给她们牵牵线，顿时气氛一下子活跃起来。他说，2002年他们所一下子就走出了十几个人，要么是提拔了，要么是交流到重要岗位了，虽然地质所的工作暂时捉襟见肘，但看到所里的年轻人进步了，感到特别自豪。

牛庄管理区王勇便是从地质所成长起来的。在没见到他之前，就听到了关于他的一项纪录。2010 年，他硕士研究生毕业到东胜公司，2011 年参加职称英语考试考了 100 分，一时间成为人们议论的焦点。他以其过人的学习力，很快进入了公司的视野。

王勇说，他是从菏泽农村走出来的，对职业规划和将来没有很大的期望，作为农村孩子就是想好好干活，能挣口饭吃，能让家里的老爹老娘生活得好点儿，将来不给家里、不给社会添负担。来到东胜以后，公司为他们搭建了很好的平台，基层见习从来不是蜻蜓点水，而是直接到班组，脚上沾的泥多了，水平也就提高了，一年就熟悉了整个链条。随后再到机关，再到基层，不同岗位的历练，让他们在干事中不断成长。

其实，在东胜公司有着一个"大人才"理念。他们坚持实干导向，统筹兼顾各专业、各年龄段人才发展，制定了《东胜公司精攻团队锻造计划暨人才发展规划》，优化干部人才"3+3+3"成长路径，细化基础期、成长期、发力期等 3 个阶段，加强高校毕业生、石油技术公司用工、国际化储备人才等 3 个梯次人才培养，全面打造精攻复合型管理团队、精攻专业技术精英团队、精攻技能操作拔尖团队。

东胜公司推动基层管理人员政治轮训，加强基层班子综合分析，持续优化结构，40 岁及以下基层正职同层级占比 20. 4%、35 岁及以下基层副职同层级占比 22. 4%以上；推进打造专业技术精英团队，选派骨干人才到兄弟单位蹲苗历练，通过举办技术加油站、精攻夜校、青年论坛、十大杰出青年评选、稳升井组比赛等活动锤炼专业人才；持续推进技能人才队伍建设，以提升"大岗位"胜任力为目标，用好用活创新工作室，打造业务全面、一岗多能的技能员工队伍，以人才优势撬动发展胜势。

卢小娟就是专业技术精英团队打造的受益者。2011 年，她从中国石油大学毕业，因为有着中国石化海外人才定向培养的经历，来到了有着海外市场拓展的东胜公司。"基层的苦是我一生的给养。"说起初到东胜的情景，她记忆犹新。一下子拉到偏远的河口采油管理区，前不着村、后不靠店。有一次，她很想吃泡面，便约着 3 个伙伴，来到附近最繁华河口区义和镇驻地。夜色阑珊，当他们想回管理区的时候，已找不到车了。好不容易有车路过，在他们的央求下，才送他们回到了管理区。

一年的基层历练，让卢小娟褪去了学生时的青涩，成为管理区独当一面的技术骨干。2012 年 9 月，她调到公司工艺所，就像在基层扎根一样扎在工艺研究里，7 年间先后完成 400 余井次的工艺设计、70 余个汇报材料的编写，从循环充填到压裂防砂，从简单酸洗到靶向酸化，从笼统吞吐到精准注汽，她见证了防砂、酸化、热采等采油工艺技术的发展历程，也让她洗尽铅华、走向成熟，并走上了河口采油管理区工艺主管岗位。

2019 年夏季，卢小娟代表公司参加了油田金钥匙采油工程组竞赛。当时正值稠油上产的黄金季节，工艺设计、现场施工，每天的工作量安排得满满的，她就利用晚上时间筹备竞赛，一举摘得竞赛二等奖，立油田三等功一次，当年获油田优秀青年人才奖。2019 年 9 月，她的岗位又做调整，成为桓台采油管理区副经理。

桓台采油管理区管辖着 5000 多万吨的敏感稠油储量，卢小娟和同事们力争让每一口油井每天多贡献 0.1 吨原油，全力强化新工艺新技术落地，坚持白天盯在现场，晚上一起研究“油藏”。金 31-斜 67 井注气施工期间，恰逢雨季，天然气罐车长近 20 米，接近凌晨正赶上换气，由于进井路太泥泞，司机师傅不敢往里开，她和同事们脚踏泥泞当向导，一步一挪把车辆引导到位，保障了燃气按时倒换，避免了注蒸汽暂停风险。

“永不言弃、攻坚克难”的劲头，让卢小娟迅速成长为采油工艺主任师，承担起“强敏感低渗薄互层稠油油藏高效开发关键技术”的成果凝练，先后完成 100 余个版本的编写完善，其间也想放弃过，但她还是咬牙坚持了下来，最终通过中国石化科技部鉴定，整体达到国际领先水平。2021 年 11 月，经过网评和视频答辩最终获得了中国石化科技进步二等奖，成为东胜公司 10 年来在科研上独立完成并获得的最高奖项，树起了东胜科技领域的一座丰碑。

在东胜公司，很多基层员工都会提到油田技能大师王刚。在信远采油管理区见到王刚，他坐在见面会的最后排，不显山不露水的、很是低调，如果没有管理区党支部书记的介绍，似乎要忽略了他的存在。王刚 1976 年出生，是一位普通采油工，2019 年油田高技能人才优化调整，东胜成了他的第二“故乡”。他以他名字命名的工作室为依托，引领技能提升、创新创效，个人创新成果达到 30 余项，连续五届担任全国、集团公司竞赛教练，成为东胜技能操作团队的一面旗帜。

一时间，钻研技术、革新攻关成为技能团队的时代强音。近两年，东胜员工代表中国石化参加全国行业职业技能竞赛，斩获两金一银一铜。2022 年，苟枫凯被授予全国技术能手称号，齐璐获得中国石化技术能手称号。近两年来，工作室成员获国家实用新型专利 18 项，37 项成果获奖，局级及以上 20 项，转化成果 93 件，创经济效益200多万元，成为价值创造的风向标。

如果说，东胜30年走出了一条科技创新之路；那么，引领科技发展、价值创造的则是人才的强力驱动。“基业长青，关键在人才、根本在人才。”东胜公司从人才制度的顶层设计“破题”，于机制的精准有效“落笔”，正在推动人才“智高点”抢占发展“制高点”，在“油公司”征程中书写人才强企大篇章。走好新时代人才强企之路，东胜人才强企的战略方向、发展理念、发展路径、体系构架清晰可陈，人才发展的新架构必将引领公司走向新境界。

海外壮歌

蒙古国宗巴音的沙尘暴特别多。每年3月到5月，东胜蒙古公司的将士们都要经历沙尘暴的洗礼。

2023年3月23日，蒙古国气象台发布沙尘暴、暴风雪极端天气预警，影响区域将覆盖东胜蒙古公司油区。24日8时许，风沙渐起，黄沙漫卷，刹那间便是昏黄的世界。如果把天地倒转，黄色瀑布“疑是银河落九天”，销油列车像隐蔽在沙尘中的长龙，不见头与尾。

经过蒙方海关监管人员一系列规定检查，东胜蒙古公司工作人员装油工作迅速展开。他们在站台风口上奋战6个小时，未喝一口水，连午饭也没顾上吃。到14时销油装车才顺利完成。人员撤离时，能见度不足5米，厚厚的口罩已蒙了一层厚厚的尘土。

恶劣的环境没有让东胜人望而却步。蒙古国与中国陆地绵延相连4700余公里，蒙古国“发展之路”倡议与中国“一带一路”倡议高度契合，自2001年起，东胜公司与两项国家战略紧密相连在一起。

莽莽高原，风沙漫卷。春天脚步近了，蒙古国宗巴音地区便经常刮风，有时上午还是风和日丽，下午突然大风骤起，漫天黄沙，甚至形成沙尘暴。东胜基地就位于这里。远离胜利大本营，还要面临高温酷暑、沙尘暴、饮食习惯等重重考验，随着东胜海外拓展的脚步，东胜蒙古公司已在这里坚守了20多个年头。

20世纪90年代末，澳大利亚的一家石油公司从美国的一家石油公司手中接管了包括宗巴音油田在内的97PSC合同区的勘探开发。按照石油行业“走出去”战略的指引，2001年初，东胜公司组织专家对97PSC合同区进行多番论证，决定和这家澳资企业合作。同年6月1日，东胜公司最终以2口探井的劳务投资，获得97PSC合同区域下49%的权益，并参与联合作业。之后，这两口探井均没有发现工业油流，还没来得及打第三口井时澳资企业宣布退出，把其余51%的权益转让给了东胜公司，东胜公司最终成为该合同区唯一的作业者。2003年3月20日，东胜注册成立东胜石油(蒙古)有限公司，这也成为东胜海外拓展的里程碑。

其实，早在2003年春节，国内万家团聚之时，宗巴音勘探项目的11名员工就已经在-30~-40℃的戈壁荒漠与澳资企业进行财务资料、技术资料、环境评价、乌兰巴托办公室和宗巴音作业基地的工作交接。

在东胜公司看来，拓展海外的每一步都非常不易，不尽相同的法律法规、复杂的地质构造、恶劣的自然环境，都是闯荡蒙古的巨大挑战。好在一分努力一分收获。2003年东胜蒙古公司成立不久，第三口探井见到日产10多吨的油流。与此同时，他们相继恢复了苏联废弃的4口井。当年6月28日，东胜蒙古公司运回了胜利油田乃至整个中国石化首批海外分成油。

在蒙古国驻守13年、如今已回到东胜财务部的张伟利介绍，东胜蒙古公司刚到宗巴音地区工作的时候，这里只有一排破旧的10多间房子，后来开始搞基础设施建设，办公、住宿、车库、保安岗、围栏才都逐渐完善起来。

2000年，张伟利大学毕业通过招聘进入东胜公司，从此便与石油结缘。自2005年，他便与蒙古公司有了联系，不承想却成了坚守宗巴音的“土著”。当时，公司安排张伟利和张彬带着一车物资慰问蒙古国将士，他第一次到了蒙古国，也第一次看见了戈壁地貌，目光所及之处一片荒凉萧索。张伟利和其他3个人挤在一间苏联人留下的军营木屋里，度过了7天沙窝子里的戈壁生活。

张伟利清晰地记得，当时天是灰蒙蒙的，穿梭在东胜蒙古工区里，一场沙尘暴正在肆虐，风裹着沙子把车玻璃打得噼啪响，一下车直接睁不开眼，弄得浑身都是沙子。回宗巴音生产基地的火车上，他恍然大悟：蒙古司机之所以能在没有路的戈壁上从容前行，是把火车线当作参照物的缘故吧。这是蒙古之行给他留下的深刻印象。

2009年12月15日，张伟利作为每四年一轮换的会计到东胜蒙古公司报到。2010年1月7日，32岁的张伟利到乌兰巴托办公室接替倪传健担任东胜蒙古公司会计。

北方的冬季太漫长，只有烈酒下肚才能御寒，这或许是蒙古人爱喝酒的原因吧。接风宴上，蒙古同事们的酒量大得让人惊讶，只喝了一杯伏特加，张伟利就吐了个天昏地暗，就像胃里吞进了吐不出来的沙子。

2010月公司党委得知张伟利的妻子怀孕待产，特别批准他回家过了个团圆年。孩子出生仅一周，张伟利就回到蒙古公司工作。聚少离多的日子里，妻子肩负起养孩子、孝敬老人的责任。

东胜蒙古公司锻炼新人的方式之一，就是在蒙连续工作四个月才准回国休假。四个月足以让人度过心理、生理变化波动期，平复一颗躁动的心，能够踏实地工作。张伟利在乌兰巴托办公室住下来，打扫卫生、洗衣做饭等一切都要靠自己打理，养成了自律的好习惯，生活井井有条、工作兢兢业业。

他刚到乌兰巴托办公，第一项任务是学习英文版97PSC合同，了解其中的成本划分计量条款。他尽管大学考过英语四级，但感觉使用起英文来还是很吃力，一边查资料一边请教同事们，很快提高了英文水平。

生活中许多看似合理的诉求很可能并不符合法规，只有熟练掌握才能做到依法合规经营。张伟利的第二项任务是学习与公司财务工作密切相关的各项蒙古国法律法规，他深入研读条文，按照中文表述习惯重新翻译整理文本，自学起来十分顺畅。

张伟利知道，作为财务人员，如果不懂生产，仅仅停留在数字单据上，财务管理与生产管理势必会脱节，于是他的第三项任务是每月到宗巴音生产基地工作学习至少十天，充分了解生产运行各环节方方面面的情况；第四项任务是学习外交，为处理商务情况打基础，财务工作很快步入了正轨。

张伟利介绍，在东胜蒙古公司生活上艰苦，生产上更是艰难。那时候他还没到蒙古，由于地下井况复杂，他在蒙古的同事们制作了各种打捞工具，解决生产的疑难杂症，最复杂的时候光捞一口井里面的废物就需要半个月。2005年，宗巴音项目部开始对查1块进行研究，技术人员和研究中心认真复查了老井资料以后，认为区块具有较大的生产潜力，提出对查1、查10两口老井进行试油。由于这些井都是20世纪50年代的老井，井况非常复杂，修井难度大，常规试油作业没有成功。

向难而歌是东胜人的性格，尽管遇到了重重困难，但都没有动摇他们进军宗巴音的信心。经过多次论证，2006 年他们提出在查 1 块钻一口新井——查 1-A 井，2006 年 5 月完钻。如果不攻克单层厚度小、泥岩夹层多、泥质含量高、渗透率低等难题，地下的油流还会长眠地下。东胜人知难不畏难，在现场进行多轮次讨论，制定出多层投球压裂的投产方案，一次射开油层厚度 9.1 米 5 层，汩汩油流的歌声仿佛就在耳边回响。

2006 年 9 月初，查 1-A 井实施压裂投产，开井一天就蜡卡，难题再一次摆在面前。项目部迅速取样回国化验，发现该区块属于高含蜡的高凝原油，凝固点 38~40 摄氏度，在井筒以下 700 米就开始凝固，无法常规开采。东胜人广泛调研国内高凝原油的采油工艺技术，决定采用柴油机发电带电热杆加热采油工艺技术。11 月底，油井作业后重新投产获得成功，初期日产液 18.8 吨，日产油 16.9 吨，含水 10%，而且产量一直保持稳定。查 1-A 井是蒙古公司近几年钻探的产量最高、最稳定的一口井。

虽然回到了东部，可张利伟却忘不了宗巴音，忘不了那里恶劣的天气，忘不了沙尘暴和暴风雪，这都成为他记忆的咀嚼，成为激励他执着前行的动力。2012 年，在回宗巴音生产基地途中，他遭遇了一次大型沙尘暴。不知从何处刮起的沙尘暴遮天蔽日地席卷而来，天忽然变得黑沉，就像谁给大地扣上了一只巨大的黑锅盖。为了安全起见，两人把车挪到路边，躲在车里静待沙尘暴过去。半个多小时后，沙尘暴渐停，车玻璃被刮成了毛玻璃。大自然的破坏力让人惊叹，一场厉害的沙尘暴甚至能把一辆车打磨得露出底色。

有一次，张利伟返回东胜蒙古公司，从扎门乌德到宗巴音生产基地途中，他经历了一场突如其来的沙尘暴风雪。接张伟利的车刚驶进扎门乌德，忽然刮起了沙尘暴，司机提议在扎门乌德住下，归心似箭的张伟利没有同意。按往常经验，风刮半小时就会停。天越来越黑，沙尘暴裹挟着大雪笼罩四野，司机看不见车辙，只好打开车门从缝隙里找路。车越走越慢，以龟速挪了 100 多公里，终于钻出了沙尘暴的包围圈。想起这件事，张伟利就十分后怕。平时 3 个多小时的路程，他们在沙尘暴中整整走了八个小时。那天出发前，他曾打电话给宗巴音生产基地的同事们报平安，漫长的等待让大家无比心焦。

2014 年的春节，张伟利高兴地和同事到蒙古员工家中拜年话别。按照公司重要岗位 4 年轮换制，他就要调回国内工作了。母亲种水稻落下了风湿腿疼病，女儿在上幼儿园，老人孩子都需要他。出人意料的是，春节过后，一位同事因病回国，公司要求张伟利留下，并且把商务工作也交给了他。其后的 400 多个日子，乌兰巴托办公室的工作由张伟利一人打理，既要对外协调处理商务事务又要对内参与生产经营管理，各方面的人都要打交道，很多事需要自己拿主意，让他在磨砺中快速成长。2015 年底，张伟利接任东胜蒙古公司财务总监。如今，东胜蒙古公司的经营管理也越来越成熟，岗位设置齐全、业务分工细致，那样的锻炼机会成为历史。

在海外，不用干活都是坚守。说起在蒙古的日子，张利伟自然就谈到了张虎贲。其实，在 2021 年油田庆“七一”大会上，就了解了张虎贲的故事。

2017 年 10 月，张虎贲成为蒙古公司负责开发工作的地质师，乘坐列车一路向北到宗巴音。当时，受低油价等多方面因素影响，原油产量已经从 2010 年的 8 万吨下滑到 4. 5 万吨，如果再向下掉，项目很可能被撤销。

张虎赉既感到巨大的压力，也激起了一股不服输的倔劲儿。面对3年多没有新井投入和压裂措施支撑的困难局面，他带领技术人员从精细注水、长停井恢复、氮气复合驱等方面入手，先后优化注水井31口，恢复长停井86口，累计增油2.1万吨，原油年产量恢复到5.2万吨，让一个废弃50多年的老油田再次焕发了生机。

2020年农历正月初三，蒙古国关闭了中蒙边境客运通道，张虎赉也在同一时刻接到东胜本部关于做好疫情防控工作的紧急通知，立刻带领人员赶到500公里外的乌兰巴托，采购了一万只口罩及消毒物品。没想到的是，首例确诊病例就距离公司40公里，紧接着蒙古国进行了全国范围内的封城，一场漫长的拉锯战和阻击战就此打响。

宗巴音油田是蒙古国石油行业的发源地，属于低渗透油藏，储层物性差，原油含蜡高，开采难度大。疫情之初，蒙古员工全部居家防护，中方员工一半被困国内，平时200人的工作量一下子压到了33个人肩上。困难面前，张虎赉坚持冲在前头，白天巡井、取样、化验、倒油，晚上录资料、做分析、报数据、巡管输，每天只能睡三四个小时。他时常给大家打气："越是艰难越要干好工作，绝不能让项目从我们手里关停。"大家拧成一股绳，精心呵护每一口油水井，没有发生一口躺井。

春季是沙尘暴频发的季节，蒙古电力系统薄弱，一刮风就闪停，每一次我们都要往返数十公里挨个手动开井。2021年3月13日，沙尘暴再次来袭，不到半分钟，黄沙吞没一切，能见度不足3米。下午3点左右，全部油井闪停电，张虎赉带领突击队，做好防护冲进风里，风速每秒20多米，沙子、石子打在脸上生疼，睁不开眼、抬不起头，大家就相互搀扶摸索着往前挪，嘴里、耳朵里灌满了沙子，经过3个多小时奋战，126口油井终于全都开了起来。

生产稳住了，难题却接二连三。由于封关，原油无法运回国内，库存压力剧增，如果持续下去，只能被迫停井。张虎贲带领大家一边优化库存内部倒运，一边加紧沟通协调。经过多轮谈判，终于同意销油。那天，气温零下30多摄氏度，他带着4名员工在栈桥上往火车罐里装油，为节省时间，午饭就在栈桥上吃，饭没到嘴里就已经凉透了，水杯里也结满了冰碴子，但看着历经艰辛给祖国拉回的原油，那顿饭他们感觉特别有滋味，说起来都是一种幸福的回忆。

工作苦点累点不算啥，但对家人的挂念最难熬。张虎贲说，当地通信网络不好，他看到一名员工经常晚上爬上房顶打电话，工作也不在状态。原来这名员工在临沂老家的父亲突发脑出血，因为疫情回不去，非常焦虑。看着他忧心忡忡的样子，张虎贲心里很不是滋味，第一时间用微信给他转了1万块钱，并征求班子意见，提前支付了他下个月的工资，尽可能帮他解决后顾之忧。

说起在蒙古的点点滴滴，张虎贲难掩对家人的愧疚。有一天早上，张虎贲突然接到妻子的电话，那边是女儿轻轻地啜泣声。他焦急地追问“怎么了”，妻子说，孩子晚上梦见你了，说你没抱她，也没和她说话，就又回单位了。孩子早上一起来就哭，说自己惹爸爸生气了，非要打电话求证一下。张虎贲强忍着泪水告诉女儿“爸爸很爱你，等回家一定好好抱抱你、陪陪你”。蒙古草原生长着一种不畏严寒与干旱的野花叫格桑花，传说，只要找到八瓣格桑花，就找到了幸福。张虎贲就采了很多八瓣花的种子，他和女儿约定，等回家后一起种下属于他们的幸福……

张伟利、张虎贲仅是在东胜蒙古公司坚守的其中两位。还有很多东胜人在蒙古坚守和奉献，林文杰在蒙古已经待了16个年头、仍然在坚守，孙永权待了15年，韩鹏云、王健林先后奋战了13个年头……在东胜蒙古公司干部员工的心里，都盛开着一朵又一朵八瓣的格桑花，他们在戈壁沙漠里种下了独特的幸福，那就是拓展海外唱大风的执着追求的幸福，就是“为国贡献永不停步”的幸福，更是“端牢能源饭碗”大担当、大写意的幸福！

奉献劲歌

东胜不仅生产石油，还盛产“大写的爱”。

这是令东胜人骄傲的时刻：2020年12月25日，蒙古国政府矿产重工业部授予东胜蒙古公司“2020年社会责任执行者暨优秀企业”称号。探寻这称号的背后，其中包容了东胜人的大爱无疆、博大情怀，流淌出一首关于爱和奉献的歌。

蒙古国东戈壁省的宗巴音，曾是蒙古国石油重镇和苏联重要军事基地。在石油开发最为兴盛的时期，这里油井林立，人口一度超过2万余人，苏军撤走后，油田废弃了，小镇人口骤减到1000余人。之后，美国、澳大利亚等国的石油公司相继开发该油田未果。东胜公司2001年进入蒙古国石油市场，不仅给当地注入了生机和活力，更重要的是给当地居民带来了更多的就业和发展机会，许多人的生活因此而改变。

宗巴音镇的L. 巴图青格勒是一名厨师，她和丈夫L. 巴图德力格尔都在东胜蒙古公司上班。L. 巴图青格勒的大女儿临近高中毕业时，家里因为没有钱供她上大学而发愁。恰在此时，东胜蒙古公司招收当地雇员，L. 巴图青格勒和她的丈夫双双报名应聘，顺利进入公司工作。13 年间，他们的 3 个孩子都顺利读完大学并参加工作，家也从蒙古包搬进了楼房。她不止一次跟同事们说："感谢中国公司带来了这样的好日子！"

20 年间，东胜蒙古公司为当地发展注入了蓬勃动力，稳定的收入让员工们有能力送孩子到外地上大学，曾任宗巴音镇长的布日古德巴特尔说："近几年，每年都会有 10 个左右的孩子到首都乌兰巴托读大学，这之前几乎是不可能的！"

提及东胜蒙古公司，31 岁的恩和娜与 35 岁的托亚其其格滔滔不绝。作为单身母亲的她们，已经在这里工作了 10 年。她们说，在这里上班，两国员工没有区别、亲如一家，喜怒哀乐都能一起分享，她们从蒙古包搬进了平房。恩和娜和托亚其其格对东胜蒙古公司给他们带来的变化感触很深："生活水平得到了很大提升，家里人为我们在这里工作感到骄傲！"

恩和娜的父亲去世时，因为丧假不够，她在电话里向公司请假，公司特批了 4 天带薪休假，公司领导和同事还按照当地风俗参加葬礼。托亚其其格的第 3 个孩子，因为生病，需要一月一次到几百公里以外的乌兰巴托看病，公司特地为她调整假期以保证能够照顾孩子。中国员工还在经济上给予她许多帮助，使她顺利渡过了难关。每到传统节日，公司还会到蒙古员工家中慰问，恩和娜说，她身边的蒙古同事都得到过中国员工的帮助："中国的员工对待我们真如家人一样，中国的亲人们，为我们带来了好日子！"

60 岁的保洁班长 J. 额尔顿其木格冬琴，从公司成立的第一年就在这里从事保洁工作，如今本已到了退休的年纪，因为留恋公司的工作环境，便主动申请继续工作，公司经过研究又将其返聘回来。

J. 额尔顿其木格冬琴动情地说："我和中国的员工关系不错，日常互帮互助非常多，认识他们让我感到幸运。"

钢苏和夫妻俩都在东胜蒙古公司工作，在钢苏和看来，中国企业带给他的，不仅仅是生活水平的改善，还给他提供了成才之路。钢苏和勤恳好学，公司就安排中国员工与他结成对子，通过导师带徒提升他的业务素质和技术水平，并担任了注采一队的副队长。在宗巴音小镇，许多家庭都有成员在东胜蒙古公司工作，众多员工实现了从牧民到石油工人的转变，越来越多的居民有了稳定的工作和富裕的生活。如今，蒙古员工 130 余人，占宗巴音镇居民总数的 7.5%，已有 10 多名蒙古员工走上班站长岗位。

从东胜蒙古公司受益的，不仅包括进入公司工作的当地员工，而且还有普通居民。自公司成立以来，为宗巴音提供助医、助学、救援救灾、公共基础设施建设等，实物价值年均在 4 万美元以上，已累计超 100 万美元，并为蒙古国提供分成、税收、就业赞助达 1 亿美元以上。

说到东胜蒙古公司给当地带来的变化，蒙古员工布日古德巴特尔说："你们的到来，让火车站'起死回生'。"在其他国家的企业相继撤走后，宗巴音火车站陷入入不敷出的境地。刚要计划撤销时，东胜蒙古公司的物资、设备源源不断从国内通过铁路运到这里，生产的原油也从这里外运。不仅保住了货运，还增加了客运，给居民们增加了一条走向外界的通道。

如今，镇上的火车站因为原油销售工作得以正常运转，可以容纳 500 人的剧院因为小镇经济的复苏也经常有了文艺演出，250 人容量的室内体育馆也经常人满为患，曾经衰落的石油旧镇，重新焕发出了生机与活力。

2019年4月，林文杰受共青团中央邀请参加在北京举行的中蒙建交70周年“中蒙友好青年故事会”做嘉宾演讲，《戈壁滩上的美好生活》被团中央环球伙伴 Global Partnership 公众号推送。6月在中国大使馆举行的共青团访蒙代表团座谈会上，林文杰受邀作为优秀中资企业代表之一发言，受到了团中央点名表扬。

2020年3月10日，蒙古国东戈壁省确诊首例新冠肺炎病例，距离东胜蒙古公司驻地宗巴音镇只有40公里。疫情面前，两国员工共同携手抗击疫情，第一时间向东戈壁省政府捐赠800万图格里克；向东戈壁省困难牧民捐赠10个蒙古包，价值2000万图格里克；向东戈壁省宗巴音医院捐赠口罩等防疫物资，为省政府设立防疫检查站提供物质和技术支持；为东戈壁省紧急情况委员会捐赠1500万图格里克，用于扎门乌德至乌兰巴托沿途防疫消毒工作等，这些义行善举得到了蒙古国东戈壁省政府和民众的高度评价。宗巴音镇前镇长布日古德巴特尔，在东胜蒙古公司已经工作十几年了，他说：“东胜蒙古公司这些年为宗巴音做了很多好事，例如很多抢险都有他们的身影，最重要的是带动了区域经济和就业。”

东胜人在海外书写了大写的爱的奉献，在脱贫攻坚、乡村振兴的征程上同样演绎着一个个爱的奉献的故事。

2017年初，胜利油田落实山东省委省政府关于抓党建促脱贫攻坚的工作部署，向西小王镇3个村派驻“第一书记”，进行“一对一”帮扶。东胜公司无棣采油管理区的经济师蔡欣成为其中一员。蔡欣没有农村生活的经历，可他认为，发展村集体经济和企业增收有相同之处，就是要良性发展，不做一锤子买卖。

带领村民致富，小屯河北村党支部书记陈子收不是没有探索，但村集体的收入一直没有好转。蔡欣到村里后，与村“两委”人员商讨，什么样的产业适合在农村发展，更符合本村的实际。在讨论中，有人说要搞乡村旅游，有的提议发展企业，但发现都不符合实际。最后，他们不约而同地想到了建蔬菜大棚。

“过去，由于投资较大，没经验咱不敢干。”陈子收说。“第一书记”带着扶贫资金，而且有知识、会学习，不担心赚不了钱。蔡欣带着有关人员到寿光学习大棚蔬菜种植经验，到北京市场联系销路，当年建造的 4 个大棚就收入 10 多万元。

2018 年，看到大棚效益好，相邻的 3 个村也加入了进来。4 个大棚收成最好的时候每天纯收入近 2000 元。尝到甜头的陈子收考虑着再建一个大棚。蔡欣却觉得大棚不能盲目扩建，如果产能过剩了，不仅不会多挣钱还会赔钱，并下功夫培育村民的“造血”能力。陈风在大棚工作，每天会有 100 元收入，不出村就摘下了贫困户的帽子。

进入小屯河北村，最先看到的是一个牌子，上面写着“河北村人民欢迎您”的标语，显示了村民的热情好客。从村里出来的人则会看到另一句话：“发展才是硬道理。”如今，小屯河北村脱贫摘帽，发展得越来越好。

车宜恒是山东省委省政府第二批派驻无棣县实施脱贫攻坚的“第一书记”。车宜恒说，非常幸运的是，他们公司的副书记也担任了“第一书记”，近距离向领导学、向村民学，工作起来更有底气了。

2019 年 4 月，经过组织推荐和统一培训后，车宜恒成为省派“第一书记”的一员，他便给自己定了一个两年的目标。到李柳村开展工作后，他从抓党建入手，帮助村支部抓班子带队伍，走访 26 户困难户，并根据李柳村实际情况制订了建设红色旅游景点、发展村集体经济、引进地方产业等脱贫路线计划。

2019 年 6 月 25 日，一场“油地共建一家亲，党员担当我先行”

主题党日活动在无棣采油管理区院内举行。来自无棣采油管理区、无棣县油区办、无棣县柳堡镇帮包村的60余名党员齐唱国歌，面对党旗重温入党誓词，并互赠红色书籍。李柳村“第一书记”车宜恒也参加了这次活动。

“两年后，李柳村一定能脱贫。”车宜恒倾心竭力当好“领路人”，带领村“两委”议村情、谈村务，遍访全村305户、891人，形成了“想村好，为村好；全村要脱贫，脱贫奔振兴”的思想共识，全村参政议政的时率时效明显提高，党支部和群众的凝聚力战斗力不断增强。

车宜恒还在集智聚力上打“组合拳”，先后组织油地共建扶助主题党日17次，走访慰问特殊群体400余人次，完成综治“天网”工程，实现县镇村三级管控。新冠疫情期间，他大年初二就到村坚守岗位，成立“舒心服务队”和“民生保障专班”，实施“联建联扶联保”工作机制，并到重点村民家中开展心理救助，一待就是56天，共组织捐献价值6.67万元的防疫消杀物资，个人捐款1000元，赢得了村民的信赖。

车宜恒还和村委一起制定村级发展规划，相伴共走富裕路，通过协调资金90余万元，打通“断头路”4条，修建“四好农村路”295米，重建排水系统近2900米，墙绘4200余平方米，大幅提升村容村貌，推动李柳乡村走上了发展快车道。

初春时节，走进“第一书记”所派驻的村庄，蔚蓝天空下道路整洁、绿树吐翠，无棣县柳堡镇东岳里村生机勃勃。“现在我们住得舒坦、村里环境越来越好，多亏了驻村刘贤刚书记啊！”走进东岳里村，村民们由衷地感慨。

村民口中的刘贤刚是东胜公司政工首席专家。2021年10月，山东省委组织部派遣第五轮省派第一书记驻村，刘贤刚成为无棣县柳堡镇东岳里村的省派“第一书记”。“共产党员好比种子，人民好比土地，我们到了一个地方，就要和那里的人民结合起来，在人民中间生根开花。”从“油田”到“农田”，完全陌生的工作领域，刘贤刚以毛主席的这句话来激励自己。

东岳里村是县里的“组织强基村”，建强基层组织、解决组织涣散问题就成了刘贤刚的第一任务。经过一个月462户走访调研，参加的第一次支部党员大会还是让刘贤刚感觉到了压力。他看着白发苍苍、目光游离的老同志，感受着参与度非常差的重点工作讨论，原先准备15分钟的党课讲了不到五分钟就草草收场，他决定必须着力提升支部凝聚力和战斗力，带动村民推动改变村容村貌和产业模式。

支部有活力，乡村好振兴。刘贤刚坚持和“两委”班子成员一起在干中学、在干中悟、在干中练，从乡村振兴专项资金使用开始，村里的每一项重点工作，在启动“四议两公开”程序之前，都和班子成员一起研究方案，党员大会和村民议事会一起讨论决策，全程公开接受村民监督，实现了全村上下思想一致、方向一致、行动一致，营造出心齐、气顺、家和的氛围。

刘贤刚觉得，作为第一书记，就得是身心融入村民想事，实实在在让乡村振兴起来。2021年12月20日，元旦将至，临近年底，刘贤刚却高兴不起来，因为在前期困难户调研时，有两件事一直让他放心不下，那就是村里有一位老人的冬季取暖问题。

村里唯一的李姓孤寡老人，腿脚行动不便，之前危房改造重建后，由于门朝东加上南面有房挡住了阳光，屋里煤炉取暖效果不好，厕所还是露天的不暖和还很危险。“预计今年是个寒冬啊，”他和村党支部书记赵连收在每天一入户返回的路上交流说，“咱们必须想办法元旦前把这个问题解决掉。”他们做了分析，老李家的房屋要再改造升级，村里没有条件，需要协调资金。

说干就干。为了解决老李家的问题，刘贤刚联系了爱心企业山东创佳新能源公司进行爱心捐助，又联系胜利油田护卫中心胜南护卫部组织爱心捐赠。老李家房子改造完成那天中午，天下起了小雪。在温暖的房间里，老李脸上笑开了花。

2022 年 1 月 26 日，东岳里村村委大院外，为了准备春节的群众文化活动，村里组织的锣鼓队、秧歌队正在热火朝天地进行着训练，院内办公室里也正在召开着一次和以往不一样的党员大会。

党员大会的主要任务是审议通过 2021 年度的“学习强国先进、社会四德先进、美丽庭院先进”。年前，刘贤刚考虑到村党支部的党员老龄化突出，为了提高党员大会的会议质量，专门通过与胜利油田东胜公司开展党建共建，申请专项党费为村党支部配备电脑、投影仪、音响等电子教学设备。走进会议室的党员都感觉非常兴奋，大家交流两句后就认真地看起视频来。

“之前，村委专门给每位同志都做了相片资料，现在我们把每位先进的情况通过投影播放出来，大家有不同意见的可以提出来……”每放出一张相片，都由负责的村委会成员进行解释说明。大家看得仔细、听得认真，很快都顺利通过了所有人选。会后组织了先进颁奖，屋里欢声笑语，屋外锣鼓喧天，秧歌扭出了春的生机……

2022 年 2 月 15 日晚上 7 时，在村委会办公室里，刘贤刚裹紧了大衣，左手握着笔，右手按着计算器，嘴里念念叨叨：“一米 45 块钱的围栏太贵了，项目成本太大，不行就不装了，搞个简易的吧……”

原来在当天下午，刘贤刚和班子成员讨论，为了把东岳里村西瓜品牌做硬做实，前期到昌乐县考察时就有一个想法，建立一块属于村里自己的西瓜试验田，在与昌乐县西瓜研究所沟通后，对方同意一起来搞。解决了技术和种子问题，他带着大家到田里选建试验田的地方，最终选了一个非常合适的5亩地。回来后，大家就立刻一起商量项目计划，制定预算。研究了初步方案后，他还是不放心，觉得预算有些高，就自己留下来再琢磨琢磨。

刘贤刚与妻子打完视频电话，视频那头，一家人已经围坐在一起吃团圆饭，女儿懂事地说："爸爸，你放心吧，我明天自己可以返校，不用管我。"他不禁红了眼眶。这时，村委会院子里急匆匆地走进来一个人，刘贤刚回过神来，转头一看，原来是赵连收。"刘书记，我一猜你就还在这里，快跟我走吧，他们都在我家等你呢！"赵连收边说边拉着刘贤刚往外走。来不及多加思索，以为是某位村民有什么需要解决的难事急事，刘贤刚披上衣服就往外走。

一进客厅，就看见村两委成员围坐在餐桌前："刘书记，您可来啦，大家就等您呢！""今天是正月十五，我们陪您一起过元宵……"一进门，大家齐刷刷地站了起来。看到这场景，刘贤刚又是鼻头一酸……置身村委和村民的关心理解，刘贤刚感到责任沉甸甸的，他决心和所有驻村第一书记一起，像种子一样扎根泥土、向阳生长、放声而歌。

引吭高歌

从牛庄采油管理区出发，到牛25-28井的行程并不远，在不过一刻钟的行程里，仿佛是从改革开放的历史洪流中走来，似乎融进了东胜人“精益求精、攻坚必胜”的心路历程，犹如看到一个企业从无到有、从小到大的嬗变与崛起，内心的期待随着车辆的颠簸而起起伏伏。

其实，所不被人知的是，东胜公司恰恰是在油田深化改革的历史时期创立的。自1993年开始，他们在没有资金、没有技术、没有先例的情况下，自力更生、自筹资金打出牛25-28井，拉开了依靠科技攻关和创新管理、高效开发难动用储量的序幕。

东胜公司逐步由“大而全、小而全”企业组织结构体制向以“油公司”为核心的现代公司新体制转型的试点，迈出探索股权多元化改革的第一步。胜利油田按照《中国石油天然气总公司的批复》和《国内合资开发油气田试行办法》，将油气资产和先期勘探投资一同折成股本，东胜公司通过股份制的形式，面向社会筹措难动用储量开发资金，“油公司”发展铿锵上路。

乘着改革的东风，东胜人依靠科技进步和精细管理推动着公司发展。1994年1月9日，高青公司创立，实行自主经营、独立核算，成为东胜公司的第一个子(分)公司；8月17日，他们与滨南采油厂对东风港油田区块进行交接，筹建无棣公司；9月20日，与现河采油厂对潍北油田进行交接，成立潍北公司……他们自我管理、自主经营，铺出一条油公司发展之路。

投资机制上，东胜人改变过去石油开发以国家为主的单一投资形式，实行多渠道、多来源融资，形成产权关系明晰的股份制经济；

管理机制上，他们组建各类专业施工队伍，钻井、作业、地面建设、科研攻关等一切工程项目和技术服务项目，一律通过招标、雇用、“借脑”等形式，建立甲乙方经济技术合作关系，实现生产要素有效整合；

经营机制上，他们坚持原油生产与销售集中一体，拥有完全自主权，一切以市场为导向，以经济效益为中心；

用工机制上，实施全员合同制管理，可以根据企业发展需要，行使劳动用工自主权，推动了劳动力资源的合理配置……

东胜公司整合太平油田、套尔河油田成立河口公司，以滨南油田尚二、德一区为依托成立滨南公司……1993 年 10 月 7 日，东胜人第二口自筹资金井牛 25-45 井投产喜获成功，用 6 毫米油嘴求产，获得日产 189 吨高产油流。一时间，东胜人奔走相告、喜上眉梢，为国找油的信心信念倍增，以“油公司”模式撬动低品位油藏开发水到渠成。到 1994 年底，东胜公司年产油能力达到 37.6 万吨，“油公司”探索一路向前。

1995 年 3 月 6 日，《中国石油报》头版头条刊登题为《主业出了个“东胜模式”——全新的机制给企业注入了生机和活力》的报道：1993 年 6 月 29 日，一面挑战传统的旗帜，插在流淌石油的黑土地上——胜利油田东胜精攻石油开发有限公司宣告成立。此为我国第一家股份制的专业化“油公司”。

艰苦创业百战多。没有资金，他们就四处奔走、多方筹措；没有技术，他们借脑借智、攻坚突围；没有经验，他们大胆实践、探索前行……依靠科技进步和精细管理，高效开发难动用储量，摸索多种所有制发展模式，大力发展石油炼化、教育、服务等产业。到 1998 年 5 月，年产油能力由 5 万吨上升到 40 万吨，“油公司”模式初战告捷。

1998 年 6 月，胜利油田先后将一批“小油公司”委托东胜公司管理。东胜公司抢抓机遇，大力整合油气资源，改造非油产业，构建起适应公司发展的经营战略，推动原油产量和经济效益高速增长。

同时，推动实施“走出去”战略，公司进入澳大利亚 ROC 公司在蒙古国的 97PSC 合同区，组建蒙古公司，积极拓展海外市场。

2003 年 6 月，经山东省工商局批准，公司正式变更为胜利油田东胜精攻石油开发集团股份有限公司。2006 年底，公司总资产达到 45.47 亿元，销售原油 78.10 万吨，实现销售收入 25.60 亿元，标志着公司进入快速拓展阶段。

2006 年 12 月，东胜公司根据中国石化改革政策进入上市板块，成为由中国石油化工集团股份有限公司控股的股份制油公司，正式纳入胜利油田分公司管理，标志着东胜公司进入转型发展阶段。

东胜公司及时调整战略结构，转变发展方向，构建以产量为中心、兼顾效益的经营模式，对多种经营业务和对外投资进行全面清理整顿，保持了良好的发展态势。到 2012 年底，公司总资产 82.94 亿元，东胜本部生产原油 101.7 万吨，蒙古公司年销油 7.53 万吨，年产油能力由成立之初 5 万吨到突破 100 万吨，2014 年达到高峰，生产原油 104 万吨，成为胜利油田首家年产油超过“百万吨”的油公司。

2014 年以来，国际油价断崖式下跌，东胜公司转变观念更新理念，调整发展战略，转变发展方式，以油藏经营管理为核心，坚持走低成本发展之路，建成扁平化管理、专业化服务、市场化运营、信息化支撑的油公司运行模式，持续推进高效勘探和效益开发，坚持一体化建产大幅度提高单井产能，增强了低油价下的生存能力和高油价下的盈利能力，公司走上了科学化现代化轨道。

走进东胜人中间，很多人都会提起“东胜模式”。不管是决策层、管理层，还是技术层、操作层，每个人都充盈着满满的自豪。如何走好新时代“油公司”之路？东胜人坚守“精益求精、攻坚必胜”理念，推进完善新时代“油公司”发展路径，引吭高歌一路向前。

作为党领导下的国有控股企业，东胜公司坚持“两个一以贯之”，聚焦建设现代企业制度，推进“党建入章”，在完善公司法人治理中加强党的领导，以高质量党建引领高效勘探和效益开发，页岩油开发、CCUS、原油库迁建等重点工程高效推进……

东胜人深切知道，要想端牢能源饭碗，增储勘探是重要前提，效益开发是重要保障。

页岩油开发、CCUS、原油库迁建，是习近平总书记视察胜利油田关心的三件大事。自2021年以来，三大工程保障任务同时落到东胜公司，建设规模之大、参与单位之多、工程任务期限之紧、质量标准要求之高，再加上新冠肺炎疫情带来的诸多困难，意味着这是一次前所未有的攻坚之战。

面对从未接触过的、没有经验可以借鉴的全新领域，东胜公司实行项目化管理、“大兵团”作战，组建页岩油开发、CCUS、原油库迁建三个项目组，选配首席专家、技术人员等精兵强将，成立临时党支部、联合党小组，统一调配资源，科学统筹运行，确保三大工程齐头并进。

页岩油是胜利油田夯实稳产基础的重要接替资源。东胜公司坚持源头介入、全程跟踪、全程保障，主动参与到顶层设计中，全力攻关页岩油效益开发“卡脖子”关键核心技术。

针对地质条件复杂、地温梯度高等难题，技术团队通过四轮次迭代升级，形成“复杂断块区页岩油长水平井轨迹追踪与控制”钻井技术，优化过断层水平井轨迹设计，平均水平段靶盒钻遇率达到90.9%，三开平均钻井周期缩短为25.8天，整个钻井周期比中国石化首口页岩油示范井——花页1-1HF井——减少13天。

2022年9月底，东胜公司所承担的三大重点项目施工保障任务全部高质量完成：樊页1试验井组8口井比原计划提前15天投产，日产油量远超预期目标；负责中国石化百万吨级CCUS项目三分之一建设工作量，5个注气站安全高效建成，19口注气井全部开注；承担的原油库迁建及配套改造工程比原计划提前15天中交，提前30天达到投运条件。

面对低渗透、稠油、复杂断块给效益开发带来的巨大挑战，东胜人坚持一切工作都从油藏出发，把注水补能作为一号工程，综合运用老井转注、新井投注、扶长停井、水井措施、压驱等手段，全力“补能量、降递减、控含水”，以“强动力”打通效益开发堵点。

注不进、采不出、能量下降快等问题是制约低渗透油藏效益开发的“卡脖子”难题，他们坚持“不补能不投产”，突破压驱技术天花板，大幅提高油井产能。樊163-斜6井组投产初期平均单井日产油9.2吨，远远超过这个块老区单井日产2吨的平均水平；牛21-斜4井组平均日增油8.8吨，注水有效期达到30个月仍然有效，老油田开发渐入佳境……

历史车轮滚滚向前，东胜人一路征程一路歌，不断创造着历史，也在不断书写着新的历史。东胜公司将信心满满再出发，决心共同走稳走好东胜公司高质量发展新征程，为胜利油田“建设领先企业、打造百年胜利”再立新功、再创佳绩！

旭日东升

黄河三角洲。共和国最年轻的土地。

39 年前，一个单薄的小伙子，在“我为祖国献石油”的感召下，只身来到这片茫茫荒原。

荒原的涩风，没有把他吹倒；荒原的清苦，没有把他吓走。荒原流淌的石油让他燃烧着激情，迸发出灵感，写出了 39 年的执着，捧出了 39 年的坚守。

岁月如大风刮过。如今，39 年前那个小伙子犹如荒原上的一株红柳，深深根植在这方热土，并燎原成蓬蓬勃勃、欣欣向荣。

荒原为证，见证了他成长的足迹；荒原风为证，氤氲的石油气息里捎来了他的一个个事迹。

他只有初中学历，却孕育桃李芬芳，竟当上了研究生的导师；他只是一名普通的采油技师，却创造了1.2亿元的经济效益，革新成功了80多项成果，并有一项获国家科技进步二等奖；他只是一名基层石油工人，却得到了胡锦涛等党和国家领导人的亲切接见……

他就是全国劳动模范、全国五一劳动奖章、全国技术能手、中华技能大奖、国家科学技术进步二等奖获得者，“工人发明家”、中国石化胜利油田东辛采油厂高级技师代旭升。

荒原之梦

“这儿很少刮风，一年只刮两次，一次刮半年；这儿刮的风很小，连一片树叶也吹不下来，因为这儿没有树。”从胜利油田走出的一个诗人，曾经这样描述胜利油田。

打开人们尘封的记忆，这是胜利油田会战初期的写照。从那时起，代旭升便把自己融入荒原，开始了他的荒原之梦。

1972年的寒冬，年仅17岁的代旭升满怀对“石油”的憧憬，坐上了一辆敞篷车，告别美丽的海滨城市青岛，一路颠簸着来到了胜利油田，便与石油结下了不解之缘。

当时，代旭升所在的采油16队前不着村、后不着店，最好的建筑就是队部几栋破旧的“干打垒”，四周是一人多高的芦苇，却看不到一棵树。

住在“干打垒”里，阴暗潮湿不说，一到下雨天，屋外大下，屋内小下。平时喝水靠送，碰到恶劣天气送不进来，就只能喝地沟水，苦涩得难以下咽。

喝着地沟水，住着“干打垒”，想想青岛的“红瓦、绿树、碧海”，在代旭升心里形成了强烈的反差。从青岛来之前，他也听人说过油田的条件艰苦，可是现实的情况，还是大大超出了想象。面对这样的环境，代旭升有些后悔了，干活怎么也提不起精神来。

“小伙子，安心干吧，油是靠人采出来的，环境是靠人创造出来的，事业是靠人干出来的！”看着代旭升无精打采的样子，指导员一有空就找他拉家常，给他讲王进喜、讲“三老四严”、讲石油人的精神，再置身于轰轰烈烈的石油会战，代旭升心里热乎起来。

不过，不久后的一次亲身经历，让代旭升的思想彻底转了弯。

一天，班里最偏远的永 12-2 井发生蜡堵，班长李友森带着班员一起去清蜡。

清蜡最关键的是压钢丝，班长自己压钢丝，代旭升他们几个摇绞车。压钢丝是个技术活，一刻也不能停，不像摇绞车可以轮换着休息。同班的师傅几次想去替换班长，班长却说，这口井是高产井，蜡堵得厉害，还是我来吧。

当时正值寒冬腊月，北风呼啸，吹在脸上像刀割一样，可班长站在井场上一干就是 5 个多小时。由于站立的时间太长，清蜡完成后，班长的腿也麻木了，一迈步竟跪倒在地。

那一刻，在代旭升眼前，瘫倒的是班长；在代旭升的心里，却站立起石油工人的高大形象。“铁人精神就在我身边，就在班长身上。”从此，他暗下决心，要像班长那样扎根一线，当就当最好的石油工人。

可是要清好蜡，必过的一道关是：练习在 2 毫米粗的钢丝绳上打结拴刮蜡片。

“2 毫米粗的钢丝，也就比缝衣针粗点吧，攥在手里一转就会磨出一串血泡泡，可代旭升练了一遍又一遍，右手血肉模糊，一伸一蜷疼得脸上滚汗珠子，可他就这么咬着牙手攥钢丝一天天练下去……”说起当年情景，代旭升的妻子吴晓萍眼中依旧会泛起泪花。

两个月后，代旭升手上结了厚茧，而细钢丝在他手里旋转起来却像变魔术，结打得又快又漂亮，刮蜡测气这些活也上了手。同来的工友还未出徒，他却像老采油工一样可以当班了。

“想当一个最好的工人，就要像当年打钢丝结一样，得天天咬牙坚持学本领长知识，一时一刻也不能懈怠，千磨万难地挺过来，就一定会取得成功。”回忆起当年的情景，代旭升眼神中充满了坚毅。

然而，当初只有初中学历的代旭升，要当一名合格的采油工谈何容易？由于底子薄、基础差，代旭升读专业书十分困难，这机理、那构造常常弄得他晕头转向，可他从没有放弃过。

从“打钢丝结”那阵开始，代旭升痴迷上了“沉积岩”“地震勘探”“构造圈闭”这些地质名词，他一个个地学，一个个地背，一个个地啃，弄不明白的，再找老师傅或技术人员请教。

上下工的班车上，工友们看到他眯着眼在背名词；睡在床上，一觉醒来的妻子也时常听到他在背名词。随着油田的不断勘探开发，地质名词的内涵也在不断延伸，代旭升却从不让一个他不懂的地质名词“横”在眼前。

1973 年冬天，代旭升所在的采油 16 队刚刚采用热油循环清蜡技术，由于没掌握技巧，造成部分油井循环不起来，全队的人都很头疼。为了尽快找到解决办法，代旭升就带上干粮和水，赶到井上摸情况，仔细观察油压和套压的高低，每隔十分钟就调整一次控制闸门，在井口一蹲就是十多个小时。

累了，代旭升就坐在草袋子上歇一会儿；冷了，就靠在水套炉上暖和一会儿。经过反复摸索和调整，终于总结出了油套压差因井而异，回油温度从低到高、回油液量从小到大等热油循环清蜡技巧，并在全队推广使用。

“看不出来，你还真是个有心人！”队长的一句表扬，使代旭升深刻认识到，只有多采知识才能多采油，学技术、练本领的热情更高了。在代旭升的床头等伸手可及的地方，都堆满了专业书籍，闲暇时间几乎全部用于学习。就是凭着这股“打钢丝结”的劲儿，短短数年间，他精读了《采油工十懂十会》《采油工技术手册》《采油地质》《采油工艺》等十几本采油及地质学书籍。

“只有掌握更多的知识，路子才不至于越走越窄。”代旭升深刻地认识到，积累知识就是积蓄力量、应用知识才能产生力量。时间长了，他养成自主学习的习惯，笔记本不离身，随时记下学习中的难题和稍纵即逝的灵感，并不断在实践操作中验证，加深理解，使理论变成自己独有的东西。

一分耕耘，一分收获。知识的积累让代旭升插上腾飞的双翼，开始在胜利油田这方热土展翅翱翔。1979 年，他从众多工人中脱颖而出获得了油田“技术能手”称号；1989 年以来，他先后被聘为采油技师、油田采油技能大师、首席技能大师。

手捧红彤彤的聘书，代旭升百感交集。他说，不管学历多高，只要肯干、肯钻研，一线工人照样有地位、有干头……

知识和技能的积累，为代旭升扎根一线、献身石油积聚了能量，增添了信心。

对一个采油工来说，平井场再平常不过了。代旭升参加工作后，师父首先教的就是平井场，用铁锹一锹一锹地把井场拍平拍直。干的时间长了，他觉得很费时费力。一天，他想起农村轧麦子用的辘轳，就用钢管装满沙土，两头一堵，然后用一寸细的钢管焊个把手推着它，很省力地就把井场压实压平了，平日里复杂烦琐的工作一下子变得这么简单。这让代旭升兴奋了好几天，也激发了他进行技术革新的热情。

有段时间，为解决稠油开发难题，代旭升当时所在的东辛采油2队一连上了7台链条式抽油机。那时，抽油机平衡缸漏油撒气，齿轮泵经常出现故障。如此一来，职工们只好爬到4米高的平衡储油包上加油，操作起来费工费力，又有危险。

怎样才能不再受这攀上爬下的折磨呢？这成为代旭升脑海里长期萦绕的问题。他白天在井上观察，晚上在家查阅资料，认真研究平衡系统和储油包的结构原理，开始有了技术改造的设想。

然而，真正付诸实施，却完全没有想象的那么简单。一连3个月，代旭升的设计构想丝毫没有进展，他心急如焚，情绪低落。

“一个小小的初中生，不知天高地厚，还想搞革新，真是癞蛤蟆想吃天鹅肉。”看着代旭升“不切实际”的想法，有人背后吹来冷风，让他的心情到了冰点。

“小代，别灰心，做成一件事哪能这么容易，坚持到底一定能成功！”一些好心人的鼓励，让代旭升又振作起来。他重新调整设计思路，方案做了十几个，图纸画了上百张……经过半年多的反复试验，“气压式加油包”终于装到了井上，并很快在全油田推广应用。

第一次真正意义上的革新成果，成为代旭升成就梦想的第一块基石。从此，代旭升在广袤的荒原上，在火热的石油生产场景中，不断构筑着一个个新的梦想，并为此坚持不懈，执着前行。

1989年，代旭升被采油厂聘为采油技师，负责采油二矿300口油井、50 口水井、30 多个计量站的技术保障工作。对此，他响亮提出了“句号行动”，郑重承诺在他负责的技术服务范围内，遇到的所有技术、设备问题，即使再棘手再麻烦，也要努力解决，不把问题上交。

“句号行动”提出以后，他已经解决技术难题和排除设备故障 2000 多个，发明的“抽油机计量控制柜”“角式单流阀”“低压真空开关”“增压泵软连接装置”，也都成为破解生产难题的妙招。

“企业为我们工人成长搭建了宽阔舞台，只要肯干、肯钻研，一线工人照样有地位、有干头。”代旭升说。在中国石化，从初级工、中级工到高级技师再到油田技能大师，技术工人的成长渠道宽广而畅通。正是扎根于这一片沃土，2005 年，代旭升被中国石化胜利油田聘任为采油技能大师，成为一名高级蓝领。2009 年，又被聘为中国石化胜利油田首席技能大师。

创新之光

39 载扎根一线，代旭升弹奏的是奉献之歌；39 载默默付出，代旭升点燃的是创新之光。

从井场到试验场，一条距离并不长的路，代旭升始终用心在丈量着，而这条路从他踏上之后就没有终点。他的目光和视野始终没有离开生产实际，从井场中找问题，到革新中找答案已成为他工作的全部。

“生活中不缺少美，而是缺少对美的发现。”代旭升非常崇尚这句话。

39 年来，代旭升要发现的“美”，往往是日常工作中遇到的问题。对于问题，有的人遇到可能皱一皱眉头绕过去；代旭升却总是要探根究底搞清楚，必定要在一万个办法里面找出一个最佳的解决方案。

在采油行业，给抽油机调平衡，一般需要四五个青工替换着轮大锤，常常是费尽九牛二虎之力，也不一定能把平衡调节到位，采油女工更是望而却步。

于是，代旭升便展开攻关，成功研制出“液压式调平衡装置”。如今，两个采油女工便能完成调平衡，还提高了生产时率和安全系数，实现了采油工人技能操作上的一次飞跃。职工们高兴地说：“代师傅真行，让我们省了力，还让油井增了效！”

1993 年 10 月，代旭升所在的采油二矿在边远地区一连打了十几口新井。当时，附近没有气源点火加温，到冬天，这些管线隔三岔五“灌香肠”，影响原油正常生产，需要大批的人力、物力疏通管线，干部工人们天天担惊受怕。

作为一名现场管理者，代旭升总感觉有一种说不出的滋味。要是能研制出一种加热装置，该多好啊！

“别异想天开了，油田有名望的人都解决不了冬天堵管线难题，你一个工人技师能行吗？失败了，你的面子往哪里搁！”面对一些人的劝说，代旭升没有动摇。

正是三九严寒的季节，代旭升骑着破旧的自行车，穿梭在一口井和另一口井之间。夜深人静，他一个人躲在屋里构思、研究，设计草图。90 多个日日夜夜，他没有睡过一个囫囵觉，脑子里全是流程和图纸，就连梦中都做着试验。

经过上百次的计算、设计和试验，“JN-150 型节能电加热器”问世了，人们紧绷的神经放松了。这项革新也成为代旭升的第一个国家实用新型专利，更坚定了他革新创造的信念。

近年来，随着城市化建设进程的加快，“楼旁有井、院中有站”成为油田特色，也给油水井管理带来很多困难。特别是在居民区里，抽油机旋转的平衡块、飞速转动的电机皮带，会给居民尤其是孩子带来不安全因素。油田采取标注安全提示语、加装隔离栏等很多办法，却仍然存在安全隐患。

代旭升决心要彻底解决这个问题，他反复跑现场，多次征求意见，提出搞“封闭式玻璃钢护罩”革新项目。有人说：“代师傅，这又不是油井生产的关键技术，你操那份心干吗？”代旭升郑重其事地说：“这个罩子虽然增不了油，但能保障孩子们的安全，值得去做。”

功夫不负有心人。后来，他发明的护罩不但把旋转的平衡块护了起来，还给运转的电机皮带也加上了罩子。居民们看到抽油机上的防护罩，高兴地说：“这东西好，我们再也不用天天为孩子的安全担心了。”听着人们的夸赞，代旭升脸上荡漾出几分幸福的笑容。

“每一道生产难题背后，都隐藏着一个革新的金点子。”这是代旭升的名言。对此，他始终把原油上产的难点作为革新发明的关键点，把生产建设中的问题作为革新发明的课题，尽职尽责、不辱使命。

1988 年，代旭升开始了组合式皮带轮的研制，这是他的第二个革新项目。可由于没有经验，忙忙活活几十天，草图画了几十张，实验做了上百次，都没有成功。矿领导来到他办公室，看着满桌子的草图，心疼地说：“失败了，没关系，大胆干，我们支持你，但一定要注意休息，注意身体啊。”领导的关心和鼓励使他又重新振作起来，经过反复试验，终于研制出了组合式皮带轮，解决了游梁式抽油机调冲次难的问题。

1998年7月的一天，代旭升正在辛3-1井处理问题，突然，辛151-平2电泵井发生井喷。面对突如其来的险情，他火速赶往现场，和抢险队员们冒着生命危险苦苦奋战了27个小时。

井喷制服后，现场是一片油海。代旭升和抢险队员连续奋战15个日夜，整整回收2000余吨原油，挽回经济损失上百万元，他也因此荣立了个人三等功。

面对立功喜报，代旭升竟然一点也高兴不起来，因为那次井喷是由于井口压盘被盗造成的。他想，电泵井井口压盘虽小，可它连着的是生产管理的大事。只有把压盘的问题突破了，才能堵塞效益流失的漏点，才有条件提高生产管理水平。

经过一年的刻苦攻关，代旭升终于研制出“卡扣式防盗压盘”，即使有人把压盘上的螺丝卸下来，压盘也不会被偷走，彻底解决了电泵井井口压盘被盗的难题。如今，油田很多电泵井都装上了这种压盘，因井口压盘被盗引起的井喷再也没有发生过。

2005年，代旭升被胜利油田聘为采油技能大师。他开展科研攻关的信念更加坚定，创新激情被进一步点燃。仅两年时间，就革新成功了“低压真空开关箱”“抽油机计量控制柜”等六项成果，均获国家实用新型专利。

油田进入开发后期，许多油井受地质、井筒等因素的影响，有的无法正常生产，有的濒临报废。

看着不少油井被废弃在荒郊野外，代旭升的心始终不能平静。“把这些井里的原油捞上来，就是效益，就是提高采收率！”工余间隙，他会不由自主地沿着小区周围的巡井小路，查看废弃油井的状况。

“人总不能钻到井筒里去捞油吧！”一个客观而又现实的难题摆在

代旭升面前。为琢磨捞油方法，他成了图书馆的常客。代旭升还专程到采油院、设计院拜访专家，寻找井筒捞油的方法。

一段时间，代旭升一闭上眼睛，那闲置的油井就浮现在脑海。他再也待不住了，急得嘴上起了疱，熬得眼睛布满血丝，有时候连饭也顾不上吃，在井场做试验。

一天夜里，代旭升梦中乘着小船，顺着井筒的方向，到了千米之下的油层，终于见到了地下的“油龙王”。灵感来了！设计一个泄油孔，抽子上部的负荷不就降下来了吗？他赶紧披衣下床，麻利地画了起来，一张“自动泄压式凡尔抽子”的图纸很快展现在眼前。很快，一种新式捞油方法成为现实。他的技术被职工们称为“四次采油”技术，年创经济效益100多万元。

“什么是天才，天才就是集中精力，就是专注。”每当有人称赞代旭升是革新的天才时，他总是这样说。

熟悉油田的人都知道，油井在生产过程中，进入井筒套管的天然气，常常因压力低而难以进入管线，直排到大气中，既污染环境，又浪费资源。

如何阻止套管气白白跑到空气中？这成了代旭升心中的一个结。他在野外转悠，有时候还瞅着油井井口出神。

一次，代旭升吃过晚饭，又来到附近的油井，一个新分配来的职工看到他总在井场上转悠，便打电话报警，说有人正在踩点盗油。这下，竟差点把他当盗油贼给抓了。现在说起来，人们都当笑话讲。

“把套管气变成节能增效的‘钱袋子’。”就是吹破天，人们也不会相信，可代旭升却坚信不疑。

最初，代旭升采用空气压缩机抽汲套管气，可活塞隔几天就产生积炭，积炭一多，压缩机很容易发热，稍有不慎就会发生爆炸。

为避免发生事故，他连续几天盯在试验现场。

时值隆冬季节，呼呼的西北风直往人的领子里灌，代旭升感觉厚厚的工衣一下子变得单薄了。脚蹲麻了，就站起来跺跺；手冻僵了，就哈口热气暖和暖和；实在撑不住了，就围着设备跑几圈，仔细观察设备运行状态和变化。

但试验最终没有成功，空气压缩机不行。多次失败后，代旭升干脆自己搞设计，他先后两下江苏泰州，四到安徽蚌埠，行程上万公里，反复修改、反复试验。

就在代旭升的攻关进入冲刺阶段的时候，传来他父亲去世的噩耗。在回青岛的车上，代旭升喃喃自语："怎么会呢，怎么会呢？怎么这么快就走了？"

就在前些日子，在父亲住院期间，代旭升给父亲喂饭喂药、洗脸擦身，努力尽一个做儿子的孝心。父亲的病情有了好转后，就对他说："你们油田挺忙，回去吧，这儿有你哥呢。"在老人的再三催促下，代旭升恋恋不舍地告别了父亲。

谁知刚离开三天，竟成了和父亲的永别。到了殡仪馆，代旭升再也无法控制自己的感情，一下子跪倒在地，放声大哭："爹，我来晚了；爹，儿子不孝啊！"

处理完父亲的后事，代旭升回到油田，强忍悲痛，继续进行革新试验。2004 年"移动式套管气回收装置"终于研制成功。

这项让代旭升悲喜交加的"移动式套管气回收装置"填补了国内技术空白。仅在胜利油田、长庆油田推广，年创经济效益 2000 多万元。2009 年 1 月 9 日，在国家科学技术奖励大会上，这项发明荣获国家科学技术进步二等奖，他也成为中国石化产业工人中获此殊荣的第一人。

油田开发与环境保护历来被人看作是一对矛盾，代旭升却不这么认为："废气可以不上天，那原油能不能不落地？污水能不能不入海？"

油田生产中有些油井由于各种原因停井后，必须把污油放入露天池，既造成产量损失，又污染环境。代旭升便研制出集原油回收、防火、防盗等多项功能于一体的"玻璃钢污油储存罐"，代替露天污油池。现在，这项技术已在胜利油田普及，并在国内众多油田推广使用，仅胜利油田就年创效益100多万元。几年来，代旭升一直把节能减排、清洁生产作为立项攻关课题，已经有16项成果得到应用。

蜡烛之情

"把一生献给石油是我最大的幸福。"这是代旭升的感触，也是他的心愿。

面对成功的喜悦、荣誉的光环，代旭升渴望自己在革新路上能够释放更多的能量，更希望自己对革新的巨大热情，能够点燃更多的心灵……

"个人创新固然重要，但仅靠一个人的智慧和力量是远远不够的，只有大家都创新了，才能为企业发展积蓄更大的力量。"代旭升说，自己技术再高明，也有退休的时候，只有把技术毫不保留地传授给身边的青年人，才会让自己的技术发挥更大的作用。

时光回放到1989年。一天，代旭升现场落实生产情况，发现一架抽油机的驴头销子几近脱落，如不及时整改就会发生安全事故。

当他指出存在的问题时，一名刚转岗的女工竟然找不到驴头销子在哪儿……时隔多年，那名女工满脸通红、手足无措的样子深深镌刻在代旭升的心灵深处。

现年已经55岁的代旭升，除了革新，他还尽心尽力把自己的经验、技术最大限度地传授给其他人。

2009年1月，从中国石油大学研究生毕业三年的马珍福正式成为代旭升的徒弟。研究生拜工人为师，成为胜利油田“导师带徒”制度实行以来的一段佳话。马珍福说：“这没什么炫耀的，能给大师当徒弟，才是我的骄傲。”

能成为大师的徒弟，确实是件幸运的事，但徒弟们的水平不一样，代旭升就因材施教。对刚收下的徒弟，他从基本功教起，手把手地传授技巧和心得。有的徒弟在理论上有解不开的疙瘩了，他就循循善诱讲原理，一个一个地解疑难。遇到徒弟在搞革新时碰到“拦路虎”了，他总会尽心尽力帮助找资料、出主意、想点子。

看到代旭升带徒这样认真，有人开玩笑说：“老代，你是吃技术饭的，还是悠着点好，能留一手就留一手。”

“开发心田才能开发油田。油田培养了我，我回过头来帮助年轻人少走点弯路，尽快成长起来，也是应该的。”每当这个时候，代旭升总是淡淡一笑。

“代老师跟我们生活在一起，没有三头六臂，也没有火眼金睛，可就是有点子、有办法，给我们解决了很多生产难题，就冲这，我们就喜欢他、爱戴他。”代旭升的徒弟张建国对师父充满了感激之情。

前段时间，张建国设计了一个“深孔取球器”，试验几次总不过关，于是就向师父请教。代旭升经详细了解设计原理、反复推敲设计图纸，发现了问题，并为他提出了改进建议。可是经过反复改进、试验，效果还是不理想。

于是，张建国又找到了师父，代旭升不厌其烦地分析原因，指出改进方向。在师父的耐心指导下，张建国调整思路，根据试验反复修正设计方案，终于把“深孔取球器”研制成功。此后，在代旭升的鼓励和手把手地传授下，张建国把革新发明作为自己不懈的追求，先后有 40 项成果问世，其中 9 项获得国家实用新型专利，1 项获发明专利，2007 年还获得山东省“职工优秀发明家”荣誉称号。

桃李不言，下自成蹊。目前，除了网上的大批“粉丝”，代旭升已在中国石化胜利油田各采油厂签约收徒 69 名。在 69 名徒弟中，有 6 人在全国技能竞赛中获奖，20 人获得油田及以上技术能手称号。

在油田，工友们有这样一个共识，就是“有难题儿，找老代，肯定给你个好交”。而代旭升说：“一个人就是浑身是铁也捻不了几根钉，自己技术再高明也有退休的时候，唯有把技术毫不保留地传授给身边的青年人，才能对得起油田对自己的培养。”

2005 年，代旭升成立了以自己名字命名的“工作室”，带领工人一起解决制约生产的疑难问题，探讨创新的措施方法，寻找革新的最佳途径，不仅使一批困扰生产管理的难题得到有效解决，也带动了采油职工技术素质的提升、技术创新成果的层出不穷。

“师父非常平易近人，遇到弄不明白的事，我总会第一个想到他。”在井场上，徒弟张芳指着储油罐计量液位计说，这个创新成果能够研制出来，多亏了师父的指导。她激动地说，是师父点燃了她的创新热情，并通过竞聘走上了副队长的岗位。

如今，“代旭升工作室”不仅成为传播科学技术的课堂，更成为孵化创新成果的摇篮。5 年来，工作室有 7 项成果获国家发明专利，55 项成果获国家实用新型专利，工作室成员由成立初的 100 余人，发展到 1200 多人，推出创新成果 500 多项，累计创造经济效益 6000 多万元。

近年来，互联网技术的迅速发展，让代旭升眼前一亮。年过半百的他又自学起了电脑技术，并很快成为行家里手。为方便与徒弟和青工之间的沟通交流，代旭升还自主创办了胜利油田采油技能大师网站，实施网上助学助教，仅开办两年时间，点击量已达 23 万人次。网站已成为青年工人请教疑难问题的“技术家园”。

每天，代旭升都要拿出相当的精力维护网站，给提问的网友回帖。

一次，一名青工面对一件器材的创新改进无计可施、愁眉不展，便在网上请教代旭升。代旭升没有急于答复，而是给这名青工出了一个“脑筋急转弯”。

“哑巴到商店买钉子，做了一个锤头敲钉子的动作，店主便给他一把锤头。哑巴摇头，店主又递给他几颗钉子，哑巴满意而归。过了几天，一盲人也来到此店，想买一把剪刀。请问，盲人该如何表示，才能顺利买到剪刀？”

连线的青工不假思索地作了回答，还在屏幕上画了一个上下摆动的食指和中指。

“盲人又不哑，为什么不直接说呢？”代旭升一句话，打开了青工的思路，遇到的问题很快解决。

“从代师傅身上学到的不仅是他执着创新的精神，更重要的是学到了他的创新思维，只有把聪明才智释放出来，才能有所收获。”徒弟钟晖说，他的一些成果都来源于师傅的指导，自己受益最多的就是思维的开阔。

如今，在代旭升的感召下，不仅许多青年职工纷纷拜他为师，就连他的徒弟也有了自己的创新活动小组，每个小组都有 20 多名徒弟。如今，这些“徒弟徒孙”遍布胜利油田，催生出企业和谐发展的沃野新绿。

“成果只有应用，才能体现它的价值。”代旭升认为，一个人研制的成果再多，藏着掖着不拿出来用，再好的成果也无济于事。

为了最大限度地实现成果共享，代旭升把他的专利技术完整地放在网站里，让人免费使用。

吉林油田、长庆油田等地的厂家看到网上的专利技术，专门打电话问他要多少专利转让费，他不但分文不收，还耐心解答技术难题。

2005 年 6 月，长庆油田委托胜利油田动力机械厂找到代旭升，详细了解移动式套管气回收装置情况。原来，长庆油田一些油井套管气回收也是大问题，想试用“移动式套管气回收装置”。

然而，由于长庆与胜利相距千里，无法到现场进行安装调试，代旭升便让长庆油田把油井的情况资料发过来，根据当地油井所处地理位置和油井气量情况，帮他们设计了一套装置。

“移动式套管气回收装置”已经在长庆油田二厂、五厂、六厂扎根落户，共投入使用 70 多台，日回收天然气 23000 立方米，年创经济效益 1000 多万元。

2006 年，代旭升作为裁判员，参加了国资委组织的全国企业职工技能大赛。一天，一名大庆油田的裁判找到代旭升要请他吃饭。原来他们对代旭升研发的“计量站玻璃钢污油储存罐”很感兴趣，想引进这一装置，但碍于不是一个系统，不好意思开口。

代旭升得知这一情况后，痛快地答应了他们的请求，并详细讲解这套装置的工作原理，以及安装过程的注意细节。为便于推广使用，还毫不保留地把设计图纸、相关资料、使用说明都提供给了他们。

“老代，咱辛辛苦苦研制的成果，白白给人家用，是不是犯傻。”面对人们的不解，代旭升却很淡然。他认真地说：“不论是给胜利油田增油，还是给其他油田增油，都是给国家增油，这样做，值!”

正是这一情怀，加速了代旭升成果的转化。39年来，他先后自主完成技术革新80多项，15项获国家实用新型专利，2项申报国家发明专利，1项获国家技术成果奖，60项获胜利油田、东辛采油厂革新成果奖，累计为企业创经济效益1.2亿多元。

一项项创新成果，仿佛折射出代旭升跋涉的足迹，其中包容更多的是一种永不放弃的坚定。代旭升虽然已经55岁了，可他向技术领域进军的步伐依然稳健。“生活在一个崇尚创新的时代是自己的光荣，只有用实际行动引领创新才能展示新时期工人的魅力。”

从一个只有初中文化程度的普通工人，成长为职工眼中的“工人发明家”，如今，代旭升在胜利油田已是家喻户晓。有人说，是父母给他起了个好名字，因为名字中有9个太阳，代旭升说：我的太阳不在天上，而是在地下，我愿把自己的一生奉献给地下的石油……

生命之光

“活不出生命的长度，那就活出宽度和厚度……”吴吉林走了，但他低沉而略带沙哑的声音在耳畔久久回响。

2014 年 4 月 28 日。在北京。在人民大会堂。吴吉林同志事迹报告会。

吴吉林面对着 700 名全国劳模代表，喊出了他澎湃的心声——滔滔黄河听到了，巍巍钻塔听到了，汩汩油流听到了，起伏的“磕头机”听到了，黄河三角洲这片沃土听到了……“我虽身患癌症，但我觉得自己很幸运，只要自己有一分力气，就要奉献社会……”

2019 年 3 月 11 日 17 时 58 分。吴吉林静静地闭上了眼睛，再也没能醒来。

当日24时，在油田中心医院，按吴吉林的遗嘱，山东省红十字会的医生小心地将他的角膜从遗体上取出——他的眼角膜将点燃另一片光芒。

吴吉林走了，可他却还“活着”——不管是他生的状态，还是他走的姿态，注定定格成永恒……

一

2007年10月7日，一早的天空就被蒙蒙细雨染成灰突突的颜色。

被低烧纠缠近半个月的吴吉林，仍不愿在家休息。妻子王春梅知道拗不过丈夫，只能心疼地把药塞进丈夫口袋里，一句“按时吃药”还没说完，吴吉林就出门了。

当天，吴吉林所在的东辛采油厂原采油34队营451站要开4口新井，又赶上吴吉林带班，“轻伤不下火线”的他不听队长劝告，带着“突击队”上了井，平井场、连流程、调参数、测产量……

吴吉林和同事们一口井一口井地跑，连午饭都是在井上吃的，队长几次劝他回队休息，他总说，“这有啥，忙活忙活发发汗病就好了”。

然而，事情却不像吴吉林想的那样，忙了一天的他，当晚高烧到40摄氏度，连夜送到胜利中心医院急诊，白细胞只有2.0，血小板的指标极低，不好的预兆凝固在医生脸上，吴吉林被转入血液科，接受全面检查。

10月15日，上午10点左右，吴吉林的主治医生在查完房后，走到王春梅身边，示意她出来。医生一路无话，直到走进楼梯间，他才说道："你要有思想准备呀……吴吉林被确诊为淋巴瘤……也许只有三个月到半年的时间了……"

"淋巴瘤"被誉为最复杂的疾病之一，分型复杂，治愈率和控制率极低。而吴吉林所患的"淋巴瘤"种类更是罕见，需要更权威的医学分型和治疗。经主治医生介绍，吴吉林和王春梅来到北京301医院，对病情进一步分型治疗。

在去北京检查的行囊里，吴吉林带上了每天不离手的《采油泵》《抽油杆》等书籍。医生护士不解地问："你都这样了，还看什么书呀？"吴吉林总会回答，"我喜欢这个"。

其实，吴吉林的心底有一个信念："胜利油田出来的人，就算是病人也不能打蔫，也要有'胜利精神'。"那年，他注册的QQ账号就叫"胜利精神"。

二

"咱胜利人个个都是好样的，你可得好好学技术！"刚参加工作时，吴吉林分到东辛采油厂原采油12队工作，母亲生病后，为方便照顾，调到父亲所在采油19队，父子俩成了师徒，同在维修班从事电气焊工作，甭管是在单位还是在家里，父亲总嘱咐吴吉林要用心学技术。

工余的时候，父亲喜欢鼓捣个小设计，拔曲柄销子的工具、弯管机等"小发明"很受工友们喜欢，吴吉林看着眼馋，也开始鼓捣着弄个新玩意。

生病后的吴吉林仍坚持创新，但体力跟不上，设计出来后，却没体力加工零件，干了一辈子电焊工的父亲成了他的“长工”。

“春梅，咱一会儿早点走，先去市场买块酱牛肉、买包炸鱼，再买几斤水果。”周六是去父亲家吃饭的日子，一早吴吉林就嘱咐王春梅先去市场。

“爸，刚才去市场一眼就看着牛肉酱得好，赶紧拿个盘子。”

“得拿两个盘子，这炸鱼也不错。”

……

径直走进厨房的吴吉林见父亲并未跟进来，侧身一瞅，父亲正拿着他随手放在茶几上的零件图纸，“爸，您看这块儿，我昨天……”

“你这病还想不想好了，这次说啥我也不做了，你也安稳歇着。”没等吴吉林走近，父亲一把甩下图纸回到了卧室。

“你不弄，我个人弄!”空气凝固在时间里，浸泡着父子俩的执拗。院里，吴吉林翻弄出工具箱的几块铁板。屋里，父亲背着手来回踱步。王春梅和孩子左右不敢说话。

“这肩膀咋又薄了，脸也瘦了”“一定又是好几天不好好睡觉”“图画得倒是比上回儿好使”“这病还治不治了”……听着院里的动静，父亲走一步想一晌。

“那边儿去!”攥着儿子不知熬了几天才画好的图纸，接过吴吉林手中的铁板，言语的嗔怒很难掩盖眼中的泪水。

三

2010 年，是吴吉林身体最弱的一段日子。

三次脾栓塞手术没能减轻病痛的折磨，原定年底的脾脏摘除手术，因为血项不达标、危险系数高也被临时取消。

可就在这一年，吴吉林在病床上研制的“多功能助抽助效器”在“兖矿国泰杯”全国 QC 质量管理评选中获奖了。

成果发布当天，吴吉林为成果发布小组命名为“胜利精神”，并从 217 项参评成果中脱颖而出，夺得全国一等奖、第 11 名的好成绩。

成果评选大会在四川成都举行，吴吉林动身之前，从网上查到四川省残疾人协会副秘书长覃安富的家庭地址，成果发布刚刚结束，他就乘车赶往覃安富家，因为地理位置不熟，大体位置找到了，但具体哪个门就得挨个找了。长长的胡同里，瘦弱的吴吉林走走停停，实在累了就倚着墙上靠会儿，再不行就蹲在地上歇会儿。

已是初秋时节，仅六条胡同，吴吉林带着一身大汗走了两个多小时，可满身的疲惫在见到覃安富的那一刻全部化解了。

在听完吴吉林的故事后，覃安富也是一脸感叹和欣赏，反复构思，“胜利精神”四个大字一挥而就，覃安富对“胜利”两字的书写不是很满意，但吴吉林却说“这不正像我吗，不是很顺，但会胜利”。

“胜利精神”挂上墙的那天晚上，吴吉林在日记中写下了这样一段话：“……阎王爷有一天不要我，我就要把这一天活得有价值，活得对得住‘胜利精神’四个大字……”

四

北京，301 医院。

“今天最高兴的，《采油泵》快看完了，我学了很多知识，明天争取将最后两节看完，并早日重新再看一遍……”2007 年 12 月 1 日，这是吴吉林第二次用那支公爵牌钢笔。

笔是昨天在301医院附近的一家商场刚买的。拿到“非霍奇金氏淋巴瘤”的确诊通知，吴吉林喊妻子一起出去逛逛，进了商场，径直走到文具柜台，掏出90元钱买了一支公爵牌钢笔。“我从没用过这么贵的钢笔。”攥在手中摩挲了好久，吴吉林抬起头：“今后这段时间，就让它来为我书写新的一页吧。”

写完这篇日记，阳光正巧进屋，透过窗子，洒在富贵竹和小金鱼游来游去的水中，光折射在吴吉林的脸上，像彩虹。

从北京回家后的第一件事，吴吉林用新买的钢笔制定了一份针对自己的“考评表”挂在墙上，考评表以月为单位进行考评，每月的每一天必做的每一件事情，都用一个简练的字来概括。

“练”字代表着在规定时间锻炼身体，风雨不误；“药”字代表着每天要遵医嘱按时服药，不得中断；而“书”字，就是每天必须看书，学习钻研专业知识。吴吉林老觉着自己底子薄，发明创新中蹦出个问题就会绊了自己，唯有不断汲取知识的养分，追求和梦想才会有希望，生命才会不断注入活力。

考评表中还有个“创”字。吴吉林对这个字的解读是：创，是创造和创新的意思，人活着就是要“创”，每天都要“创”，只有创造出价值，生命才会有意义。

从考评表挂上墙的第一天起，妻子春梅和女儿若彤就成了他的监督员，如果吴吉林这一天没按时吃药，没按时作息，娘儿俩就会在考评表上打个“×”；如果吴吉林锻炼了半截又跑回来看书，或是睡下了又爬起来查资料，就打个半对号；只有在严格完成考评计划内容后，才能在考评表上打个“√”。

五

2011 年 8 月 27 日，10 时 26 分。

日光灯凉凉地射进眼帘，不远处有值班护士影影绰绰的身形在走动。脾脏摘除手术昏迷两天的吴吉林，艰难地睁开眼。

“老天爷没要我，我又可以干自己的事儿了。”

“我又活过来了，又胜利了一次。”

之后吴吉林在重症监护室躺了整整 5 天，摘除的脾脏已在癌细胞影响下长到 2.6 公斤重。

手术后第 17 天，吴吉林可以下床活动了，便让妻子拿出带来的厚厚一本《采油工艺》。“只准看 5 分钟!”架不住吴吉林的软磨硬泡，春梅给丈夫拿过书来放在床机上。然后把床摇起来，又在吉林背后垫上被子，让他尽量能看得舒服一点。

刚做完手术的吴吉林，虚弱得一点力气也没有。他左手捂着刀口，右手翻着书，书本厚，手又使不上劲。结果书页刚翻过，接着又合拢，一次、两次、三次……

坐在一边悄悄看着吃力翻书的丈夫，春梅心里又爱又怜，心疼得眼泪“扑簌、扑簌”往下掉，渐渐地，眼前的吴吉林被泪水模糊了，春梅赶紧走出病房。

当王春梅再次走进病房时，吴吉林已经靠在床上睡着了，书正从手边滑落……

六

"半年前在吴师傅家，虽然身体消瘦，但精神很好，给我倒茶，拿橘子吃，聊起病情很乐观。"

"他虽然走了，但仍然用自己的身体奉献着社会、照亮着他人的前程，实在令人敬佩。"

连日来，吴吉林事迹刷爆朋友圈。点击《吴吉林走了，生命最后一刻，他留给了我们……》，短短 1 天时间，300 多条留言犹如散落的珍珠，串起人们对吴吉林的不舍与留恋、钦佩与敬重，串起他平凡而又不平凡的生命故事。

人们不愿相信吴吉林走了，可他毕竟永远离开了。他带着对这个世界的无限眷恋，带着这个世界对他最不舍的呼唤……

梅香如故

三间普普通通的砖瓦房，一个50平方米的小院，坐落在距胜利油田东辛采油厂驻地西北15公里远的荒野中。这就是东辛采油厂营8更9夫妻井驻地，也是薛梅的家。

1972年，薛梅出生在胜利油田一个普通的石油工人家庭。1992年职业中专毕业后，被分配到东辛采油厂当采油工。薛梅的丈夫孙宾是退伍军人，1992年来油田打工后与薛梅相识、相恋并结为夫妻。

1995年，为解决人手不足、职工倒班不便等困难，东辛采油厂将三矿采油1队营8更9井站调整为"夫妻井"站。就是一名职工带一名家属在井站安家护井。

夫妻岗地处偏远，环境艰苦，责任和工作量都很大。驻站家属每月只有150元的补助，仅相当于当时正式职工工资的一半。薛梅和孙宾一商量，觉得吃苦不算啥，再加上小两口能天天在一起，他们就响应了队上的号召，自愿报名看护营8更9站。

二

拨开一人多高的芦苇和茅草，沿着多年巡井蹚出的羊肠小道，在沙土地上深一脚浅一脚，不时驱赶扑面的蚊虫，还要在穿越河沟的两根细管线上颤颤巍巍地走双杠——这是薛梅18年如一日周而复始的工作场景。

一条条通往油井的小路都是薛梅走出来的，每当雨季过后，他们都要来拔芦苇，不然芦苇很快就长高，没法过人。由于常年在这样的巡井路上行走，薛梅的脚严重变形，阴天下雨便疼痛难忍。

按照规定，每隔4个小时就要进行一次巡井和巡线。这样的路线，这样的场景，薛梅一天就要重复6次，一次就要一个半小时，走10多里路。井站附近不仅有大片的坟地，还曾发生过犯罪分子掩埋女尸的事情，特别是到了晚上，到处黑漆漆的。“可再害怕，也得硬着头皮巡井。”薛梅说。

“队上把这井站交给咱管，那是一份信任，咱就得干好。”他们这一干就是18年。

18年来的每一天，他俩把这些井当成了自己的孩子关心，“望、闻、问、切”，像医生一样精心地诊治井况。

说起这些“井娃娃”的事情，薛梅如数家珍：营12-73井不太“听话”，总好出点小毛病，穿孔、堵管线经常发生，每次巡井都要来回看它两遍；营12斜236井就省心多了，不仅检泵周期长，皮带、盘根也耐用，但越是这样，薛梅反而越不敢掉以轻心，生怕粗心得“大病”。薛梅说：井井“脾气”不一样，都得在心里记挂着。

日复一日，年复一年，薛梅到井口仔细查看压力；打开电泵房，查看电流、电压；查看井口有无渗漏，机械运转是否正常，用心听听是否有异常的响动，查看轴承有无毛病，螺丝有无退扣，皮带是否松动。一项项，一环环，一丝不苟。她说：近的一口井在门前的河对岸，刚来时抽油机的响声让她睡不好，后来抽油机不响就会把她“惊醒”。

“丈夫孙宾算得上是没有证的编外‘高级工’，理论和实践水平都不比我差。”已是高级工的薛梅说。为了“伺候”好井站，孙宾这个不在编的“油田人”和薛梅互相学、勤实践，从一无所知成长为管井的行家里手，并且开始琢磨起技术革新。一些别的站上需要队上协助解决的问题，他俩自己就能解决了。营12-138井更是连续4年没有进行作业维修，成了队上的“长寿井”。

1995年，他们刚搬到井站的时候，只有三间小房，别的什么也没有。因为靠近水库，家里很潮。为了遮挡墙皮的掉落，两口子往客厅的天花板上糊了编织袋，在卧室的墙上钉上了三合板。

1996年，两口子用捡来的砖石盖起了厨房。院子里是沙土地面，一下雨就成了稀泥塘。近两年两口子才陆续把院子改造成了石头水泥地面。

“冬天最难熬。”屋里的地面因为潮而结冰，水盆连水一起冻成了疙瘩，睡觉时光是被子就得盖上三层。2010年冬天，矿上给配了采暖设备，基本解决了房间冬天因潮结冰的问题，并给他们换了铝合金门窗和大铁门。

选择坚守，是因为不怕吃苦、甘于奉献的石油传统早就在薛梅、孙宾心里扎了根。薛梅、孙宾所在的采油1队是胜利油田第一支采油队。在接受入厂教育时，他们就听老石油讲过1队的光荣创业史，以及曾夺得全国日产量“状元”的营2井的精神这一“传家宝”。

从部队转业后到油田创业的薛梅的父亲，也经常拿参加石油会战的经历开导薛梅和孙宾，看着父母以苦为乐、精神上的富足，薛梅和孙宾变得更加坚贞与执着。

选择坚守，是因为对“家”里的一切感情深厚。18年来，他们用勤劳的双手种下了一草一木、一砖一瓦。在二人眼里，平平淡淡、快快乐乐才是真。井站、管线、小猫、花狗、柳树、菜园，都成为家中的一员，在两口子眼里都是那么熟悉和亲切，工作的感情，井站的留恋，让他们不忍离开。

18年驻守荒原，薛梅始终觉得，队上把小站交给他们夫妻俩，那是一份信任，就得干好，就得对油井负责，就得像呵护孩子一样管好油井、护好管线。

二

随着原油价格上涨，一些不法分子把目光投向了油井和管线，薛梅看护的油井因为偏僻，成了不法分子实施盗窃的目标。面对偷盗分子的威逼利诱，他们夫妻俩都坚守原则，从不低头，即便是刀架在脖子上也从不退缩、毫不让步，保住了油田财产，护住了国家的原油动脉。

2005年7月的一天，一名喝得醉醺醺的盗油分子在路上拦住了薛梅的丈夫孙宾，把一把菜刀架在了他的脖子上，质问是不是告发了他们。孙宾当过武警，胆大心细，丝毫没有胆怯，义正词严地警告说，他们的职责就是管井，有人到井上搞破坏，他们就得管，就得向队上汇报，把我杀了不要紧，这原油一点也不能动。至今，薛梅说起这件事还有些后怕，很为丈夫担心，但她觉得丈夫做得对，是有胆有识的男子汉。

“我家的东西随便拿，国家的油不能偷。”不仅仅是孙宾面对刀架脖子的威胁，薛梅也曾经多次在井口上斥退前来偷盗的犯罪分子，也受到犯罪分子的威胁和恐吓。孙宾说：“薛梅骨子里的坚强和责任感染着我，我作为丈夫，更要担负起保护薛梅的责任。”

这样的危险不止一次。

2008 年 8 月，又一伙“不速之客”来到薛梅家。那天，一家三口正在吃晚饭。只听得门外响起尖锐刺耳的汽车刹车声。没等他们起身，七八个人涌进了她家的客厅。

领头的一进屋，就高声喊着：“孙宾，我们来找你唠唠嗑。”没等孙宾答话，这些人呼啦啦地各找座位，沙发、板凳上坐满了一圈，没地儿坐的横着眉、瞪着眼，恶狠狠地盯着薛梅一家人。

孙宾见状，给薛梅递了个眼神。薛梅立即明白了，冷静地先带孩子躲到了里屋。

来的人不是剃了光头，就是文了身。领头的发话了：“听说这片井是你们看着的，兄弟们想在这儿发点财，你配合点，到时少不了你那一份儿。要不然的话，后果你知道。”

面对穷凶极恶、几近失去理智的犯罪分子，孙宾不卑不亢、以理应对。“队上让我们两口子管这些井，管的是国家财产。我家的东西你们可以随便拿，国家的油一滴也不能动。”

领头的来之前听说孙宾是硬茬，当下见气势没有吓住孙宾，利诱也没有奏效，只好作罢。现在想想当时如果动起手来，孙宾也有些后怕。

有人曾经劝阻薛梅："你们这么拼命能挣几个钱，哪有这么死心眼的，值吗？"薛梅和孙宾的想法是："这跟待遇高低没关系，看好井、保护好国家财产是我们的责任。"

多年的工作经历，使薛梅和孙宾有着异于常人的警觉。2004 年冬天的一个傍晚，孙宾在家中听到最近的营 12-138 井动静异常。他第一时间冲出院子，快跑到井边时，看到了三四个晃动的黑影。

"一定是有人想偷东西。"孙宾感到胸膛里一阵热血向上翻涌，虽然对方人多，但是孙宾还是一刻不停地冲了上去，边冲边虚张声势："薛梅，后面的人快跟上。"

盗窃分子听闻此言撒腿就跑。孙宾紧跟着一个歹徒追去，这个歹徒看到孙宾渐渐逼近，狗急跳墙，返身向孙宾冲了过来。武警出身的孙宾三招五式就把这个歹徒打趴在地。前面逃跑的一个歹徒见状反身扑了回来，又被孙宾打退，先前被打翻在地的歹徒趁机撒丫子逃跑。孙宾心里牵挂被破坏的井场的情况，没有穷追不舍，赶紧返回了井场。原来盗窃分子正准备盗窃井边生产用的变压器，就被孙宾发现了，他们连福田农用车都没顾上开走，就作鸟兽散了。

2010 年一个夏天的夜晚，三个盗油分子窜到营 12-73 井上准备盗放原油。孙宾和薛梅在家里听到异常迅速往井上跑去。孙宾临出门时顺手抄了一根钢管，他跑到井边，看到三个黑影正在井边晃动，"嘶嘶"的声音正是油气往蛇皮袋子里喷的声音。

一个"黑影"见孙宾到来，提着一个钢撬壮胆，嘴里还忽悠着："我和某某很熟，你可别惹我们。"薛梅和孙宾毫不畏惧地冲上去："不管你们认识谁，我都不能容许你们偷油，放下袋子，赶紧走人。"三个偷油贼畏惧夫妻俩的气势，悻悻地走了。

多年来，薛梅和孙宾的行为得罪了不少偷盗分子。为了报复，偷盗分子趁他俩都出去巡井的时候，偷走过不少他们养的鸡，还毒死过他们养的猫和狗。但这一切都没有动摇他们继续坚守，没有动摇他们保护国家财产的决心。矿上的巡逻队没有忘记薛梅一家这个偏僻的角落，巡逻时常常拐过来看望他们，有时还在她家坐坐，了解一下有关情况。遇到突发事件，给他们报告，巡逻队都以最快的速度过来保护他们，这也给了薛梅一家信心和力量，风雨不动护油井。

自 1995 年住到夫妻井站以来，薛梅和丈夫孙宾悉心管理着 16 平方公里地面上的 5 口油井、2 口水井和 2000 多米的输油管线。18 年来，这个井站已累计生产原油 10 万多吨，目前日产在 13 吨左右，相当于每天从这里开出一辆小轿车。

18 年驻守荒原，薛梅和丈夫一同面对荒凉、困难和威胁，从来没有抱怨，没有逃避，更没有低头，始终坚守信念，像关爱小家一样守护着油井。

三

时光如梭，薛梅和丈夫已由当初的姑娘小伙成为 12 岁孩子的父母，当初在小站种下的柳树苗，如今已经枝繁叶茂，他们依然坚守着当初的诺言，一如既往地呵护着这些早已与他们的生命融为一体的油井。

可是面对亲人时，他们心里则充满了深深的愧疚。

18年来，薛梅和孙宾的心思都围绕着井站转。就连怀孕的时候，薛梅照样深一脚浅一脚巡井，有一次还不慎掉进水库。刚坐完月子，薛梅就坚持投入巡井工作，结果落下了腰椎间盘突出的毛病。

一家三口从没一起回过孙宾的菏泽老家，有时孩子爷爷想孙子了，就到井站来看，或者把孩子放到长途车上捎回去，孩子爷爷在终点车站接着，像“邮寄”孩子一样。“没办法，井站离不开人。”薛梅如是说。

2004年，孙宾在一次帮薛梅巡井时，因下雨路滑摔进了水沟，脑袋里淤了血，医生钻开孙宾的头骨抽出淤血，孙宾才捡了一条命。薛梅为了不影响看井，只好请老家的小姑子赶来照顾孙宾，孙宾也只是在医院住了半个月就回了井站。

大年三十，谁家的父母不盼着儿孙团圆、共迎钟声、喜享天伦。可是18年来，因为工作需要，薛梅从未到7公里外的父母家吃顿年夜饭。孙宾没有回过500多公里外的菏泽老家过个春节。薛梅心中充满了对双方老人的愧疚：“从来没有机会，陪各自的老人听着钟声迎接新年，就是我爸得癌症住院，我也没陪过一个晚上。”

薛梅父亲生病5年期间，14次手术，她也没能陪过完整的一天。直到临终的那天晚上，她哀求父亲，让她陪一晚上。可父亲始终没有松口，说站上离不开人，有事再叫她，最后也没有答应。有人说我不孝，没有尽到一个女儿的责任。可在父亲眼里，干好工作就是对他最大的孝，就是他最孝顺的好女儿。薛梅理解父亲，作为一位老石油，忠诚和奉献是父辈一生的托付，她要用坚定的信念、踏实的工作去祭奠和缅怀天上的父亲。

“不管到啥时候，做人都得凭良心，得知道感恩，都不能丢了信念。”说起小站的变化，薛梅很知足。在她看来，这么多年来，队上没少帮他们，井上不管有什么大活、急活，总是及时帮着处理。矿上的领导和巡逻队员，还经常帮他们巡护油井和管线，给他们壮胆、提气。采油厂也很关心他们，逢年过节，厂领导们都来慰问他们家，还帮他们配上了取暖设施，改造了房屋。油田更给了她很高的荣誉，连续两年被评为油田劳模，还被评为“感动胜利”人物，2013年又被推荐参评山东省劳动模范和“最美劳动者”。

而每当提到儿子，薛梅总是低下头去，眼里噙满泪水，而一米八的硬汉孙宾竟也热泪滚滚。

最让他俩担心的，是偷盗分子在他们年幼的孩子身上打主意。为了防止儿子有危险，从儿子很小的时候，他俩无论白天黑夜都带着孩子一起巡井。一次，井上出了问题，孙宾急忙带着儿子上井，经过一座桥，孙宾在前面走得挺急，不料背后“咕嗵”一声，当时只有四岁的儿子掉进水里了，水面上只剩下一串泡泡。孙宾连忙跳下沟去，还好一下就摸到了儿子，可是因为沟太深，两岸都是泥坡，又软又滑，孙宾托了好几次才把儿子托到岸上去，自己也湿漉漉、一步一滑地爬上了岸。说起这些，薛梅和孙宾眼睛湿润了。

井站地处荒野，没有公交车，距离城市最近的边缘有10公里，最近的小卫生所也得七八里地，薛梅记不清有多少次背着发高烧的孩子看病的情景。

一个夏天的深夜，暴雨倾盆，偏偏这时候孩子发起了烧。薛梅他们觉得天不好，到医院又不方便，便用酒给孩子搓身子退烧，并不断地给孩子多喝水。可不承想，孩子越烧越厉害，体温竟然烧到了40多摄氏度，开始还知道喝水的孩子，竟然没有了反应。这时候，薛梅两口子害怕了，找车找不到、打车又不可能。最后，薛梅将孩子用纱巾紧紧地绑在丈夫的背上，她在旁边撑起雨伞，在漆黑的夜里深一脚浅一脚，一步一挪，趺趺撞撞，才把孩子送到医院。此时，他们也累虚脱了。

跟很多油田孩子不同，儿子在荒野中度过自己的童年。小狗、小猫是他的玩伴；泵房边、管线旁，是他嬉戏的场所。有时邻近的村子大年夜放烟花了，夫妻俩就帮孩子爬到屋顶上看，给孩子增添一些欢乐。

为了给儿子添些乐趣，孙宾自己动手焊制了篮球架，虽然篮板比标准篮板的一半大不了多少，场地还是坑洼不平的砖地，但这已经让儿子在梦里笑醒了很多回。

艰苦朴素的环境，让儿子比同龄的孩子踏实、懂事，他不追求穿名牌，自己能做力所能及的家务。但是 12 岁的孩子再懂事，也忍不住向爸爸提出：“爸爸，你什么时候带我出去玩玩呀，因为我的游记作文从来都没有写过远处的旅游，尽是在咱家周围转悠。”

“离开这里”，曾经是 12 岁的儿子最大的愿望。“提升自己，尽快向党组织靠拢。”薛梅的这个愿望已经在心里埋藏了 20 年。“再有 11 年，等薛梅退了休，我们一定找个出门就有柏油路的地方住住”，这是孙宾朴实的愿望。

“没有花香，没有树高，我是一棵无人知道的小草。”在薛梅家墙壁的小黑板上，《小草》的歌词似乎正是他们一家生活的写照。

梅香如故。18 年驻守荒原，很多的夫妻岗都陆续撤了，他们夫妻俩却依然留在这里，平静地守着荒凉，守着寂寞，守着那份“为油井负责一辈子”的信念。

胜利“天问”

引子

习近平总书记指出：“科技是国之利器，国家赖之以强，企业赖之以赢，人民生活赖之以好。中国要强，中国人民生活要好，必须有强大科技。”

胜利油田的发展史，就是一部科技创新史。数十年来，胜利油田持续推动大幅度提高油藏采收率技术攻关，先后推动实施化学驱项目 78 个，勘探地质储量 5.6 亿吨，累计产油 7200 多万吨，累计增油3400万吨，折算吨聚合物增油28.1吨。如今，胜利油田化学驱已经成为提高资源利用率、提高采收率、增加可采储量的“撒手锏”技术。

科技创新承载发展希望，持续超越成就胜利梦想！化学驱的胜利奇迹如何写就，胜利人一直在探索与追问——

春天的黄河口，到处生机盎然。适值“五一”国际劳动节，一档《胜利家庭会——牢记嘱托话未来》的谈话类节目竟刷爆了朋友圈。节目到底有多精彩？对于不熟悉油田领域的人们来说，或许这是天书般的存在，甚至还有一些生涩难懂，根本谈不上多么精彩。可它却实实在在流转在朋友圈里，成为节日里最引人关注的话题。

毋庸讳言，生于斯、长于斯、奋斗于斯的胜利人，自然对这档节目有着不一样的感情。他们仿佛从中听到了一代代胜利人锵锵而行的足音，犹如看到了一代代胜利人踔厉奋发的状态，更像是读懂了胜利人对美好未来的憧憬与希冀……

当时，中国石化高级专家曹绪龙把一些瓶瓶罐罐带到了节目现场，而瓶瓶罐罐里装着一些类似洗衣粉一样的白色粉末。

这些粉末是什么？

轻轻地拿起来，感受不到有多少分量，似乎比等量的洗衣粉还要轻一些。但就是这些粉末，这些看似普普通通的粉末，却吸引了数万观众的眼球。

驱油剂！驱油剂！！驱油剂！！！

呈现在观众面前的粉末，就是胜利人具有自主知识产权的驱油剂干粉。看似不起眼的物质，却承载着胜利人数十载的探索，凝成众人心血的结晶，有着沉甸甸的分量。

2021年6月，“一种部分支化部分交联聚合物驱油剂及其制备方法”荣获中国发明专利金奖。

看似普通的粉末，何以支撑起金灿灿的奖牌？带着疑问，走近与这些粉末有关的人与事，在抽丝剥茧中打开了胜利记忆。

这项殊荣，已不是人们眼中的一纸奖状、一枚奖章、一个称号、一尊奖杯或一面锦旗，而是一个团队或者胜利人沉甸甸的奋斗果实，是一段奋斗历程的写照和辛勤汗水浇灌出来的幸福之花；是气度、担当和责任支撑起的崇高信念，是国家和社会给予的肯定、鼓励和表彰，书写出胜利人一个甲子的向天而问。

问道，何由考之？

问道胜利油田化学驱，从哪里追溯，又从哪里产生？“让历史告诉未来。”说起胜利油田化学驱，勘探开发研究院采收率试验室经理元福卿特别崇尚这句话。在他的眼中，胜利油田化学驱不仅承载着胜利人的过去，也传递着胜利人的辛酸苦辣，更诉说着胜利人矢志探索的执着与坚韧。

直面化学驱，不得不陈述一个概念。实在是难以用更文学的语言描述，只能以百度百科的叙述以记之：化学驱，又称改型水驱化学法，是指向注入水中加入化学剂，以改变驱替流体的物化性质及驱替流体与原油和岩石矿物之间的界面性质，从而有利于原油生产的一种采油方法。

化学驱主要包括聚合物驱、聚合物/表面活性剂二元复合驱、表面活性剂/聚合物/碱三元复合驱等，所使用的药剂为聚合物、表面活性剂、碱以及其他辅助化学剂。

……

其实，追溯胜利油田化学驱的历史，可以说它与时代同步同向而来，与胜利发展同步同向而行。智慧的胜利人、睿智的胜利科技工作者，让生涩难懂的化学驱变得一目了然，并且为其赋予了灵性、赋予了更加纯洁而高尚的灵魂，让它有了更深远的精神和文化内涵。

20 世纪 40 年代以前，我国的油田开发主要依靠天然能量开采，其采收率仅仅在 5%～10%，这个阶段也称为一次采油。这反映了早期油田开发技术水平比较低，90%左右的探明石油储量留在地下采不出来。

随着渗流理论的发展，人们认识到：一次采油采收率低的主要因素是油层能量的衰竭，于是便有了人工注水、注气，保持油层压力的二次采油，使油藏采收率提高到了 30%～40%；二次采油是世界上各大油田的主要开发方式，标志着油田开发技术的一次大飞跃。

“二次采油仍有 60%至 70%的剩余油留在地下。”为适应油田开发需要，老一辈胜利人像国内外石油工作者一样，坚持把提高采收率作为永恒的目标，进行着大量的室内研究，加速着三次采油的探索。

“三次采油远不同于二次采油。”元福卿 1984 年大学毕业，便与化学驱结下不解之缘，可谓目睹了二次采油到三次采油的发展变迁。元福卿介绍，二次采油是依靠人工补充油层能量的物理作用提高采收率，而三次采油方法是在注水保持油层压力基础上，又依靠注入大量新的驱油剂，改变流体黏度、组分和相态，具有物理、化学的双重作用，不仅扩大注入水波及范围，而且能把分散的、束缚在毛细管般孔喉中的残余油重新聚集而采出来。

1979 年，原石油部将三次采油列为我国油田开发十大科学技术攻关项目之一。当时，我国组织科技工作者进行技术调研，并积极推动与国外的技术合作，揭开了我国三次采油高速发展的序幕。

回望胜利化学驱，曹绪龙是重要的参与者、探路者，更是创造者、见证者。1973 年，曹绪龙参加工作，近 40 年一直从事化学驱研究。拜访曹绪龙时，油田群团工作部有关人员正与曹绪龙在办公室对接《胜利家庭会——牢记嘱托话未来》特别节目录制事宜。

“我一辈子只干了一件事，还没有干好！”我们在曹绪龙办公室外等待的间隙，传出他谦和而低调的声音，仿佛一下子明白了化学驱的内涵。胜利油田一代代化学驱团队，在默默探索与耕耘中托起了化学驱技术的数度跨越发展。

“我是一个有福之人，承担了胜利化学驱老前辈和后面年轻人的桥梁作用。”曹绪龙娓娓讲述着胜利油田化学驱的历史过往。20 世纪 60 年代那会儿，老前辈们就很有眼光，把提高采收率作为永恒的目标，贯穿到油田开发全过程。“搞开发，就是把地下的资源最大程度拿出来，化学驱就是干这个事的。”

曹绪龙说，胜利油田勘探开发研究院成立之初，当时研究的方向叫稠化水，把水弄得黏黏糊糊再注到地下，搞了一些瓶瓶罐罐的实验。虽然都没有成功，可老一辈胜利人却毫不气馁，信念坚定地坚持着、坚持着，坚信化学驱一定能够突破，一定能有用武之地。

1982 年，我国对国外五个主要石油生产国十余种三次采油方法筛选标准进行了综合分析，相继对我国 23 个主力油田进行了三次采油方法粗筛选。

1984 年，开始在大港、大庆、玉门等油田进行聚合物驱油、表面活性剂驱油的国际技术合作，为我国在较短时间内吸收和掌握当时的国际三次采油技术创造了条件。科技是国家强盛之基，创新是民族进步之魂。谁牵住了科技创新的牛鼻子，谁就能占领先机。伴随着我国科技的发展，胜利油田坚持科技创新，在科技创新的赛场上奋起直追、力争超越，化学驱技术发展保持着高度自觉。

历史沉寂在过去的年轮里，可胜利人的记忆一直深刻，情怀不变，梦想犹在。正如曹绪龙所说，正是有了老一辈胜利人的“板凳坐得十年冷”，才有了一代代胜利人的坚持与坚守，才有了化学驱的今天和明天。

其实，无论历史走多远，人们都没有忘记胜利油田化学驱先行者的拼搏奋斗，更没有忘记他们留下的宝贵精神财富。走进化学驱，走进以化学驱为业的胜利科研人，化学物质似乎变得有了灵性，赋予分子结构以灵魂，甚至有了精神和文化的内涵。从小处说，化学驱与提高油藏采收率有着明确的关联；从大处说，化学驱的发展与胜利油田、与石油工业、与国家的能源安全相关联。随着时代的发展，化学驱技术发生了翻天覆地的变化。驻足有着一甲子发展历程的胜利油田，化学驱油技术成为其中的亮丽名片。

胜利化学驱的发展与时代有关，与科技有关，与胜利人的奋斗有关。在胜利人一甲子的探索里，胜利化学驱书写了跟跑、并跑、领跑的跨越，记录了胜利科技的发展历程。从历史中走来，胜利人对化学驱的探索，昭示着他们今天孜孜以求的奋斗，更昭示着他们大幅度提高采收率的美好追求！

天问，谁能及之？

胜利油田的地质世界可谓光怪陆离，充满了太多的迷幻和神奇的色彩。这里被誉为“石油地质大观园”，地质构造极为复杂，断层密布，落差悬殊，像“一个盘子摔在地上、摔得粉碎、又被踢了一脚”，其复杂程度可见一斑。

胜利油田“一分为二”认识断层，破除“断层有害”论，像查“楼房”、查“房间”一样，搞清断层和油层的特点，高水平、高效益地勘探、开发了东辛、滨南、河口、临盘等地区的复杂断块油田。

提高采收率是石油人永恒的追求。自胜利油田发现以来，胜利人始终对提高采收率充满了遐想与憧憬。这或许是在弹性开发阶段，胜利人就推动化学驱研究的动因所在吧。石油作为不可再生的化石能源，提高石油采收率对于世界石油工业来说，有着十分重要的意义。

从国内外油田开发历史来看，许多水驱开发油田已处于开发后期，采收率不高的问题普遍存在。剩余石油储量的挖掘具有巨大的潜力，最大限度地提高油藏采收率，成为现代石油工程与技术发展的趋势。

20 世纪 20 年代，美国就发明了注碱水提高采收率的专利；60 年代，他们将稠化剂由最初的纤维素改为用聚合物，并提出了对三次采油技术有较大影响的胶束驱。

1964 年，美国进行了聚合物驱现场试验，并在其后的 6 年时间里进行了 61 个油藏的聚合物驱，其中有 10 个试验结果令人欢欣鼓舞，采收率增值最高的达到 8.6 个百分点。由此有力地证明，聚合物驱可以成功地应用于油藏特性和流体性质范围很广的油田。

到 1985 年，美国共进行聚合物驱矿场试验 183 次，试验区内原油黏度的变化范围在 0.3～160 毫帕·秒，成功的试验项目占 31%，有经济效益的项目占 56%，聚合物驱采收率提高值一般小于 5%，主要原因是聚合物用量小。

除此之外，聚合物驱在苏联的奥尔良油田和阿尔兰油田，加拿大的 Horsefly Lake 油田和 Rapdan 油田，法国的 Chatearnard 油田和 Courtenay 试验区及德国、阿曼等都进行了工业性试验，聚合物驱成为提高采收率的重要技术方向。

谁掌握了前沿技术，谁就能把握住能源发展的主动权。为追踪国际提高采收率前沿技术，新疆克拉玛依油田率先推进了提高采收率研究，并于 1958 年开始研究火烧油层。20 世纪 60 年代初，大庆、胜利油田一投入开发，就开始了提高采收率研究，先后开展了混相驱、聚合物驱、胶束驱和微生物驱等技术的研究。

“敬佩老前辈们的超前眼光。”谈及化学驱的历史，曹绪龙多次提及老一辈石油人的超前意识，很是感动于他们在“冷门”上的艰难跋涉。他说，1964 年 7 月胜利油田就成立了开发试验室，研究采收率的只是里面的一个组，包括化学驱、气驱、微生物等好多方向，现在的采收率试验室只是继承了化学驱的部分，已发展成为集应用基础研究、驱油方法开发、产品研制、方案设计与数值模拟、矿场动态跟踪与调整、注采水质控制于一体的综合研究试验室。

二十世纪六七十年代，老一辈胜利人虽开始了化学驱提高采收率的技术攻关，但由于胜利油田油藏条件复杂，开展化学驱三次采油曾饱受业内质疑。他们坚持解放思想、自力更生，开辟了一条不寻常的创业创新之路。

1989 年，胜利油田曾先后邀请几家外国石油公司来油田开展聚合物驱试验，一番考察下来，他们很快就知难而退了。外国专家临行前，给化学驱在胜利油田的应用判了“死刑”。外国专家认为，胜利油田化学驱油藏地层温度高、地层水矿化度高、原油黏度高，严重影响驱油剂选择，而且严重影响驱油效果，在这样的条件下开展大规模化学驱无疑是挑战极限。

胜利油田没有放弃，胜利科研工作者没有放弃，反而憋了一口气要开展好化学驱研究。面对“先天不足”的权威论断，胜利油田科技工作者不盲从、不放弃，默默地开展室内研究。实验人员为掌握现场的第一手资料，人随钻头走，挑着简易设备步入井场，凝练形成的“货郎担精神”成为精神引领。

1964 年，胜利油田会战打响了，首战东营拿下胜坨后，大战“通、王、惠”拉开序幕。10 多台钻机轰鸣，急需快速、准确地确定地层层位、完井井段，而当时必须依靠岩石矿物标志分析。如果把岩屑长途跋涉送到基地分析鉴定，就会贻误战机。于是，胜利油田的地质工作者主动挑起担子，走出试验室。他们一头挑着显微镜，一头挑着简易磨片设备，用手工代替机器磨制磨片，深入现场分析化验。不论是严冬酷暑，还是白天黑夜，只要接到通知，他们就挑起“货担”，或沿路搭车或徒步行走，直奔现场。“货郎担”的出现，及时解决了生产中的地质难题，确保了钻井工作正常运行。

东营地区属于典型的盐碱地带，当时工人住的是“干打垒”，吃的是窝窝头，工作条件和生活条件十分艰苦。在大战坨 21 井的日子里，正值隆冬季节，为了尽快卡准层位，地质工作者吃住在井场，随时准备现场化验。一天夜里两点多钟，他们忽然接到调度的化验通知。于是，他们立即挑起扁担，赶到泥浆池边捞取新钻的岩屑样品，立即进行简易的人工磨片。

一片、二片、三片……腿脚冻麻了，手指磨烂了，殷红的鲜血与砂浆凝在了一起，刺心地疼痛，但是那磨盘上的双手却仍在灵活转动，直至将岩石薄片磨到了 0.3 毫米的厚度，然后放在显微镜下细心鉴定……时间一直持续到次日中午时分，目的层岩矿标志终于被发现了，“货郎担”们高兴得大声呼喊：“找到目的层了，可以停钻了。”于是，井队工人们一齐涌到“货郎担”跟前，欢呼着、雀跃着，自豪之情溢于言表……

1965 年 4 月，胜利油田召开表彰大会，科研工作者的“货郎担”精神受到表扬，参战人员披红戴花。从此，“货郎担”美名传扬，“货郎担”精神也在科技工作者心中扎下了根，成为科研攻关的精神滋养。

20 世纪 80 年代末，胜利油田许多老区采出液含水率大幅度提升，采收率不高，这意味着老区还有很大的开发潜力，亟须探索出新的开发路径。胜利人知道，一项化学驱油技术的诞生，要经过室内研究、单井试验、先导试验、推广应用等一系列重要环节，每个环节都要克服诸多不可预知的困难。

物资条件匮乏的年代，矿场条件简陋，配注设备短缺，国产聚合物的生产缺乏干粉造粒工艺，运到现场的是聚合物胶块。没有粉碎机，他们就用剪刀剪成碎末，每个人的手都磨出了血泡；实验材料不足，他们就千方百计从现有材料中寻找替代品；没有可以借鉴的经验，就从最基础的实验方法入手，逐项测验调试。

历经“二十年磨一剑”的艰辛，胜利人终于成功筛选出来适合胜利油藏条件的聚合物。1992 年在孤岛油田投入现场先导试验。孤岛安静地坐落于黄河三角洲盐碱滩涂，黄河故道神仙沟在其旁缓缓流淌。

历经沧海桑田，不毛之地变成宜居宜养的现代化石油工业小镇，成为黄河三角洲上一颗熠熠闪光的绿色明珠。孤岛油田曾创出连续 39 年产油保持在 300 万吨以上的佳绩，连续六次被评为全国“高效开发油田”，如今年产原油仍在 230 万吨以上。

时光定格在1992年。孤岛油田含水率突破90%后，自然递减加剧、产量开始下降。其后6年时间里平均年递减21万吨。常规注水开发，显然不能满足开发需求。此时，孤岛向三次采油张开怀抱，聚合物驱油技术开始落地。面对高含水、可采储量高采出程度、高剩余油速度“三高”问题，孤岛采油厂为改善流度比，扩大波及体积，在中一区馆3单元开展聚合物先导试验。

国庆将至，祖国各地国旗飘扬、花团锦簇，节日氛围日渐浓厚。1992年9月28日，临近国庆的孤岛，因为国家“八五”重点科技攻关项目——孤岛中一区注聚合物试验站的投产，让正要迎接节日的孤岛平添了更多的喜庆。

“聚合物注到地下，如何注、注多少、注多长时间，这些在室内经过上千次试验、论证的问题，一进入演习阵地还是会出现意想不到的困难。”孤岛采油厂油藏动态分析专家王宏说，聚合物驱油技术能在孤岛发挥能量，离不开胜利油田主动拥抱技术迭代，“思想认识不停、攻坚克难不停”的执着。她说，正是胜利科技工作者的反复研究与实践，才推动了聚合物驱油技术在胜利油田生根发芽、开花结果。为保障化学驱发挥效用，孤岛采油厂还自主研发了十大配套技术，聚驱后累计增油20.6万吨，提高采收率8.5%，翻开了孤岛聚合物驱提高采收率的新篇章。

2022年，适值孤岛采油厂应用化学驱技术30年，从王宏的话语里透出她发自内心的自豪。位于黄河尾闾的孤岛油田，自1992年作为胜利油田第一家聚合物驱先导试验区块取得成功以来，整整走过了30年化学驱开发之路，累计投入化学驱储量2.5亿吨，为国家贡献原油4014万吨、增油1869万吨，提高采出程度16.1%、提高采收率7.5%，成为中国石化最大的三次采油基地。

不只是孤岛采油厂的王宏心潮澎湃，孤东采油厂地质研究所副所长陈芝孝同样信心满怀。他说，自 1994 年 11 月到 1997 年 7 月，孤东油田七区西 Ng52+3 北部进行了聚合物驱工业性扩大试验，为聚合物驱油技术的工业性推广应用积累了矿场经验，并发展成为一项成熟、经济的提高采收率技术。

“九五”以来，孤东采油厂逐步扩大推广应用规模，相继投注八区、七区西 Ng52+3 南部、七区西 Ng54-62 北部、七区中、六区东南部、二区等区块，化学驱进入大规模工业性推广应用阶段。目前，胜利油田东部老区每年自然递减率达 6%以上，而孤岛历经 28 年，综合含水率仍控制在 93%以内，采收率达到 45. 3%。老油田保持了高效发展的“年轻态”，功不可没的化学驱繁荣了一座美丽富饶的石油小镇。化学驱之美，包括聚合物驱技术牵动的石油之美，在胜利大地上绚丽绽放!

攻坚，岩何越焉?

习近平总书记强调，科技成果只有同国家需要、人民要求、市场需求相结合，完成从科学研究、试验开发、推广应用的三级跳，才能真正实现创新价值、实现创新驱动发展。

科技之路从来不是一片坦途。胜利油田化学驱的道路上或许有沟有坎，或许有着一个个横亘在面前的艰难险阻，但胜利人迎难而上不停步，以创新实践实现了“三级跳”的一个又一个连环，不断续写出化学驱的传奇。

有人曾算过这样一笔账：我国老油田的采收率每提高 1 个百分

点，就可增加可采储量1亿多吨，相当于发现一个5亿吨级的大型新油田。作为能大幅提高油藏采收率的化学驱三次采油技术一直备受瞩目。

然而，任何技术都不能一劳永逸，聚合物驱油技术也不例外。要更大幅度提高油藏采收率，迫切需要寻求新的更为高效的驱油方法，于是，“聚合物+表面活性剂”的二元复合驱进入科研人员“十五”攻关视野。

胜利人对复合驱油技术并不陌生。早在“七五”后期，科研人员便着手复合驱的室内研究，于1992年在孤东油田进行了我国第一个“聚合物+表面活性剂+碱”的三元复合驱现场试验，于1997年在孤岛油田进行了常规井网三元复合驱扩大试验，均取得重大突破。

如果说胜利聚合物驱油技术从横空出世到日臻成熟，是胜利油田化学驱三次采油发展史上的一个传奇，那么胜利油田二元复合驱技术则是胜利油田科研人员续写的另一个传奇。过去，胜利人凭着“没有条件创造条件也要上”的精神，探索形成了独具胜利特色的聚合物驱油技术。到2005年6月2日，已结束的4个注聚单元平均提高油藏采收率7.3%，累增油突破1000万吨，一举获得中国石化科技进步一等奖。

一山放过一山拦。令人遗憾的是，胜利油田储层水具有高矿化度的特点，其中丰富的钙、镁与三元复合驱中的碱结合产生沉淀，严重的结垢问题成为三元复合驱难以推广的“致命伤”。

“聚合物+表面活性剂+碱”的三元复合驱油体系具有水驱后大幅度提高采收率的功效被业内所公认。但其中大量碱的存在，直接导致注采系统结垢、产出液难以处理、储层伤害等诸多困境，如同“高尔丁死结”横亘在胜利人面前。

“高尔丁死结”，是西方的一个寓言故事。传说，谁能解开奇异的“高尔丁死结”，谁就会成为亚洲王。所有试图解开这个复杂怪结的人都失败了，后来轮到亚历山大，他想尽办法要找到这个结的线头，结果还是一筹莫展。他说：“我不能跟在别人后面亦步亦趋，我要建立自己的解结规则。”于是，他拔出利剑，将结劈为两半，找到了解结的新路子，成为亚洲王。

开采多年的油田要想大幅度提高油藏驱油效率，就必须将油水界面张力降至超低的水平。如果有碱的作用，这一问题并非难事，但对于无碱驱油体系来说，这就是一个亟须解决而又未能解决的国际难题。

当胜利人悄然躬身二元复合驱之时，中国石化集团公司果断做出决策：2003 年 2 月启动了 6 个油田开发重大先导试验项目，推进探索提高老油田采收率新技术，以期形成技术储备，保障老油田持续稳产。胜利油田一马当先承担了 4 项课题，“孤东油田七区西南部 Ng54-61 层二元复合驱油先导试验”位列其中，这无疑为科研人员全力开展二元复合驱研究铺平了道路。

理论上讲，二元复合驱油既具有聚合物驱的优势，又有表面活性剂驱降低油水界面张力、提高洗油效率的功效。但二元复合驱较之三元少了“碱”的作用，现有的表面活性剂降低界面张力的能力不尽如人意。如何仅靠表面活性剂使原油水界面张力再下降 4 个数量级达到 10^{-3}mN/m，把残余油“强洗出来”，则成为困扰胜利油田乃至石油界的另一个难题。

作为无碱二元复合驱研究的先行者，一切都得靠自己摸索，“使油水界面张力下降 4 个数量级”，就像一座山压得胜利科研人员有些无所适从。曾有一段时间，研究人员把市面上上百种表面活性剂全部搜刮来一一测试、一一筛选，希望找到理想的产品，结果一无所获。

在经过“碰运气”的盲动之后，科研人员意识到，必须从基础研究做起，明晰分子构效关系，搞清致效机制。于是，聚合物与表面活性剂如何作用、表面活性剂与原油如何作用、表面活性剂中的主剂与助剂如何作用等一系列研究相继展开，但一直难以找到突破口。

山重水复疑无路，柳暗花明又一村。一次，曹绪龙在医院看到大夫开药方的瞬间，让他有了灵感，医生可以配药方，复合驱为什么就不能配活性剂产品？沿着这一思路，科技工作者以分子模拟为重点，通过成千上万次试验，提出“油剂相似富集，阴非加合增效”的驱油剂加合增效理论，配套形成无碱二元复合驱油技术，终于攻克了这一国际难题。

研究是细微而艰苦的，如何让化学剂分子排布达到理想状态，常让科研人员食不甘味、夜不能寐。在经过理论计算、分子模拟和科学实验后，科研人员逐步摸清了降低油水界面张力的关键所在，纷繁复杂的配方设计逐步清晰顺畅起来，以胜利系列石油磺酸盐产品为主剂的二元复合驱油体系浮出水面。

正是有了对创新的执着，胜利油田相继突破了二元复合驱数值模拟、复合驱分层注入、二元复合驱开采动态评价、驱油剂跟踪分析等一系列关键技术，形成了集成配套，困扰国内外化学驱油界的“高尔丁死结”迎刃而解。

“我们是站在前辈的肩膀上。”曹绪龙深有感触地说。正是因为胜利人在三元复合驱积累的宝贵经验，成为国内“第一个吃螃蟹”的创新者，使二元复合驱进入真枪实弹的矿场试验。

当各大油田三次采油攻坚战愈演愈烈之时，胜利油田传出捷报：一种新的更为有效的三采技术——二元复合驱油技术获得突破，提高试验区采收率18%。2003年，孤东七区西南Ng54-61层进行的二元复合驱油先导试验，是中国石化重点科技先导试验项目，也是国内首例二元复合驱油项目，为探索研究无碱体系的复合驱油技术在胜利油田的应用与发展提供了良好的技术储备。

细雨润无声。二元复合驱矿场试验降水增油效果明显优于聚合物驱。试验区含油面积0.94平方公里，地质储量277万吨，日产油由试验前的27吨升至172吨，综合含水由97.8%降至68.8%，提高采收率18%。

变化让胜利人欢欣鼓舞，二元复合驱工业性扩大试验迅速展开。2006年6月，在孤东六区Ng5-6单元开展扩大试验。2010年开始，相继在孤东六区Ng3-5、七区西Ng54-61、七区西Ng41-51和八区Ng3-4共四个单元推广实施，覆盖储量3595万吨，提高采收率10个百分点以上，孤东油田成为二元复合驱技术应用的典范。

截至2021年底，胜利油田二元复合驱油覆盖地质储量1.9亿吨，累计增油超过1000万吨，增加可采储量2300万吨，提高采收率12%以上。人们高兴地感叹：二元复合驱技术成为三次采油的一次“创举”，成为世界化学驱领域的“亮丽名片”。一位资深院士评价称：“胜利油田二元复合驱油技术推动了复合驱油技术的进步，具有很高的推广应用价值。”

创新永远，胜利永远。在大幅度提高油藏采收率的征程上，胜利人始终在创新的路上不懈登攀，不断续写着新的传奇……

挑战，孰能克之？

“挑战极限创新无限”，8个大字挂在胜利油田勘探开发研究院采收率试验室进门的墙上。当读出这8个字时，试验室党支部书记李德庆脸上的表情凝着深刻与坚定，给人无限的启迪、给人向上的力量。

或许正是这种“挑战”的精神，让胜利油田化学驱一路走来，实现了从无到有的突破，实现了从聚合物驱技术到二元复合驱技术的超越，实现了从跟跑到并跑再到领跑的跨越。在李德庆的眼中，“聚焦国家能源安全，聚焦原始自主创新，助力油田高质量发展”，他们有着义不容辞的责任，就是要敢于接受挑战、勇于应对挑战。

其实，他们一直在挑战，挑战权威、挑战自我、挑战复杂的地质条件。那么，陆相碎屑岩油藏石油采收率60%，孰能克之？只要路是对的，就不害怕遥远。胜利人从来没有畏惧过攻关的艰辛，一直在挑战极限的路上激情跋涉。现在，胜利油田的整体采收率为28.2%，而71.8%的储量还在地下。如果采收率每提高1个百分点，就相当于发现了一个亿吨级的大油田！如果把平均采收率提高到50%，就相当于重建了一个胜利油田！全国老油田平均采收率只有35%，老油田采收率每提高1%，就相当于每年增加上千万吨可采储量！

时光荏苒，经历注聚的荣光后，含水再次上升的问题成为胜利人躲不过、绕不开的又一道坎。科技创新既要敢于“顶天”，面向世界科技前沿，致力于未来发展；又要善于“立地”，面向能源发展需求，赢得发展的主动。创新的胜利人激情澎湃、壮怀激烈，开始了“顶天立地”的挑战。

非均相复合驱技术，是胜利油田针对聚驱后油藏进一步提高采收率而研发的一项全新化学驱技术。“它最大的特点是固相、液相同时存在于一个驱油体系里，是非均相的，就像小米粥里有液体也有颗粒。”曹绪龙形象地比喻非均相。

这种颗粒不是一般的颗粒——它并非来自天赐，而是胜利人潜心研究发明的成果。水驱二次采油、化学驱三次采油，技术的力量改变了油藏的孔喉通道。有的孔道越来越宽大，犹如在地下世界形成了“高速公路”。用专业术语来说，油藏非均质性变强了。水、驱油剂越来越喜欢走那里，“小路”边上低渗透区的油藏无法得到有效波及，采出液含水越来越高，含油越来越少。一增一减间，效益不见了踪影。

如何攻克这一难题？堵住“高速公路”，迫使驱油剂去走“小路”，是业内普遍采用的办法。至于怎么堵，各有各的招数。“驱油过程就像扫地，扫不到的地方灰尘停滞不动，扫到了但不用力，还会留下很多灰尘。驱油也是这样，不仅要波及，还要提高驱油效率。”曹绪龙说。结合注聚后的油藏特点，既能把岩石壁上的油驱赶出来，又能把形成的大孔道给堵住，迫切需要一种能边运移边封堵大孔道的堵剂。

想象的翅膀扇动起科技创新的劲风。2003 年，胜利油田创新性地提出了黏弹性颗粒驱油剂概念——同时具有黏性和弹性，能封堵住孔道，又能变形通过。这种新型黏弹性颗粒驱油剂，分子结构要同时具有支化结构和交联网络结构，在分子结构设计、引发体系和聚合工艺等方面都面临着巨大挑战。胜利油田找到了国内高分子合成名校四川大学黄光速教授团队。2007 年，通过多功能团引发、控制交联度，形成三维网络与高分子支化链共存结构的黏弹性颗粒驱油剂 B-PPG 设计并合成，产研结合成功落地。专家表示，创新性地合成制备出一种部分交联并含有大量支链的黏弹性颗粒驱油剂，具有突出的新颖性和独特的创造性。

B-PPG 具备了设想中边运移边封堵大孔道的增油机理，但它的发明不过是万里长征走出了第一步。工厂放大实验能否成功，才是决定它是否具有工业化应用价值的关键。就在那时，当时还是在读研究生的胜利油田勘探开发研究院采收率试验室副经理姜祖明与 B-PPG结缘。

早上一上班，称量药剂，进行充氮反应，氧化还原，每隔 5 分钟记录反应温度；反应结束后冷却，把形成的凝胶取出来剪碎，烘干，粉碎，筛分，测试性能——任何一个实验因素发生变化，姜祖明就要按照这样的步骤再次实验，而实验过程中还伴随着这样那样的失误。

用药正确，用量准确，火候恰当，熬制时间恰如其分，方能熬出一剂良药。姜祖明与团队的伙伴们，经历上万次失败，只为找到最优的工业化生产配方。失败和枯燥之外，还有风险相伴。姜祖明至今还记得，第一次进行工厂放大实验，压料时产品在反应釜中产生了轰隆隆的巨响。没有经验的他们，吓得纷纷逃离了现场。

“实验室里用的剂量很小，比如引发剂，用量只有毫克级别。而到了工厂里，用量是千克级别的。从试验室到工厂，反应产生的热量、热的传递速度等变化，不是所用剂量乘以一个倍数那么简单，复杂程度几何倍数增加。”说起黏弹性颗粒的研发，姜祖明仿佛像一个陀螺，从试验室到现场，再从现场到试验室，一直在跋涉的路上、求索的路上。

实验室里，姜祖明模拟了一个"黏弹性颗粒"膨胀的实验。搅拌器在量杯中快速地旋转着、旋转着，水中的颗粒慢慢膨胀，逐渐与水融合在一起，慢慢地，量杯里的溶液越来越黏稠，凝结在搅拌棒的周围，形成了一个向上盛开的喇叭花，而更确切地说应该更像一个旋转的立体的奖杯，这旋转的"奖杯"不正象征着胜利科技的高度吗？

经历无数次失败，不断总结经验，不断调整与完善。当一釜实验完成，测试得到产品性能，显微镜下心心念念的一幕发生了——B-PPG颗粒遇水溶胀，封堵住了孔道；持续注入溶液，压力增大到一定程度时，它变形通过了孔道。

然而，PPG洗油能力不强的问题仍然难以突破。"化学驱有点像洗衣服，加入表面活性剂起到类似于洗衣粉的效果，帮助石油从岩石上脱落下来，从而增强洗油能力。"元福卿说，为增强洗油能力，胜利科研团队设计出"B-PPG+聚合物+表面活性剂"的非均相复合驱油体系。

B-PPG以优异的黏弹性能、运移性能、调驱性能，扩大驱油剂在油藏里的波及范围；表面活性剂则以良好的热稳定性、界面性能、洗油能力，把石油更多地从岩石上洗下来；聚合物以优良的流变能力、抗剪切能力、增黏性能，进行驱油剂的流度控制。

大模型物理模拟实验结果表明——聚驱后使用这种驱油体系，最终采收率达到67.4%，比水驱提高采收率22.2%，比聚驱提高采收率13.6%。实践是检验真理的唯一标准。从室内试验到矿场应用，一场将被定格在石油工业史上的先导试验呼之欲出！

胜利人果敢而坚定地走向矿场。非均相复合驱技术先导试验最终落地孤岛油田中一区 Ng3 单元。该单元是胜利油田率先开展聚合物化学驱的区块，注入前综合含水 98.2%，地层水已经淹到了“下巴”，而且地层温度达到 70 摄氏度，矿化度达到 8120 毫克/升，是聚驱后油藏含水再度上升的典型代表。

从 2010 年 10 月开始投注到 2015 年 12 月结束注入，日产油量从 3.3 吨最高上升至 79 吨，增加了 24 倍；综合含水率从 98.2%最低下降到 81.3%，最大下降 16.9%；提高采收率 8.5%，采收率高达 63.6%，略显年迈的老油田焕发出青春容颜。2015 年，非均相复合驱迈入工业推广阶段。孤岛油田、孤东油田、胜坨油田等 Ⅰ 类、Ⅱ 类聚驱后油藏应用和推广非均相复合驱技术均实现了降水增油。

由此，胜利人自信且自豪地宣告：一套完整的非均相复合驱技术，在研发、试验、推广中磨砺而出，聚驱后提高采收率这一世界性难题被攻破，闪现出科技的光芒，像一道光照亮了老油田大幅度提高采收率之路！

2015 年，“黏弹性颗粒驱油剂及其制备方法”发明专利荣获第十七届中国专利优秀奖，同时取得了美国发明专利；2016 年，非均相复合驱先导试验获得中国石化集团公司技术发明一等奖；2017 年，非均相复合驱大幅度提高石油采收率的理论与实践获得中国石油和化学工业联合会技术发明一等奖。

……

奖项只是一种肯定。非均相复合驱技术不仅能够有效驱替黄河三角洲地下广袤的剩余原油，更让数万胜利人“百年胜利”的梦想照进了现实。同时，它可覆盖全国 15 亿吨聚驱后难动用储量，让特高含水后期老油田重新焕发青春，延长 10 年以上的经济有效期。

如今，非均相复合驱技术已成为胜利油田大幅提高采收率的关键核心技术，已动用地质储量 9301 万吨，可覆盖 10. 5 亿吨储量，预计提高采收率 8%以上，为胜利油田“十四五”期间化学驱每年增油 150 万吨提供坚实的技术保障。

技术无界，洞见未来。非均相复合驱技术不仅让胜利油田受益，河南油田也因为它带来了新的发展希望。新区无规模储量投入，老区已动用储量“三高一低”矛盾突出——一边没有新粮入库，一边旧粮难以入口，同样诞生于大会战时期的河南油田，面临着稳产难度逐年加大的难题。

2018 年 11 月 12 日，“非均相复合驱提高采收率示范工程”项目通过中国石化集团公司立项论证，在胜利油田、河南油田开展非均相复合驱示范区建设。事实上，早在示范工程立项之前，河南油田已经到胜利油田取过经。河南油田率先推广应用，成为胜利油田之后第二家应用非均相复合驱技术的油田。

非均相复合驱技术的发明，为我国东部老油田的持续高效开发指明了方向。大庆、胜利、辽河、华北、大港、吉林、中原等东部老油田，年产量占中国石油总产量的近二分之一。老油田平均含水率高达 90%，产量逐年递减，非均相复合驱技术适用于聚驱后油藏和特高含水水驱后油藏，可覆盖东部 35 亿吨左右的石油储量。

专家表示，全球原油产量的 70%依靠老油田挖潜，老油田仍将是未来全球石油供给的主力。如果全球老油田采收率提高 1%，就将增加可采储量 50 多亿吨，并将迎来全世界油田开发的春天。

人们犹记得，2017 年 7 月 9 日，油气行业的奥林匹克——第 22 届世界石油大会在土耳其召开。来自全球油气行业的领袖和精英人物聚集于此，带来了最新的理念、最前沿的技术成果。

两天后，曹绪龙代表胜利油田把非均相复合驱技术作为大会第6会场的压轴报告，向与会同行展示。获得的反馈让他意外——当他走下报告席，意犹未尽的各国代表围着他问个不停。曹绪龙说，每每回想起当年那个情景，作为一名中国人，作为一名石油科技工作者，总会油然而生一种扬眉吐气的荣誉感和自豪感，由衷感叹困难磨砺胜利、创新成就胜利！

落地，何以兴之？

习近平总书记指出："科技创新绝不仅仅是实验室里的研究，而是必须将科技创新成果转化为推动经济社会发展的现实动力。"

"科技转化"，胜利油田深谙此中之道。大幅度提高油藏采收率，不是一场战役，却胜似一场战役；持续实现老油田稳产，更是一场我不进、敌即进的拉锯战。如何打好老油田的"保卫战"，睿智的胜利人把科技创新与转化作为驱动高质量发展的先导，以担当作为实现基业长青的华章。

科技成果转化是复杂的系统工程，更离不开落地的实践与探索、创新与发展。"立足化学驱现场问题，攻关提升化学驱效果。"李健康是胜利采油厂安全总监，他与化学驱打了24年的交道，在推动化学驱落地上有着自己独到的见解，"科技人员研发聚合物驱技术、二元复合驱技术和非均相复合驱技术，而开发单位就是保证这些技术能够落地见效，解决好矿场上遇到的一些难题，最大限度支撑科技向现实生产力转化。"

在李健康的引领下，来到胜利采油厂管理二区2号配注站。站长王文涛早就在门口等候了。王文涛自来到站上，就与化学驱打交道，说起小站的情况信手拈来。小站主要承担胜一区沙二 1-3 非均相复合驱Ⅰ期和Ⅱ期 2 项目的注入母液配制和传输，管理着筒仓 3 座、分散装置 2 套、熟化罐 4 座、外输泵 3 台，以及搅拌机、清水罐、离心泵等设备和自动控制系统。他们以“创新精细管理方式、提升注聚质量水平”作为管理理念，做到了“精准操作每一秒，用心注聚每一方”。

在一番安全讲解后，才走进配注站的小院。小院四周的山楂树已经抽出嫩嫩的枝芽，在暖阳里闪耀着晶莹的光，让普通的小站充盈着勃勃的生机。王文涛说，一到秋天，山楂树就会结出红红的山楂果，让他们的小站变得红红火火。我想，其实红火的何止是一个小院，还包括胜利采油厂员工在内的胜利人对化学驱落地的美好期待，期待着红红火火的山楂果摇曳在秋天，美在油层，美在现场，美在每一个为化学驱而奋斗的人们的心里。

的确，胜利采油厂已成为胜利油田化学驱落地的重要基地。自 1998 年以来，胜利采油厂先后开展 14 个化学驱先导试验和推广项目，实现了聚合物驱、二元复合驱和非均相复合驱三项核心技术的现场突破，累计三采增油 282 万吨。目前，胜利采油厂化学驱资源储量 2. 99 亿吨，正注项目 7 个，地质储量 2546 万吨，年产油 20 万吨，已成为效益稳产的有力支撑。

正如胜利油田勘探开发研究院主要领导所说的那样，胜利采油厂在推进化学驱落地上实现了“全周期高效优化、全流程质量管控、全方位智能绿色”，打造大幅度提高采收率“撒手锏”技术。

“全周期高效优化”，就是构建缩短等待期、延长高峰期、控制回返期的化学驱全生命周期高效优化调控模式，初期加强流线均衡和射孔优化，促整体见效，见效率95.6%；中期强化层间接替，构建动态井网，延长高峰期15个月。

“聚合物黏度合格率、浓度合格率、注聚时率三大指标一直保持在95%以上。”从勘探开发研究院主要领导自信的目光里，仿佛一下子读懂了他们的“全流程质量管控”。他们对化学驱全流程进行节点细分，将“药剂、配制、混配、运行”细分为9个二级节点，做到全流程体系化管控，配好每一罐母液、处理好每一方水、调配好每一口井。

“化学驱落地，并非一帆风顺，攻关现场的难点问题，方能实现高效注聚。”说起化学驱技术的落地，李健康颇为自豪。他们围绕母液配制、混配水质等环节存在的痛点、难点问题，自主技术攻关完成了防母液倒流、产出水曝氧和硫化氢防治等多项配套技术，成为提升现场注聚质量和时率的“利器”。

“穷理以致其知，反躬以践其实。”为解决采出污水注聚黏度低的问题，李健康从污水水质分析入手，经过数百次室内和现场实验，终于找到了导致聚合物溶液黏度低的罪魁祸首——污水中二价铁离子含量偏高。

当时正是雨季，李健康蹚着水，深一脚、浅一脚赶到试验场，设计安装了曝氧除二价铁的装置。装置让二价铁离子充分接触空气，氧化成三价铁，阻隔了聚合物分子遭到破坏的可能，采用处理后污水配制的1500ppm聚合物溶液黏度与原来2500ppm聚合物溶液黏度相当，不仅满足了化学驱方案的要求，而且聚合物干粉投入量也大大降低。如今，在胜利油田，在很多注聚现场，仍能看到这套装置在使用，为聚合物驱技术工业化应用撑起了“保护伞”。

不仅如此，为了非均相复合驱在Ⅱ类油藏的试验成功，李健康和同事们动了一番脑筋、琢磨了很多办法。

在2号配注站第一个房间，三个四五米高的大罐占据其中，内部盛满的聚合物干粉可为这个单元提供一周的补给。大罐叫作筒仓储存投加一体化装置，也是中国石化第一套自动干粉添加装置。

“通过配套干粉投加工艺、信息化自动化技术，保障了非均相复合驱试验推广工作顺利开展。”驻足高高的筒仓储存投加一体化装置，李健康脸上写满了自豪：“这套装置是我们团队自主研发的，能够依托鼓风机的风力将干粉鼓入装置内，改变了之前依靠人抬肩扛的方式填装干粉。”

李健康介绍，之前每袋25千克、共计七八吨的聚合物干粉，对于员工是不小的工作量。新装置的密闭操作环境除了减少聚合物粉尘对员工的伤害，每年还能够减少12万个包装袋的固废处理工作。

繁重的体力劳动，让一些员工对注聚又爱又恨，爱的是仿佛能听到汩汩流淌的油流之音，恨的是繁重的重复劳动让大家苦不堪言。如今一套装置，彻底把员工解放出来，让现场的员工喜上眉梢。

此外，2号站内的信息化自动化技术也是一大特色。生产指挥系统、筒仓存储、聚合物自动化分散配置、注聚增压撬等系统集成后，让配注站及注聚站内不再需要固定人员值守管理，劳动用工从31人降至12人。员工只需要轻点鼠标，即可调节浓度、流量、瞬时等各个参数，从干粉入罐、配制母液到注入聚合物的全过程，不再需要员工到现场操作。

“接下来，将以非均相复合驱进一步提质增效为目标，重点开展含水回返井区流线调整抑窜聚、分层注聚促动用和低效油井引效等工作，延长见效高峰期，确保高效开发。”对于继续实施聚驱后非均相复合驱技术推广，Ⅱ期覆盖地质储量 728 万吨，实现提高采收率 7.0%；Ⅲ期推广 2022 年开始投注，覆盖地质储量 1800 万吨，预计提高采收率 7.5%。李健康满怀信心。

“很好！经过多年研究，化学驱技术使用范围越来越大，成本逐渐降低，大大提振了稳油增气降本的信心，要持续攻关研究；非均相复合驱技术具有鲜明的创新性，增油效果好，值得大力推广。”2019 年 7 月 12 日下午，中国石化主要领导来到胜利采油厂调研高温高盐Ⅲ类油藏非均相复合驱先导试验开展情况，询问技术的适用范围和成本情况后，给出了这样的评价。

其实，在胜利油田 2 万多口油井中，产出液含水大于 98%的油井超过 3600 口，单井日产量小于 1 吨的油井近 6200 口。实践已经让人们深切体会到，化学驱无疑是高含水油井赢得新生的重要支撑，已经在身体力行推动着化学驱的落地。

“让化学驱新技术落地，助高温高盐油藏起飞。”在东辛采油厂营 8 断块注聚现场，厂工艺研究所所长李力行对于化学驱的落地很有信心，“把实验室的成果用到现场，让成果在现场绽放光彩，是我们义不容辞的责任。”

李力行说，聚合物驱过程中，温度是一项重要指标，温度越高，难度越大。高温容易引发聚合物变性、失灵，高温油藏需要聚合物达到的性能更高，而营 8 断块是Ⅲ类油藏中的高温、高矿化度区块，聚合物驱的挑战性更大，在国内研究中属于技术空白。然而，营 8 断块油藏温度 84 摄氏度，地层水矿化度 30600mg/L，钙镁离子含量

1550mg/L，储量110万吨，实施聚驱前，油藏综合含水达97%，采出程度31.6%，陷入“食之无味，弃之可惜”的境地。

“这一试验一旦突破，不仅是高温高盐的突破，更是化学驱挑战极限的突破。”李力行说，结合城中油田的特点，他们应用了类似集装箱的撬块注聚设备，在全密闭的注聚环境下，用氮气将氧气隔绝开，最大限度减小二价硫和二价铁对聚合物性能的影响。

营8断块从2018年3月开始注聚合物，污水配注和稀释要求其浓度和黏度达到稳定，9口试验井已有6口见效，累计增油8400吨，含水呈现下降趋势，提高阶段采收率0.74%。

同时，他们还在永8区块推进高温高盐非均相复合驱试验，涉及含油面积0.3平方公里、地质储量110万吨，油藏温度80摄氏度，矿化度330001585mg/L，钙镁离子含量1585mg/L，综合含水94.1%，采出程度29.0%，注聚周期8年，预测提高采收率12.1%，累计增油13.3万吨。

“从三元复合驱到聚合物驱，再从二元驱到非均相复合驱，孤东经历了4项三采开发技术的先导、扩大试验及工业化推广，适合化学驱的优质资源量已全部动用。”孤东采油厂地质研究所副所长陈孝芝无不自豪地说，孤东采油厂如今已开展了20个工业化学驱项目，累计动用地质储量1.47亿吨，累计增油888.97万吨，提高采收率6.04个百分点。

“我知道，我们干的是最平凡、最朴实的工作；我坚信，我们创造的是更辉煌更光明的未来……”在营8断块，面对着撬装式注聚设备，东辛采油厂工艺研究所朱大伟道出了基层科研人的心声。

长风破浪会有时，直挂云帆济沧海。有了新的技术，胜利人就有了无限可能；有了新的技术，老油田再焕青春不是梦！

逐梦，何道取之？

纵观胜利油田的发展历程，胜利人始终在追梦的路上执着前行。

大术无极，胜利人何道取之？走进胜利人中间，融入胜利科研团队里，一张张年轻且自信的面孔，一双双睿智而深邃的眼睛，一个个充满活力的团队，仿佛一下子找到了答案。

“加入采收率团队重任在肩，传承三采精神，为更大幅度提高油田采收率贡献青春力量。”1990 年出生的李硕轩，2015 年硕士毕业成为石油人，2018 年进入勘探开发研究院采收率试验室团队，如今他已经完全融入团队。

从陆地到海洋，是胜利油田的重大突破；从陆上油田化学驱到海上油田化学驱，胜利人一直在探索、在追梦，纵使海上波浪迭起，胜利人义无反顾。

李硕轩作为海上化学驱的参与者，跟着试验室副经理赵方剑等科研人员一起编制《胜利油田海上三次采油规划方案》，重建精细埕岛大模型，借助数值模拟技术，摸清地下油水关系，推进海上规模化化学驱。

“我来自海洋采油厂，对海上相对熟悉，所以上手速度较快。”李硕轩侃侃而谈，海上化学驱主要是受平台大小影响，不能像陆地的采油厂一样搞大型注聚站，如何在小平台上实现高效的地面系统，是科研攻关难点之一。同时，海洋区块的地下井距相对较大，对化学驱的配方性能要求更高，油藏设计要求更加精细。

胜利人信念如磐，与大海搏击，与难题对弈，让海上化学驱从方案逐步变成了现实。2022 年春天，元福卿站在位于渤海南部的埕岛油田，徐徐的海风划过发丝，乍暖还寒的阳光洒在他的脸上，一个与化学驱有着近 30 年情缘的汉子信心满怀。

埕北 22FB-4 井是埕北 22F 区块先导试验区的一口油井，地质储量 1204 万吨，累计采油 300 多万吨，综合含水率近 90%。2020 年底，埕北 22F 区块先导试验区开始注入化学剂。全区 57 口油井含水下降、产量上升。

从陆地到海洋，化学驱技术"下海"不仅仅是空间的转变。"刚开始还是用陆上化学驱的经验，可是实施效果没有达到预期。"元福卿说，和陆地化学驱不同，海上推广应用化学驱面临着井网、井距、环境空间等一系列掣肘：海上油田注采井距是陆上的 1.5 倍，长距离运移导致化学剂性能大幅下降；陆地上行之有效的"清水配制母液产出水稀释"配聚方式，因清水水源限制高，走不通。同时，面临工作量大、投资费用大、建设周期长等问题。

胜利科技人通过室内实验及数值模拟，结合海上环境及油藏条件，研发出新型驱油剂和驱油体系，为海上化学驱的实施提供技术支撑。他们还引进世界领先的配聚工艺，改变固有的新建注聚平台开发思路，采用集约化的设计思路和先进的工艺技术，对现有的采修一体化平台进行改造，实现了设备制造小型化、集约化和现场管理模块化、智能化。

经过不断攻关，胜利油田成功攻克海上油田化学驱配方设计、采出水配注、平台空间影响等技术难题，实现了化学驱技术从陆地到海上的跨越。元福卿介绍，海上平台一般使用寿命为 30 年，如果仅靠水驱开发方式，采收率最多达到 40%。同时海上油田井网调整基本到位，利用水驱大幅度提高采收率已经到了"天花板"的高度。

而实施化学驱，采收率可以提高 10 个百分点以上，相当于多产 2000 万吨原油，且盈亏平衡油价低于 35 美元。

目前，埕岛油田主体储量有 2 亿吨，而采出程度不到 30%，还有大量的资源滞留在地下。随着埕北 22F 区块化学驱见效，目前埕岛 11N 平台、25G 平台的三次采油方案也进入实施论证阶段，覆盖地质储量 2720 万吨。

感受着埕岛油田化学驱带来的变化，李硕轩和室里的年轻人一样心潮澎湃，科研道路可能会有曲折，面对的困难会比前辈们更多，他们要接好前辈们传下的精神旗帜，让技术更加创新，思路更加开阔。

其实和李硕轩一样，1990 年出生的徐建鹏，自 2021 年 5 月进入采收率试验室，就积极参与海上化学驱的方案编制。徐建鹏说，刚刚进入采收率团队，他深深感动于石静博士的细致，即便是使用旋转流量计测表面活性剂混合的黏度，都会提示避免弄脏试管的细节。同时还感动于徐辉博士的探索精神，在海上测试时，聚合物粉末颗粒物会吸潮结块，博士们会反复调整修直测试仪，解决聚合物锥度问题，很好地保证了聚合物的性能。

虽然入行比较晚，但从徐建鹏青春的脸上，让人感受到一种发自内心的激情，深深感动于他要“理论与实践结合，精益求精，勇攀高峰”的精气神。

不只海上化学驱，李硕轩还在导师的引领下，向着注聚后化学驱和更高温更高盐化学驱持续迈进。

在胜利科技团队里还有很多年轻人，从他们的谈吐里、从他们自信的目光里，仿佛读懂了胜利科技的担当与未来——王毅是标准的“油三代”，进入采收率团队还不到两年，他已经开始上手方案的编制，从他朴素的话语里，仿佛看到了胜利价值观的传承，他决心要补齐短板，提升自身软实力，做到永不掉队。

岳静是2020年走进采收率试验室的，虽然进入科研团队时间不长，但已完全融入团队，柔弱的身体里是强大的内心。她要像师傅们那样坚守、那样奉献，在科研的征程上挑战无限、创新无限，为三采事业作出新的贡献。

“从开发单位到研究院，从水驱到化学驱，我感受了油田发展从一次采油到二次采油，再到三次采油的一个必然发展过程。”石晓燕与岳静一样，进入采收率团队不过一年有余，说起化学驱，脸上掩饰不住自豪。她说，特别是从现场到研究院的变化，看待问题、分析问题以及问题导向更加从研究的方向出发，更增强了方式方法的适应性和波及面。

其实，无论是刚入职的科研人，还是挑大梁的博士后群体，他们都有着同样的颜色，那就是青春的颜色。

创新是胜利人最深沉的禀赋，在提高采收率的瓶颈期激发出撬动地球的能量。如今，胜利人还在为扩大非均相复合驱技术的应用范围、实施效果，不断迸发出新的思路，不断进行着创新性实验——高温高盐聚驱后油藏适不适用、水驱后能不能跳过聚合物驱直接应用……其实，胜利人一直在探索的路上，季岩峰就是其中之一。

1983年出生的季岩峰，大学和硕士期间学的都是化学，博士攻读的是油田化学，2015年进入胜利油田博士后工作站，2017年出站，2021年获“中国石化优秀青年科技创新人才”奖。

季岩峰可谓酷爱化学，一谈起实验，一谈起与化学有关的事，眼中就放射出光芒，一种热切的光芒。特别是说起实验室里的研究，声调明显地激昂起来，就像热爱童话的孩童，一旦进入他的童话世界，便进入一种忘我的境界。“作为科研人，在独创独有上下功夫，勇于挑战最前沿的科学问题，提出更多原创理论，作出更多原创发现，力争在化学驱领域实现跨越发展，才能保持好科技领跑的姿态。”谈及化学驱的未来，季岩峰仿佛又进入了他童话般的创新空间，所不同的是季岩峰的童话世界是聚合物研究试验，他始终在化学驱最前沿的“童话”里追逐探索。

2020 年以来，季岩峰和他的同事们，正在推进 V 类聚合物的研究，要把聚合物的适应温度推到 90 摄氏度到 120 摄氏度。如今，他们已选择了东辛的莱 1 西、现河梁 11 两个区块，作为更高温聚合物驱的先导试验。“一旦成功，必将成为重大的技术突破。”从季岩峰目光里，读出了青年人追求极致的情怀，只为造出“世界上最好的驱油剂”。

“一名合格的科研工作者，一定要‘耐’得住科研的寂寞，‘品’得了科研的苦，坚信前面的光明。”如今，季岩峰又有了新的灵感——微胶囊靶向增黏聚合物。就是把聚合物包在胶囊里头，定向投入目的油层，然后胶囊融化了，释放出来的聚合物就增黏了。

其实，像季岩峰一样，石静、徐辉、于群等博士后都有着过人的奇思妙想，他们经常一起辩论。在一次次的思维碰撞中，催生出化学驱美好未来的璀璨之花。

处在日新月异、百舸争流的新时代，胜利油田已明确了新的攻关方向：挑战百度高温、突破含盐量 10 万 mg/L、探索拓展海上，向着再一个“百万吨增油量”的极限挑战，在回答一个个“天问”中续写新的传奇。

“关键核心技术要不来、买不来、讨不来，必须在自力更生的奋斗中获取，过去、现在和未来都是这样。”胜利油田主要领导表示，他们将对表习近平总书记关于科技创新的重要要求，更加重视科技创新、支持创新，把科技创新作为发展的最大增量，充分发挥科技资源优势，突出基础理论研究、“卡脖子”关键技术、前沿技术攻关和装备研发，全力推动勘探开发领域科技自立自强，把胜利油田打造成为技术先导型企业和油气领域重要创新策源地。

路在脚下

黄河奔涌入海之地，胜利油田巍然屹立。

胜利油田60年，一个老油田，从过去以产量论英雄到现在以效益论英雄，一切向价值创造聚焦，迎来了从传统企业向现代油公司的深刻嬗变。

胜利油田60年，一家大企业，从行政指挥到充分发挥市场在资源配置中的决定性作用，经历了从“大而全、小而全”走向专业化发展、市场化运营、社会化服务的系统性重塑和整体性重构。

胜利油田60年，一支国家队，从承担政府部分职能到企业办社会职能分离移交、回归企业本质，协调政府、联系居民、监督服务新机制初步构建，实现了轻装上阵。

胜利油田从 1961 年发现至今，已累计产油近 12.5 亿吨，占全国同期陆上原油产量五分之一。尽管勘探开发之难世界公认、体制转型之痛彻骨彻髓、外闯市场之路荆棘遍布，但恰如九曲蜿蜒挡不住大河浩荡入海，探索出一条老油田高质量发展之路，为深化国有企业改革提供了明晰镜鉴。

胜利油田"十三五"圆满收官。这是值得点赞、必须铭记的五年。

面对持续低油价和突如其来的新冠肺炎疫情，胜利油田砥砺前行，以智慧、勇气和担当，一次次攻坚克难，稳步迈向可持续高质量发展的快车道。

一组数据清晰可陈：油田盈亏平衡点持续下降，连续 4 年效益稳产 2340 万吨；盈亏平衡点从近 70 美元/桶降到 50 美元/桶；2020 年三级储量任务超额完成，储量品质逐步好转。

匠心独运丹青手，胜利大地起宏图。面对复杂严峻的内外部环境和低油价挑战，胜利油田党委聚焦老油田可持续高质量发展的时代命题，带领广大员工群众坚持以新思想引领新发展、以新理念指导新实践，迎难而上、砥砺奋进，走过风，走过雨，走向新胜利。

人们不禁感慨：

绝处逢生，胜利油田凭的是什么？

克难制胜，胜利油田靠的是什么？

走向胜利，胜利油田需要的是什么？

带着胜利油田脱胎换骨的嬗变，带着胜利油田扭亏转盈的喜悦，带着人们对胜利油田未来的畅想和期盼，人们追寻着、叩问着、探究着……

一个企业的发展力，一个企业的创造力，往往需要一些标志性决策来承载。价值引领战略体现的是胜利使命，凝结着胜利智慧，昭示着胜利视野，展现了胜利担当，而这，是任何东西都不能替代的！

其实答案很简单，它就在胜利油田决策层“一张蓝图绘到底”的智慧里，就在胜利油田干部员工迎难而上的创造里，就在胜利油田“一切工作向价值创造聚焦，一切资源向价值创造流动”的实践里。

智慧、创造和实践，汇聚成胜利油田以价值引领战略为核心，全方位深层次推进“五大战略”“三大目标”，成为市场经济条件下一切工作的价值定位和目标指向。

回望来路，风景这边独好

驻足胜利大地，行走在胜利人中间，5 年来的一幕幕，一个个胜利人或者关注胜利的人都是见证者。

从胜利人自信的脸庞上，从胜利人收获满满的情绪里，从胜利人坚定自信的目光里，从胜利人带着油味的言语里，不难找到胜利油田超越发展的答案。

一名刚刚到岗位实习的大学生兴奋地说，从第一口出油井华八井，到实现由陆地到海洋、由东部到西部、由国内到国外的“三大跨越”，再到现在以“五大战略”“三大目标”为引领的可持续发展，油田的“履历”不断丰富，价值创造力不断彰显，感受到了信心信念和面向未来的底气。

一名外媒记者由衷地说，看胜利油田“十三五”，需要重新审视传统能源企业，胜利人的报国情怀、责任担当和进取精神，特别是胜利人的开拓创新、价值创造的积极努力和成效令人钦佩，深刻感受了大油田的大贡献、大油田的大担当。

一位生于斯长于斯的老石油人深情地说，实在是没想到，在极度困难的条件下，胜利油田能捧出这么好的成果，价值创造能力的提升、企业“三大责任”的担当不言而喻，更重要的是为东部老油田蹚出了一条创新发展之路！

一位国内知名文化专家深刻解读说，胜利油田“以价值引领发展”，不仅引领胜利创造价值，也书写了胜利文化，是社会主义核心价值观在胜利油田的引领落实，是干部员工“价值创造”的核心观念所在，用价值衡量企业发展、用“三大责任”体现央企作为，价值思维、效益观念贯穿到了生产经营管理各领域全过程，推动一切工作向价值创造聚焦、一切资源向价值创造流动，具有鲜明的旗帜导航作用。

一位管理者坚定地说，回望胜利油田 60 年，回望“十三五”走过的路，不是为了从成功中寻求慰藉，更不是为了躺在功劳簿上、为回避今天面临的困难和问题寻找借口，而是为了总结经验、把握规律，增强开拓前进的勇气和力量……

“十三五”征程，胜利油田各项规划落地生长、拔节育穗。穿梭在胜利之路上，一幅幅向上的图景在眼前闪现——

翻开新中国石油工业的历史，石油人以国为重、拼搏奉献的强烈责任感贯穿了石油工业发展的全过程，包含胜利元素、胜利时刻，这都成为人们的石油印象。

1961 年 4 月 16 日，华北地区打出了第一口工业油流井华八井，日产油 8.1 吨，标着“华北地区无油论”的彻底破灭，标志着胜利油田的发现。

1964 年 1 月 25 日，中共中央批准组织华北石油大会战。16 个钻井队、17个地震队，几十个地质分队和数以千计的辅助队伍，总计两万余人汇聚黄河入海口。

1965年2月2日，坨11井喜获日产1134吨高产油流，全国第一口千吨井诞生。新华社当日播发专电：我国继发现大庆油田后，又一个大油田被发现。它的名字就叫“胜利”。

此后，胜利人在黄河入海口这片人烟稀少、自然环境极其恶劣的盐碱地上，满怀我为祖国献石油的豪情壮志，发扬革命加拼命、要油不要命的创业精神，闻油则喜、为油而战，一刻也没有停下为国奉献石油的脚步。

到1978年，胜利油田累计找到46个油气田，原油年产量达到1946万吨，建成我国第二大油田，全国上下欢欣鼓舞。

从1978年改革开放到1988年的10年间，胜利油田的原油产量以年均25%的速度大幅增长；从1987年到1995年，胜利油田原油产量连续9年保持在3000万吨以上……胜利油田以勘探开发的高水平，不断为改革开放后国民经济迅猛发展“鼓劲加油”。

时光如水，点点滴滴如同浪花翻涌，一个个历史性的节点在胜利人的脑海里回闪。

1989年胜利油田结束会战体制，更名为胜利石油管理局；

1998年，国家进行石油石化重组，胜利油田由原中国石油天然气总公司划归中国石化集团公司；

2000年，中国石化整合上市，将油田勘探开发核心业务组建成立胜利油田有限公司，2006年变更为胜利油田分公司……

然而，自2014年下半年以来，由于受油价断崖式下跌并持续低位运行的影响，油田遇到了前所未有的困难和挑战，一时间由盈利大户变成了亏损大户。生存发展问题扑面而来，压得人喘不过气。

胜利油田作为中国石化的龙头企业，一直是标杆、是旗帜，不但为党和国家创造了巨大的物质财富，而且创造了巨大的精神财富，每年创造的利润曾经撑起中国石化的“半壁江山”，在集团公司乃至国家发展大局中具有重要战略地位。

如何走向胜利？胜利油田决策者认为，油田所处的，正是一个船到中流浪更急、人到半山路更陡的时候，是一个愈进愈难、愈进愈险而又不进则退、非进不可的时候，要跑好这一棒不仅需要保持定力，还要认准方向久久为功跑下去，担负起国家能源战略使命、集团公司党组的重托、员工群众的期盼、可持续高质量发展的希冀……

探寻前路，问渠那得清如许？

2016年1月20日。

这是一个普通的日子，但在胜利人的记忆里是那样刻骨铭心，已经深深地印在胜利油田的发展史册上。

就在这一天，原油交易所中代表胜利油田原油价格的数字跳到了21美元下方。21美元/桶，对于盈亏平衡油价在60多美元/桶以上的胜利油田意味着卖一桶亏两桶。

低油价还将持续，油田的产量怎样保持？近50万职工家属的生活怎么保证？胜利的旗帜怎么在中国东部油田继续高高飘扬？敢于胜利、善于胜利、能够胜利的血脉基因如何传承？

一系列的问题，在拷问着历史的胜利，也在拷问着现实的胜利，还在拷问着未来的胜利，每一个胜利人从来没有像今天这样心事重重——从基层一线到管理机关，从基层员工到各级干部，从操作层到技术层、管理层，都在审视打量着今天的胜利。

作为大型企业，肩扛“在经济领域为党工作”的责任，是党执政兴国的重要支撑和依靠力量，不容有失；

作为国之重器，背负“保障国家能源安全”的使命，增储稳油降本，义不容辞；

作为中国石化最大的上游企业，顺应“企业要发展、员工要幸福”的要求，让国有资产保值增值，责无旁贷。

听党指挥、为国分忧，早已注入胜利60年的发展基因。

重大历史关头，重大考验面前，领导力是最关键的条件。

关键时刻，需要非凡的引航。

胜利油田党委一班人奔赴滨南、临盘、河口等数家单位密集调研：深入基层、深入群众，与各个层次的干部员工群众进行交流，倾听来自方方面面的意见、建议、呼声，掌握第一手材料，凝心聚力、振奋精神，共谋胜利之策、共创胜利伟业。

孤岛采油厂作业519队，是胜利油田的老牌先进基层队，“为油井负责一辈子”的团队精神享誉业界，曾荣获全国能源工业先进集体、石油工业部同工种基层队社会主义劳动竞赛金牌队等40多项省部级以上荣誉，1997年成为胜利油田“基层建设六面红旗”之一，2009年成为胜利油田“基层建设十面红旗”，首创的作业、采油“联产双保共建”模式，在全国石油系统得到推广。

然而，就是这样一个老牌队，同样也面临生存与发展的熬煎，迫切需要破茧重塑。

在作业519队，油田领导与基层干部员工面对面，关键词直击“价值”和“创新”。还激励他们要体现经济价值、文化价值、精神价值，突出价值引领、搞好价值创造。

价值体现在哪？519队是专业化队伍，怎么创造价值？

油田领导的话音刚落，这个队响亮提出：人人要创造、班班要创效、井井要有效……他们主动适应、创新求变，探索“效益尺”管理，“三把尺子”量效益，让这个30多年的老先进焕发了新活力。

作业519队拿起经营利润这把尺子，变“被动干”为“主动算”，“大老粗”成了“核算员”，班组成为名副其实的创效单元。

在作业系统，成本、效益都在队上，班组如何才能成为创效单元？一句话点到了问题“症结”。责任不下沉，活力难激发。

519队决定改变传统的作业核算方法，把可控成本下沉到班、工序质量承包到岗、效益利润核算到点，配套制定“一单四标准”价值体系，形成衡量班组绩效的经营利润标尺，用班组自主经营核算取代传统的“班组干、小队算”。

胜利油田领导大调研仍在继续：到班站、进井场，一路走来，一路畅谈，油田领导心系民生情切切，指点价值创造意深深，把脉改革发展语殷殷，对干部员工充满无限深情，为胜利未来倾注无数心血。

或许是经过较为深刻的思考，或许包容着对机关部门的期望，或许是希望机关部门引领价值导向，油田领导又密集到机关部门调研。

胜利油田领导明确提出：每个时代都有主旋律，当前油田的主旋律，就是要用新的理念推动新的战略，并激励机关人员要发挥引领作用，引领油田每一名员工、每一个班组、每一个基层单位去创造价值，提升创造价值能力，从而实现价值创造……

胜利油田实现高质量发展需要进一步解放思想；必须破除一切束缚发展的体制机制障碍；要克服“等靠要”思想，发挥各级干部员工价值创造的主动性积极性；要以昂扬奋进的精神状态砥砺奋进、迎接挑战……每一次调研、每一个座谈会，都是真知灼见的总集中、思想意志的再统一、精神面貌的大提振。

事后有人总结这次调研行动，说这是一次思想的交流与碰撞，是一次观念引导的启航，更是一场形势任务的传播与弘扬——其实，在当时的那段日子，人们的意识似乎还没有这么清晰，似乎还有些懵懵懂懂。但回过头来仔细品味，才真正理解了这次调研行动的深意所在。

回过头来看，胜利油田发展的脉络正在延展：这次调研行动，逐步催生出“价值引领”导向，是油田进入新的阶段、新的时期，深化改革调整信号的释放，与胜利的发展走向有着深刻的关联。

其实，这次调研昭示的绝不止于此。这次调研传递出信号，胜利油田的导向开始向“价值引领”聚焦，传递的不仅是思想观念的大解放，更是胜利人刀刃向内的勇敢和坚毅，对当下国有企业改革有着积极的借鉴意义。

擘画出路，众里寻他千百度

2017 年初，受低油价冲击，曾经的盈利大户连续亏损两年，扭亏脱困成为摆在胜利油田各级党组织面前的首要课题。

当时，对胜利油田来说，最紧迫的是进一步解放思想。在 2016 年底的胜利油田党政班子务虚会上，与会人员查摆问题不足、分析潜力优势，气氛十分热烈。

“原本的工作任务完成却只能拿到 50% 的绩效工资，剩下 50% 的要靠自己挣？”

“管理区人员大幅优化后，剩下人怎么办？”

"'走出去要饭吃'，还没到那个地步吧?"

胜利油田领导提出了"一切工作向价值创造聚焦，一切资源向价值创造流动"的全新理念。与会人员震惊之后，新旧观念发生了激烈碰撞。

务虚会，不是空谈会。油田党委明确，用务实的作风开好务虚会；职能部门结合各自实际进行总结谋划，为油田发展贡献智慧。

其实，从建成全国第二大油田，到实现连续 9 年稳产在 3000 万吨以上，从创造连续 20 年稳产 2700 万吨奇迹，胜利油田党委都把涉及全局和长远的战略问题、重大决策，推进集中研究、集思广益、科学决策，切实把好关定好向。

奔着问题去，拿出实招来。与会人员重点围绕"今年怎么看，明年怎么干，未来怎么谋"，紧密结合各自工作实际，谈想法、聊打算、说措施，集思广益共谋胜利发展"金点子"。

其实，世界上最难的两件事一是把钱从别人口袋里拿出来放到自己的口袋，二是把自己的思想放到别人的脑袋里。所以，轮到分管领导谈下一年工作思路时，总是或多或少和价值导向合不上拍。

于是，原定 2 天的务虚会延续到了第 7 天。

胜利之路如何走?如何走得更稳更好?一个人没有灵魂就如同行尸走肉，一个没有灵魂的政党就会走向死亡，一个没有灵魂的国家也会走向坟墓，同样一个没有灵魂的企业也将无法摆脱消亡的命运……

其实，胜利油田党委一班人一直在思索着这一系列问题。面对新时代新征程，如何为胜利"塑形"，如何为胜利"塑魂"，如何把企业发展好，如何才能让党组放心，让群众满意等一系列问题凝结成大大问号，需要班子一班人集智聚力、担当作为，把一个个问号拉成创新发展的感叹号！

“如何贯彻中央要求，加大油气勘探开发力度；如何建设现代企业制度，当好改革的促进派、实干家；如何在新型采油管理区建设中，保持党组织作用的发挥。”如今，翻阅油田中心组成员的记录本，重点讨论的议题清晰记录在案。

“务虚”不虚，情牵胜利。胜利油田领导班子的思想越来越聚焦：面对严峻的生存发展形势，唯有求变，才能持续发展、效益发展，员工的利益才有根本保障；让企业发展、让员工幸福是领导班子必须担负起的责任。

一届班子有一届班子的使命和作为。胜利油田党委决心贯彻五大发展理念和中国石化发展战略，牢固树立资源为本、创新为主、发展为要、人才为基、效益为本理念，转观念、转方式、转作风，推动油田从胜利走向胜利。

经过一周时间，结合之前的调研分析和干部职工的意见建议，油田党政一班人谋划出价值引领、创新驱动、资源优化、绿色低碳、合作双赢等“五大战略”，和持续稳产降本、构建科学运营管理模式、营造风清气正企业生态等“三大目标”。

有人说，这是新旧观念碰撞的会议，是抽丝剥茧见真章的会议，是越辩越清晰进而统一思想的会议，更是决定胜利油田今后一个时期发展走向的会议。此后，新时期胜利油田发展目标方向持续聚焦“五大战略”“三大目标”。

自那时起，有一种声音在胜利大地澎湃：一切工作向价值创造聚焦，一切资源向价值创造流动！胜利不仅要生存，而且要更好地生存！

务虚会，汇聚起胜利油田跨越发展的“胜利方案”。

推进高效勘探、效益开发、优化运行，构建科学高效的油公司管理模式，增强油气主业持续稳产的能力，以低成本应对低油价，保持在“十三五”期间两到三年时间在2300万吨的基础上实现扭亏，平衡油价在50美元的情况下实现扭亏。

推进企业办社会职能的移交，优化资源资产配置，构建专业化管理、市场化运营、合作共赢的创新发展之路，全面提升油气技术服务保障能力，培育社会化服务创效能力。

推进绿色低碳、安全发展、依法经营和基层建设，强化思想文化引领和干部作风建设，构建“严细实”管理、控风险强基础的管理体系，营造良好的政治生态和企业管理生态，推动企业发展，维护和谐稳定。

站在新的历史方位，胜利油田擎起“五大战略”的旗帜，力争用2~3年时间，以效益稳产2340万吨左右为目标，将对应的盈亏平衡点降至50美元/桶。

对于这一决策，无异于胜利油田的第二次创业。胜利人聚焦发力高效勘探、效益开发，推动核心竞争力强起来；坚持专业化管理、市场化运行、社会化创效，推动老油田走出了跨越发展的新路子。

理念引路，忽如一夜春风来

胜利油田，以胜利超越的气度而闻名，是中国石油石化行业的重要企业，有着全国第二大油田的荣光，有着黄河三角洲石油基地的承载。

然而，随着形势的发展，特别是经过低油价、新常态的洗礼，胜利油田发展的步伐似乎慢了下来，原来的利润大户戴上了亏损的“帽子”。

问题出在哪？胜利油田如何走向新的胜利？

人无精神则不立，企无精神则不强。“三转三创”让胜利人找到了答案，痛定思痛，广大干部员工正在形成共识：新时代再出发，必须先在思想上破冰，摒弃旧的发展理念，转向新发展思维。

这是一次思想的大解放：颠覆传统发展理念的思想洗礼。

转观念，动员全员彻底丢掉幻想、彻底转变观念，破除身份观念、平均概念，强化效益意识、市场意识，树立“能创效就是好岗位”“挣一分钱比花一分钱有价值”“完成目标保基本薪酬、多创效益挣绩效工资”等价值理念。

转方式，动员全员转变发展方式、经营方式、管理方式、生产运行方式，创新体制机制激发创造力，实现由指标控制型向经营目标型转变、由规模速度型向质量效益型转变。

转作风，动员全员坚持问题导向，崇尚实干精神，大兴求真务实、理论联系实际、密切联系群众、深入调查研究等优良作风，以作风的大转变推动油田持续有效发展。

回首“十三五”之初，利润由盈转亏。油田上下倍感压力：按照当时的规划，到 2020 年要实现原油产量 2172 万吨目标。这个目标在当时看来难度极大。

“改革只是权宜之计”“油价一回升，油田不就又盈利了”“离井口越近越安全”……习以为常的旧思想、老观念成为改革转型的顽疾、桎梏。

思想破冰，行动才能突围。“怎么看”到“怎么想”，再到“怎么办”，“价值引领”应运而生。

继承，扬弃；再继承，再扬弃……任何事物的发展，都有这样一个过程和规律可循。企业的发展亦如此，螺旋式上升、波浪式前进到新的阶段，都有一些不适应新形势的旧思维、旧理念相伴相随，成为企业继续发展的桎梏，慢慢消耗着企业的活力与生机。

新阶段、新形势、新任务，油田党委明确出需要摒弃的思想观念10项55条和需要强化的思想理念11项105条，有破有立、旗帜鲜明，引导广大干部员工树立新的企业经营理念，凝聚油田改革发展的思想共识，坚定不移推进“五大战略”“三大目标”战略部署。

胜利人拿出守正创新的气魄，以守正为基，以创新为要：把握发展本质，遵循客观规律，坚守正道，激扬正气；在引领形式上推陈出新，在引领平台上不断拓展，在引领方法上求新求实，全力打好思想文化引领工作主动仗、进攻仗、持久仗。

新实践需要新思想，新发展需要新理念。转变观念、更新理念，广大干部员工刀刃向内、自我革命、自我否定，思想文化引领工作者先学一步、知深一层，进而明其理、悟其道。胜利油田坚持目标导向、时效导向、服务导向，统筹推进破与立、统筹把握新与旧、统筹对待机关与基层。

一时间，“三个导向”“三个统筹”，成为在人的头脑里搞建设的有力“武器”，也是价值引领的“指南针”“压舱石”。

破除旧观念，强化新理念，需要举好旗、指好路、讲好“课”。胜利油田旗帜鲜明告诉干部员工应该摒弃什么、反对什么、倡导什么、践行什么，通俗生动地讲清楚破除的缘由、当下的期许、未来的展望，在边破边立中拆除惯性思维的藩篱，夯实了理性思维的根基。

破除旧观念，强化新理念，还需观大势、看发展、重谋划。胜利油田审时度势，用发展的眼光看待问题，用前瞻性思维谋划未来，把准高质量发展的脉搏，推动企业在时代的浪潮中行稳致远。

破除旧观念，强化新理念，更需抓关键、抓重点、抓主流。领导干部、机关部门是油田改革发展的“关键少数”，是企业改革发展的“扩音器”。胜利油田发挥机关人员、部门、系统走上讲台传播新理念，发出好声音、唱响主旋律、释放正能量，带动干部员工心往一处想、事往一处谋、劲往一处使，把思想解放的活力转化成发展能力、发展优势。

价值引领之下，干部员工积极转观念、转方式、转作风，在创效益、创一流、创和谐的征途中奋勇前进。

价值引领之下，一切工作向价值创造聚焦，一切资源向价值创造流动，每个基层单位都是利润中心，每个班组都是创效单元，每个员工都能创造价值。

价值引领之下，挣一分钱比花一分钱更有价值，能创效就是好岗位，完成目标保基本工资、多创效益挣绩效工资等价值理念入脑入心。

转变！从追求控制探明储量到追寻经济可采储量、从全速提高采收率到全力提高经济采收率、从聚力理论指标创新到聚焦经济指标创效……效益建产规模由 57.5 万吨增加到 155.4 万吨；稀油自然递减率控制在 9%以内，创出历史最好水平。

新观念孕育新机遇，新机遇成就新高度。胜利油田原油产量始终保持在 2340 万吨以上，并且明确“十四五”期间“保持较长时期效益稳产2340万吨，盈亏平衡点持续下降”目标追求。

融入发展洪流，人们欣喜地看到：

——员工思想观念从“怕走出去、等着安排活、工作清闲是好岗位”向“争着外闯市场、抢着多干活、能创效才是好岗位”转变，创效氛围更加浓厚，创效动力明显提升。“十三五”末，采油管理区用工优化率已达50%，劳动效率持续提高。

——“一切工作向价值创造聚焦，一切资源向价值创造流动”已成为各级各单位谋划工作、广大干部员工岗位实践的行为标准。每个单位都成为利润中心，每个班组都成为创效单元，每名员工都能创造价值的格局已形成。

——考核方式由指标控制型向经营目标型转变，“经营绩效+管理绩效+党建质量”考核体系在各层级推进落实，强化了经营意识、创效意识、市场意识。结构围绕价值调整、工作围绕价值优化、业绩围绕价值评价，价值思维、效益观念已全方位贯穿生产经营管理全过程。

——经营方式由油藏开发向油藏经营转变，行政性、指令化管理逐步弱化，算效益账、干效益活的独立经营核算逐步强化，进一步夯实了采油管理区油藏经营管理主体责任。

——绩效工资由以前的“分奖金”向这几年的“挣绩效”转变，绩效考核指挥棒作用更加凸显，员工绩效与单位效益、干部绩效与员工绩效紧密挂钩，构建出风险共担、利益共享的良好格局，形成了凝心聚力、共谋发展的强大合力。

敢于胜利，善于胜利，能够胜利。如今，胜利人积极摒弃旧观念、拥抱新理念，高举价值引领的大旗，秉承价值创造的理念，在打造发展创效高地的征途中勇攀高峰。

改革探路，领异标新二月花

胜利油田王家岗油田3排—侧钻斜井23号油井高含水，按照效益原则，这口油井非关不可。但胜利油田却反其道而行之，高含水井继续生产。

这不是“叛逆”，而是胜利油田深化油藏经营管理的结果。胜利油田现河采油厂技术人员说，关不关井，不是数学问题，而是经营问题。关停这口高含水井，短期看的确产生效益。但从长远看，关停后，单元井网失衡，影响整个区块的效益开发。

变革带来进步，封闭必然落后。近年来，围绕高质量发展，胜利油田摒弃大会战、大开发模式，聚焦油藏经营价值最大化，实施流程再造、组织重构、资源优化，构建形成生产经营管理运行高效、油气主业价值创造能力显著提升的油公司组织体系和运营机制，实现了从开发油田到经营油田的转变。

实现奋斗目标，从来没有平坦的大道可走。从胜利油田诞生之日起，改革就被植入其成长的基因。

1978年，国企改革进入以放权让利和两权分离为重点的起步阶段，胜利油田应改革而呼，主动承担起改革“试验田”职责，率先实行产量包干，并建成了我国第二大油田；1988年，胜利油田对多年来会战型组织体系进行变革重塑，实行主辅分离，组建勘探、开发、产能建设等专业市场，培育内部市场化运营机制。

改革因问题倒逼而产生，又在不断解决问题中深化。管理层级多、管理链条长、社会负担重，经营运行效率、企业管理效能、资源资产配置效率亟待提升；基层一事一请示、层层审核效率低；市场意识、经营意识不强，创新创效动力不足……

其实，和国内大多数老油田一样，胜利油田是“大而全、小而全”的管理模式，剥离工程板块后，在职员工还有12万余人。人们质疑道：“人均连一口井都不到，完不成经营目标，哪来的创效空间?”

新型采油管理区是油藏经营管理和风险管控的责任主体，是油藏经营独立核算单元，只有真正成为控本增效的主体，才能把成本控制住、把效益创出来。

胜利油田聚焦油藏经营价值最大化，结合实际、聚焦发展，大力推进新型采油管理区建设，全力打造油公司建设升级版。

压扁一级管理层，让管理区直接管到班组，生产指令直达岗位单兵；

将技术分析、生产运行、经营职能上移到管理区，成立更精干高效的“三室一中心”；

划小核算单元，组建职责更加单一的专业化班站，承担现场的维护、管护、看护等操作职能，生产保障和后勤辅助业务剥离整合至专业化服务队伍……

一系列举措，让各开发单位闻风而动。

作为以城中油田为主的开发单位，东辛采油厂在推进新型管理区建设中，将有着739口油水井、年产量39万吨的营二管理区作为油公司建设的“桥头堡”，致力于推进管理区的自主经营、精干高效。

短短4年时间，营二管理区主业用工从587人降至205人，优化率达到65%；单井平均用人由0.94人降至0.32人；劳动生产率由407吨/人提升到1849吨/人，油藏经营活力得到了释放。

一下子减少这么多人，主业工作量能否胜任？

如今，胜利油田信息化建设快速发展，为新型管理区建设提供了强力技术支撑。在胜利人看来，信息化和工业化的深度融合，是新型采油管理区建设的基础与核心，只有充分利用信息化手段代替现场简单、重复、繁重的工作，才能最大限度实现人力资源优化。

“信息化建设全面覆盖后，每天将采集 1. 25T 的数据，相当于过去人工采集 3 年的数据，只有通过海量大数据的深化应用，才能推动老油田向智能开采、智慧开采方向发展。”胜利油田信息技术人员颇有信心。

其实，也正是信息化的支撑，才让新型管理区建设走上了高速路。

“新型管理区运行就像踢‘世界杯’，得运用地质、工艺等统筹协调的‘战术’，凝聚每个人的力量，才能踢好同油藏经营的‘比赛’。”在东辛采油厂厂长赵明宸看来，油怎么采，钱怎么花，人人都有发言权。

彩虹和风雨共生，机遇和挑战并存。2017 年，胜利油田大刀阔斧地进行结构性矛盾和机制性障碍改革，将 16 家油气开发单位的 484 个采油矿、队调整为 115 个采油管理区，管理层级由四级压扁成三级，机构减少 75. 8%，2000 余名管理人员充实到生产一线，赋予管理区经营自主优化权，让管理区成为油藏经营管理的责任主体。

随着信息化不断提升，油田改变了传统生产经营管理和组织模式，不需要人海战术组织生产，新型劳动形式优化用工达 50%以上。

信息化建设不仅仅是对设备设施、生产流程的改造提升，而是改变传统的生产管理、组织管理、决策管理，提高管理效能、提升工作质量，胜利油田顺利通过“两化”融合管理体系评估审核，成为连续保持“两化”融合贯标企业。

“轻点鼠标键盘，掌控千里油区。”广泛分布在油水井上的压力、温度等传感器，实时采集海量数据，在预设模型帮助下，系统可以自动分析油水井“病”在哪里，给出治病“药方”，还能远程调参、启停设备；视频集成应用平台已完成3.1万余路集成接入，配套了人脸识别、违章识别等智能技术，开辟了监督检查新模式……油田两化融合给油气生产带来颠覆式变化。

新型管理区油藏经营管理水平稳步提升，开发生产指标持续向好，相比2015年初，油井时率提升0.4%，躺井率下降1.0%，检泵周期延长325天，自然递减率降至9%以内。

围绕勘探开发等核心业务，基于油田数据中心，实现物化探、井筒工程、综合研究等6大业务、13个专业、245类数据集成关联，地震剖面、储层物性分布等图件实时生成，地质模型、成果资料随时调用，满足了研究过程及方案审查决策对数据的各项需求。

“一切系统皆上云、一切开发上平台。”胜利油田持续推进“数据+平台+应用”新模式，致力于提升“云服务”能力。

为解决二级机房多而散的问题，油田搭建了“基础设施云”，成为中国石化胜利区域“云节点”，为中国石化15家驻鲁企业提供服务，满足了油田91套应用“上云需求”，实现了信息基础资源由“分散管理、各自维护”向“集中共享、统一运维、动态调配”转变，信息基础资源利用率提升30%。

信息化畅通了油公司建设通道。“十三五”以来，胜利油田聚焦油藏经营价值最大化，大力深化油公司体制机制改革，变革传统管理模式、组织架构、运营机制，已由传统四级管理体制压减为分公司、采油厂、管理区三级管理体制，构建起与油田改革发展相适应、生产经营管理运行高效、油气主业价值创造能力显著提升的油公司组织体系和运营机制。

半亩方塘一鉴开，天光云影共徘徊。如今的胜利油田，新型采油管理区就相当于独立开发油藏的公司，按照业务流程落实基层核心管控工作，推动实现了管理模式大变革、管理机制更科学、两化融合更到位，支撑起油公司建设美好明天。

改革求变，胜利油田的未来令人期待！

经营拓路，吾将上下而求索

"一切成本皆可控。"

"固定成本不固定。"

"人多不是包袱是财富。"

"闲置资源不是包袱、盘活了就是效益。"

"算清效益账，多干效益活，多产效益油。"

"不能把降本重点只放在降低操作成本上；更不能片面地认为控制成本就是少花钱、花钱少就能够代表经营管理水平高。"

……

走进胜利油田，融入干部员工中间，这些理念已融入胜利人的血脉中，也实现了经营实践的转变，曾被冠之"大手大脚"的胜利人，已转换成"人人会算账"的"算账先生"。

其实这一变化，皆缘于价值引领。胜利油田党委强调，只有把账算清楚，才能够实施全成本要素降本；只有建立科学规范的经营核算体系，才能推行内部真正的市场化。

胜利油田相继出台“算账”运营机制。

构建完善适应油公司模式、专业化管理、市场化运营的经营核算体系，重点做好 ERP 财务、经营预算、管理会计“三本账”；

做实开发单位管理区、专业化队伍、机关科研单位和后勤辅助单位“四个核算单元”；

以经济为纽带、以合同为契约，推动完善内部市场，构建专业化队伍与被服务单位之间甲乙方关系，健全优质优价风险结算机制，打牢专业化管理、市场化运营的基础……

其实，胜利油田的目的只有一个：从不同侧面、让不同层级的每一名员工都能够去经营管理，让一切工作都向价值创造聚焦。

2017 年，胜利油田重新调整绩效考核政策，把 50%的绩效工资和附加费从各单位预算指标中拿出来，“完成目标保基本薪酬、多创效益挣绩效工资”；随后 100%的绩效工资都需要自己挣。

——算清效益稳产投入“账面子”。胜利油田原油产量从 2700 万吨下降到 2340 万吨，造成产量对固定成本的摊薄作用减弱，制约了老油田稳产基础投入。为实现效益稳产，必须保障安全环保、稳产基础、科技创新、生产运行的有效投入，尽可能恢复增加产量，摊薄单位操作成本，提高盈利能力。

——牵住重点成本管控“牛鼻子”。把降本当作一项战略，推动用战略性举措降折旧折耗，2017 年预算桶油折旧折耗 26 美元/桶；用价值创造性举措降勘探费用，每年 30 亿元的勘探投资，持续降低发现成本和勘探损益率；用革命性举措降人工成本，推动在拓市创效上取得突破；用政策性举措降土地成本，推动土地成本 60 亿元箭头向下，向土地经营要效益；细化挖潜增效措施，最大限度降低非生产性支出和管理费用，实现全年 30. 26 亿元挖潜增效目标。

——调好优化配置资产“算盘子”。强化“轻资产”运营的意识，把“家底”摸清楚，盘活闲置有效资产，退出低效无效资产，降低资产占用规模，搭建利用好资产共享优化平台，促进各类资产高效流动，最大限度盘活资产存量，无效资产变有效、低效资产要提效、优良资产多创效。

——管住现金流管理“钱袋子”。按照油价 45 美元/桶、原油产量 2340 万吨预计，现金流缺口将达到 75.3 亿元，现金流平衡油价将达到 54 美元/桶，推进做实资金“分灶吃饭”运行机制，把资金压力向下逐级传递；要严控债务规模，降低资金成本，降低贷款规模及利息支出；对于长期无动态应收账款，推行挂牌督导机制，探索应收款招标回收等新的清收方法，降库存、保现金流。

拎着算盘上岗，人人创造价值。胜利油田推行“事前算赢”预算机制，应用“经济产量效益评价决策体系”等方法工具，推进做实区块、单元和管理区、专业化队伍两个维度预算，倒逼各单位统筹优化产量、工作量、收入、成本和效益，推动把效益压力传递到最基层。

如今，对任何一个采油管理区经理来说，他们从“矿长”变成了“经理”，从生产者变身经营管理者，原来就像一个“小媳妇”，被好几个“婆婆”管着；现在完全可以自主决策，追求效益最大化。

走进采油管理区，成本怎么支配、选择哪支队伍，管理区自己说了算，机关部门则由审核决策者转为服务者，集中精力于顶层设计和监督监控，从“管得多”向“管得好”转变。

“钱怎么花，自己说了算！”东辛采油厂副总工程师、营二管理区经理刘斌对于“算账”颇有感悟，自主经营后，管理区成了独立的核算单元，就像居家过日子，时时得算好账，要想挣到 100% 的绩效，就得在实现利润的基础上，再多创效益。

刘斌举了一个例子。他们改变以往换管线都向厂里报计划的做法，自主优化成本结构，管线投入同比增加 186 万元。虽然管线投入多了一块，但是仅青苗赔偿费就节约了 248 万元，管线十年内不穿孔，社会效益和经济效益不言而喻。

其实，不仅管理区经理，管理区的每个人都在关注着经营，因为油藏经营连着绩效，连着管理区的发展。

“大家从来没有像现在这样关注生产成本。”东辛采油厂营二管理区赵大兴说，权力下放后，他的业务范围里新增了“合同管理”运行，“只有脑子里紧绷‘创效’弦，认真把好每一道关口，才能从根本上确保花出去的每一分钱都有效益。”

如今，成本结构优化已经成为这个管理区油藏经营的妙法实招。他们打破“要效益就一味压成本”的观念，通过“增减调节”，让成本向增效点流动，发挥了成本最大价值。

其实，为了效益最大化，每个胜利人都在学算账。

孤岛作业 519 队是远近闻名的“作业尖兵”。“算账”，成了各班班长的一件大事。作业一班班长姜鹏深有体会，以前干完活只记记工作量就行了，现在“挣了多少钱”和“干了多少活”同样重要，哪里挣了、为什么赔了都要算得明明白白，要不然跟队上交不了差，员工也不答应。作业工从埋头干活的“大老粗”变成了精打细算的“核算员”，各班都在“一平一米一升”中挖潜增效。

采油厂对作业队伍实行产效联责考核，作业队绩效由单独考核变为与管理区人均产量、绩效工资挂钩浮动，作业和采油真正成了命运共同体。要想拿到高绩效，就不能光打自己的“小算盘”，还得关注增油效果、油井免修期等指标，提高创效能力。有的员工形象地说：“咱真要当油井的家庭签约医生了，只有让井不生病、少生病，才能把钱挣到手。”

施工中，大家再也不满足于过去的“成功交井”，而是和采油站一起培育更多长寿井。GDB21-6-12 是一口低效井，初期治理方案设定目标为日增油 3 吨。作业过程中，519 队与采油站共同分析，根据施工情况提出由下绕丝变为光油管生产的建议，实施后日增油 4. 5 吨，节省成本 6. 5 万元。孤岛作业 519 队，也因此拿到了 2000 元的增产奖励。

算账，让胜利人底气十足：

以价值创造为引领，“简单地以规模、速度、产量为中心论英雄”已成为过去，“不计代价和成本搞夺油上产、搞会战”难觅市场。

用价值衡量企业发展、用价值体现央企作为，推动“一切工作向价值创造聚焦，一切资源向价值创造流动，让每个单位都成为利润中心，每个班组都成为创效单元，每名员工都能创造价值”成为胜利风尚。

改革让胜利油田在提质增效、转型发展的浪潮中奋勇向前。

考核趟路，吹皱一池春水

在胜利油田历史上，这是一次具有里程碑式的转变。

沿用了几十年“奖金”的概念，一举退出胜利油田的历史舞台。

2017 年 1 月 10 日召开的油田生产经营部署会上，胜利油田明确提出：今后不再有“奖金”的概念，也不分月度、半年、年度奖，也不按人均兑现绩效工资。

这样，胜利人的收入构成将包括基本薪酬、补贴和绩效工资，对各开发单位及其领导班子考核的是经营绩效+风险管控责任绩效。

其中，经营绩效考核就是以效益为中心，以往的指标控制型转变为现在的经营目标管理型，要按照目标要求去实现扭亏为盈或盈亏平衡，做不到就挣不来这部分绩效工资。

胜利油田释放信号：推行挣绩效工资及附加费用，2017 年拿出50%绩效工资进行考核，2018 年 100%额度按考核发放，两年调整到位。至此，“完成目标保基本薪酬、多创效益挣绩效工资”导向初步形成。

胜利油田还对风险管控责任绩效进行勾画。

生产过程中的风险管控，包括安全环保、质量、节能、技术监督等；

整个经营管理领域中的风险管控，包括效能监察、内部审计、内控、财务稽核、合同、法律等；

领导班子建设和领导干部管理风险管控，包括决策制度、议事规则、党风廉政建设、一岗双责、遵纪守法等；

对于“三基”基础工作，有的与员工挂钩，有的不挂，但干部都要考核。

一系列谋划，推动考核体系的变革：划小核算单元，规范考核内容，突出价值引领，促进创新创效。

2017 年 4 月初，胜利油田突出价值引领和效益导向，出台绩效考核办法、人力资源和存量资产优化配置指导意见等三个文件，形成了“1+2+2”绩效考核体系，即 1 个绩效考核办法，经营业绩和风险管控责任 2 个考核细则，人力资源和存量资产优化配置 2 个指导意见。

用价值考核支撑价值分配，用价值分配撬动价值创造。胜利油田明确员工动起来、走出去的考核政策，用薪酬分配的杠杆，成功激活劳动用工的“一池春水”。

为让更多单位的人员动起来，胜利油田打破“围墙”，搭建一体化统筹配置平台。该平台具备业务承揽、人员借聘、外部市场信息等十大功能，晒出油田内外部市场人力资源需求信息和各单位人力资源供给信息，合理调剂人才余缺，鼓励富余人员跨界、跨单位流动，承揽外部业务。

他们还在中国石化率先建立内部市场专业化服务定额体系。内部市场专业化服务价格的统一，使专业化队伍的经营水平可量化、可对比，推动了专业化队伍跨单位服务，并倒逼专业化队伍自主经营、自我优化、自负盈亏、加快从保障型向经营型转变的步伐。

“1+2+2”绩效考核体系，激发出员工创效热情，也让沉睡的资产焕发活力，产生新价值。

人是一切资源中最活跃的因素。然而，用工总量大、劳动生产率低的矛盾始终制约着油田高效发展。低油价下，“人多油少”的矛盾进一步凸显。信息化和新型管理区建设的推进，也为劳动力资源优化提供了条件。

是固守一隅，还是打破围墙走出去，是“一份职业干到老、一项技能吃到底”，还是“到市场中寻找机遇、展现新价值，进行二次创业”，胜利人选择了后者。

“12 万油田员工，是最宝贵的资源、创效的源泉。只要政策机制到位，员工就能更好地实现自身价值，就会为企业创造更大价值。”胜利油田党委始终坚信，人力资源是最有价值的资源，是价值创造的源头活水。

以前，胜利油田对各家单位的用工属“管控型”，每年给各单位下达用工总量控制指标和劳动生产率指标。如今，为了把人力资源优势转化为创新创效的优势，各单位可根据自己的生产经营目标，自己算账，促进各单位不断挖掘人力资源潜力。

考核新政与创造价值紧密挂钩，将经营效益与员工绩效工资完全挂钩，按单位创效增效额度进行总量考核、兑现绩效奖励，取消人均奖励核算办法，挣回来的绩效工资人多就少分、人少就多分，调动了各单位的积极性。

走出去、动起来的两万人，不是单打独斗，他们都是集体或组织行为。胜利油田搭建一体化人力资源统筹配置平台，集成通知公告、外部市场、业务承揽、人员借聘等十大主要功能，“晒”出油田内外部市场人力资源供需信息，积极为员工寻找走出去、动起来的舞台。

同时，胜利油田承担了动起来、走出去员工的基本薪酬，高素质胜利人迅速成为社会劳动力市场上的“香饽饽”。

由于种种原因，部分采油厂的设备、房屋等资产闲置下来。但资产不论是在使用状态还是闲置状态，都要按年计提折旧，进入成本。换句话说，闲置资产无法创造价值，还影响单位创效能力。

为进一步盘活存量资产，胜利油田出台《存量资产优化配置指导意见》，并将之融入绩效管理体系。同时，搭建资产调剂共享平台，存在资产闲置的单位可进入该平台发布闲置信息，有需求的单位也可通过该平台发布需求信息。油田通过内部调拨、出租、合作开发、出售转让等方式，让闲置资产重新有了用武之地。

依托这一平台，开发单位之间可以做双方受益的“生意”。东辛采油厂将闲置的资产调剂给现河采油厂使用，得到油田对资产折旧费用的考核激励，降低了成本。现河采油厂则在没有购置新设备、增加成本的情况下，满足了生产需求。

不再“缺啥买啥”，而是“不求所有，但求所用”。在胜利油田，轻资产化发展方式已成习惯。

“十三五”期间，胜利油田以“经营绩效+管理绩效+党建质量”考核机制为引领，充分发挥“1+2+2”绩效考核体系的“指挥棒”作用，全力推进人力资源优化配置，全力推进“动起来、走出去、退下来”，外部市场签订合同额34.7亿元，调剂盘活资产净值55.1亿元，降低外委费用2.2亿元，“只干活不算账”“吃大锅饭”的固有思想不复存在，从人力资源到人力资本的价值转化之路愈加宽广。

逢山开路，扶摇直上九万里

这是凤凰涅槃的飞跃。

“十三五”以来，胜利油田突出油藏经营价值最大化，采取革命性措施破解“大而全、小而全”、专业化服务能力不足、市场经营创效意识弱等矛盾问题，着力提升保障支撑主业和技术服务创效能力。

有序推进专业化发展、市场化运营机制，开发单位非注采输核心业务全面剥离，完成15项业务专业化重组。

初步构建起市场化运营模式，建立市场平台，配套市场定额等运营保障机制，实现了甲方强管理降成本与乙方重服务创效益的良性互动。

转变来自坚定信念。胜利油田党委坚信，专业化管理是一次自身强筋壮骨的变革，更是打破阻碍高质量发展的一场革命，不仅需要破釜沉舟的勇气，更需要壮士断腕的决心。唯如此，才能换羽新生。

不审天下大事，难应天下之物。2017 年，油田领导和两级机关以上率下，把车辆改革作为转变作风的风向标，把电力业务整合作为专业化管理的风向标，把构建"1+2+2"绩效考核体系作为价值引领的风向标，带动了天然气、井下作业、物业等专业化发展的顺利推进，开启了专业化管理、市场化运营、社会化创效的新格局。

千难万难，领导带头就不难；千头万绪，破题正确就容易。一年来的专业化管理运行，为干部员工树立了榜样、指明了方向、消除了疑虑、达成了共识。

胜利油田专业化管理运行，促进了资源跨域流动，让有限资源发挥出最大价值，并以推向市场的方式倒逼其实现转型升级，提升各业务板块市场化服务和社会创效能力。到 2020 年底，内部市场份额同比提高 10%至 20%。

时光回溯到 2017 年。

胜利油田党委扩大会上，电力专业化改革写进了工作报告，打响了电力专业化改革的"第一枪"。

胜利油田坚持顶层设计，按照核心主业突出、辅助业务专业化思路，加快剥离采油厂非注采输核心业务，稳步推进天然气、生产用车、井下作业向油田层面专业化整合。

从采油厂来看，剥离了作业、车辆、电力等服务保障单位之后，其剩下的仅是注采输核心业务，由"大而全"变为"小而精"。专业化管理让开发单位"轻装上阵"，有更多的时间和精力抓开发、抓技术、抓管理，真正成为一支油藏开发的专业化队伍，在提质增效道路上走得更快、走得更好，让价值创造迸发无尽的活力。

从专业化队伍来看，从各采油厂剥离出来之后，汇聚到一个单位。来自各个采油厂的队伍互通有无，技术的提升、人员的优化、设备的更新都具有独特的优势。专业化队伍从“小而全”变为“小而精”。

不破不立、不创不新。面对严峻的生存发展形势，唯有求变，油田才能持续高效发展，员工的利益才有根本保障，而这场变革恰恰带给了胜利人前所未有的期许。

专业化实现了从“亲兄弟”到“甲乙方”的转变。

原本，油田作业队按照方案干完活，就会顺利拿到作业费用。如今，油田管理区结不结算、结算多少，完全凭作业质量和效率。

“亲兄弟”要明算账。作业专业化改革后，油气核心业务与生产辅助业务由在同一口锅里吃饭的“亲兄弟”变成分灶吃饭的“甲乙方”，双方建立起了“利益共享、风险共担、合作双赢”的市场化运营机制和“优质优价、高端特价”的结算机制。

按照核心主业突出、辅助业务专业化的思路，2017 年，胜利油田打破“你有我有全都有”的格局，对分散在各家采油厂的非注采输核心业务进行专业化重组，推进电力、井下作业、生产用车向油田层面专业化整合，构建起以油藏经营为核心、专业化服务为支撑的产业集群，提升各业务板块市场化服务和社会化创效能力。

电是原油生产不可或缺的动力。电网故障直接影响产量，采油厂产量损失了，供电专业化单位的收益自然也就少了。2020 年，河口采油厂与电力分公司建立油电一体化运行机制，将产量与服务费用挂钩，推行“负面价值”管理，有效提升了电网安全经济运行水平。

合作让“甲乙方”都有了“获得感”。2020 年，河口采油厂受电网故障影响产量同比下降 52%，而且乙方通过线损治理，降低采油厂用电成本6000多万元。作为服务方，胜利油田电力分公司收到甲方251万元的奖励。

改革成果令人欣喜。胜利油田专业化重组，还实现了从资源重组到经营创收的转变。

胜利油田党委认为，推动专业化重组，不仅可以实现资源的规模优势，也可以支撑产业的深度发展，形成独当一面的产业格局，催生巨大的市场空间。

2018年，胜利油田实施注汽业务专业化管理，成立了注汽技术服务中心，人才、技术、装备、管理显著增强，内部市场占有率提高20个百分点，市场竞争力和品牌影响力进一步提升，引领了行业发展。

2020年，在保证稠油基本稳产的前提下，注汽技术服务中心减少注汽量78万吨，减少成本支出2.4亿元，降低稠油桶油操作成本1.6美元/桶。

和采油厂分灶吃饭后，注汽、油藏动态监测等辅助业务成了独立的市场主体，对自身的定位不再是单纯的生产保障单位，而是变身成了经营创效主体，这无形中激发了各单位的经营意识。

以前，作业方案由甲方制订，作业队只需按设计施工，油井出不出油、治理效果好不好，通常作业队会分文不差地拿回作业费；如今，风险承包后，油井治理好与坏，直接与作业队收益挂钩，倒逼作业队不断提高作业方案和施工质量，由低端的劳务输出向高端的技术服务转型。

自专业化以来，油田各专业化单位盘活用工6600人，提高劳动生产率20.2%，节约设备重复采购投资1.4亿元，降低外委费用5.39亿元，4万多人从过去的舞台边缘走上舞台中央，初步构建起了“支撑主业发展、保障生产生活、服务社会创效、打造胜利品牌”的专业化发展新格局。

专业化整合是将开发单位里的非注采输核心业务全面剥离，打造成为支撑主业发展的专业化油服队伍。而轻装上阵的开发单位，把更多的精力和能力专注于为油藏经营管理，增强了油气主业成本竞争力和可持续发展能力，蹚出一条老油田可持续高质量发展之路。

“专业化发展的责任和使命首先是支撑油田主业，担责是第一位的，要承担起支撑原油稳产2340万吨、打造一流企业和保障国家能源安全的责任。”在专业化发展座谈会上，集团公司总经理助理兼管理局有限公司执行董事、党委书记，油田分公司代表孔凡群说。

专业化整合不是目的，专业化发展才是目的。这些释放调整带来的活力和动力，让胜利油田真正建立起符合新时代要求的现代企业管理体系，并推动胜利这艘航母驶向高质量发展的“快车道”。

胜利之路，而今迈步从头越

这是令人铭记的时刻——

胜利油田60年，累计生产原油超12.5亿吨，占全国同期陆上原油产量五分之一。

这是让世人瞩目的成就——

60年来，胜利人以“我为祖国献石油”为己任，为国家能源安全和经济社会发展作出了重要贡献，实现了“从胜利走向胜利”。

这是令人振奋的跨越——

“十三五”以来，胜利油田聚焦老油田可持续高质量发展的时代命题，以新思想引领新发展、以新理念指导新实践，成为中国石化增储稳油降本的顶梁柱、主力军，取得8个千万吨级规模商业发现和4个油气新突破。

这是一组让人欢欣鼓舞的数据——

“十三五”以来，胜利油田探井成功率从42.5%上升到48%，产能建设由22.5万吨增加到100万吨，稀油自然递减率降至9%以内，明确了“三个10亿吨”潜力方向，全员全方位全要素降本减费增效130.85亿元。

为油而来，胜利人从没有停止对油气资源的探索。

有资源，就有底气。“十三五”初期，油田勘探遇到前所未有的挑战。东部老区进入复杂隐蔽油藏勘探阶段，油气发现难度加大；西部新区勘探认识程度低，后续接替阵地不明。

5年来，油田勘探系统通过思想的解放、观念的转变、理念的创新，对资源潜力有了新的认识，对勘探领域有了新的拓展，将油藏经营管理理念贯穿全过程、全要素，在效益勘探和产能建设水平上有了很大提升，取得一系列重大勘探成果，初步实现了高效勘探，坚定了高效增储、长期稳产的信心决心。

思想观念的进一步解放不断拓展勘探空间。围绕资源潜力、沉积储层、复杂构造、成藏规律等“四个重新认识”，引领科研人员打破惯性思维，突破思想禁区，勇于创新、敢于探索，加大风险与预探研究。

通过“四个重新认识”，勘探工作增储方向更加明确，勘探空间不断拓展，圈闭类型更加丰富。勘探工作聚焦加大预探不动摇、寻找可动储量不动摇、寻找规模储量不动摇“三个不动摇”，确立了成熟领域进攻战、“三新”领域突破战、页岩油攻坚战的工作思路，坚决打好资源进攻仗。

技术进步支撑高效勘探。单点高密度地震技术、系列钻井提速技术、系列试油增产技术成为攻坚的三把利器，让高效勘探成为可能。

瞄准探井部署的薄弱环节、油气成藏的关键因素、地质目标的风险管控，勘探系统形成以攻关项目组为平台、以高标准规范为引领，以价值化激励、市场化运营、信息化提升、工程监督为约束的高质量勘探管理体系。

重大战略领域取得新进展。义页平 1 井沙三下日产油 93.1 吨，牛斜 55 井沙四段日产油 68.5 吨……从此，页岩油实现了从认识“盲区”到增储“热区”的跨越，页岩油成为老区战略接替主要领域之一。

胜利油田在打开勘探局面的同时，为下步勘探指明了方向，“十四五”有了新的勘探空间和潜力方向。

山重水复疑无路，柳暗花明又一村。8 个千万吨级商业发现、4 个油气重要突破、4 个油气好苗头……5 年时间里，胜利油田打好资源进攻仗，探明储量止跌回升，资源品位逐步向好，赢得了工作的主动，新增探明储量 1.93 亿吨、控制储量 3.32 亿吨、预测储量 4.44 亿吨，推动胜利蓄力起航。

为油而来，胜利人始终在油气效益开发的征程上跋涉。

岁月不居，时节如流。胜利油田 60 年来，老一辈石油人肩扛“为国找油”的大旗，让我国摆脱了“贫油国”的面貌。

新时代，胜利油田认真贯彻习近平总书记作出的“大力提升油气勘探开发力度，保障国家能源安全”重要指示批示精神，接过 2340 万吨的稳产“接力棒”。

为了保障这条生存发展的生命线，2019 年胜利油田党委扩大会和职代会明确提出，规模效益稳产和成本竞争优势，是引领油田高质量发展的动力源。从过去的效益稳产到现在的规模效益稳产，变化的不仅仅是增加“规模”二字，还折射出油田全面推进可持续发展的决心。

增量体现发展后劲，关乎长远发展；存量是开发主战场，决定效益源头。只有实现增量和存量的相辅相成，才能全面抓实效益开发。

“稳产2340万吨是油田的‘生命工程’‘饭碗工程’，守住这个底线，油田就有了可持续发展的基础。盈亏平衡点降至50美元/桶，是企业生存的基本点、员工利益的保障点，实现这个目标，就能赢得持续健康发展的主动权，奠定高质量发展的基础。”油田党委反复强调效益稳产对胜利油田的重要意义。

胜利油田聚焦“五大战略、三大目标”，以增加SEC经济可采储量为核心，持续解放思想、转变观念，全力推进高效产能建设，盘活存量资源价值，有力保障了油气生产的平稳运行。

坚持用油藏经营理念思考问题、解决问题，推动观念转变、理念更新，效益建产规模大幅增加。建立高效建产管理模式，创新发展工程技术，深化勘探开发一体化，强化“一切资源皆可动用”的理念，以未开发储量为突破口，积极推动机制创新、技术创新，对储量的认识由难动用转变为未动用。

效益稳产2340万吨，老区是“压舱石”。胜利油田始终坚定“老油田仍大有可为”的信心和决心，大力推进大规模层系井网调整，老区开发重心向高效注采完善、强基础、控递减、可采储量保值增值转移，蹚出一条老油田低成本开发的新路子。

效益稳产2340万吨，新区是“风向标”。只有持续新建产能加以补充，才能保持产量稳定；只有新建能力经济高效，才能使油田经济效益向好发展。

效益稳产 2340 万吨，未动用储量是“打火石”。胜利油田突出价值引领，坚持“放大镜”下找资源、“显微镜”下找潜力，创新难动用储量合作开发机制，鼓励采油厂、油公司和胜利石油工程公司发挥各自优势，实现了有效动用、高效动用，新区建产规模由 2016 年的 22.5 万吨增加到 2020 年的 100 万吨。

为油而战，胜利人高擎技术创新旗帜，以第一生产力牵动油龙滚滚。

向深层找油、向新层找油，胜利油田探索新技术向未知领域找油。

胜利油田抓住制约效益稳产的关键问题，成立由中国石化高级专家、油田首席专家、高级专家等领衔的 8 个开发工程项目组，强化集成创新，旨在破解油田目前勘探开发困境。

近年来，胜利油田加大培育降黏及微生物采油技术体系力度，在排 6 稠油、辛 68 深层取得突破的基础上，又落实了 25 个试验推广项目，增油效果不断显现。油田“中高温油藏微生物驱油关键技术研究”课题研究成果应用于沾 3 区块，累计增油 5 万多吨。

“技术创新就是开发方式的创新，开发方式的突破就是经营方式的突破”这在胜利油田已成为共识。

胜利油田围绕不同油藏类型、不同开发方式提质增效技术难点，持续开展特高含水油藏提高采收率技术、低渗透油藏井网适配、二氧化碳混相驱技术、稠油油藏降黏冷采技术、套损井高效修复技术研究，实现了降成本、增产量、提高“两率”等目标。

历史车轮滚滚向前，时代潮流浩浩荡荡。探寻来时路，为国找油、效益开发的使命担当，成为胜利油田生生不息的力量源泉。

新时代新征程，立足新发展阶段、贯彻新发展理念、构建新发展格局，聚焦“建设领先企业、打造百年胜利，全面推动油田高质量发展”的目标，“五大战略、三大目标”必将是胜利油田可持续高质量发展的历史选择。

以价值引领胜利，从胜利走向胜利。或许在胜利油田发展的征程上，还有许多“雪山”“草地”需要跨越，还有许多“娄山关”“腊子口”需要超越，胜利人正以战略引领书写着一个个新胜利！

后　　记

《春潮涌动》付梓出版，值此之际，感慨颇多。石油工业本身就是波澜壮阔的画卷，融入其中的人和事或浓或淡，但皆是涌动的芳香、流淌的境界、站立的精神。面对浩浩汤汤的时代，融入石油石化高质量发展的洪流，采写美好、书写石油、讴歌奋斗是义不容辞的责任，致敬时代、致敬英雄、致敬石油精神更是一名文字工作者的使命担当。

人无精神不立，国无精神不强。本书中的13个篇章犹如浓缩了石油元素、中国元素的符号，涌动着石油精神、石化传统的蓬勃力量。本书以身边平凡而伟大的拼搏奋斗的人物为线索，以文学的笔触描摹一个个有血有肉的石油群像，多角度展现他们保障国家能源安全的奋斗历程，全方位展现他们“端牢能源饭碗”不懈探求的拼搏精神，以此展现中国石油石化工业波澜壮阔的发展历程，凝缩一个民族和国家的精神典范，凸显中华民族绵延不息、不断壮大、勇闯未来的民族精神。

蓬勃的春天，孕育新的期待。本书终于要出版了，此时此刻非常感恩这个伟大的时代，感恩曾经走过的岁月，感恩胜利油田这方沃土，更加感恩支持帮助我的亲人、友人、领导、同事。因为，这一切都是我纪实文学创作的力量源泉。

本书是对石油、对生活、对时代的致敬，是对石油精神、石化传统的记录与传扬。由于自身认知的肤浅，采写创作的鄙陋，加之文学底蕴不足，书中难免存在疏漏，恳请读者谅解指正！

2024 年 2 月